宫本武藏

MIYAMOTOMUSASHI

圆明之卷

〔日〕吉川英治 著

王维幸 译

南海出版公司

新经典文化股份有限公司
www.readinglife.com
出　品

目录

圆明之卷

圆明之卷

图书

报春鸟

一

这里是柳生城所在的柳生谷，以黄莺闻名。二月的太阳懒懒地照在道场的白壁上，笔直的梅花枝影静静地落在上面，俨然一幅画卷。即使有南枝的梅花引诱，也不过只听到几声黄莺初啼，不过随着野路和山路上积雪的融化，莺啼声便多了起来。同时，那些遍历天下前来拜访的所谓修行武者也明显增多。

"拜托，拜托。"拜访者有之。"恳请大祖石舟斋先生赐教一二。"祈求者有之。"在下乃某某流的某某。"总之，徒劳地叩响这石垣坂紧闭大门的访客接踵而来。

"无论持谁的介绍信来也没用，宗祖年事已高，概不见客。"这里的看门武士十年如一日地重复着同样的言辞，谢绝着访客。

其中还有钻牛角尖者愤愤指责："既然都是艺道，就不该有贵贱之差，不该有名人和初学者之别……"说完愤然离去。

可无论他们如何抱怨，石舟斋已于去年变成故人了。只是因为身在江户的长子但马守宗矩公事繁忙，在今年四月中旬前无法告假归乡，才一直秘不发丧。

也许是心理作用吧，仰望一下从吉野朝以前就存在于这里的古堡式城池，尽管春天已从四面的山上迫来，仍不免有一种寂寥的冷寂感。

"阿通小姐，"此时，一个小孩正站在内城的中庭，环顾四面的楼栋，"阿通小姐，您在哪儿呢？"

于是，一个房间的隔扇打开了，被关在室内的香气随着阿通流淌到外面。或许是过了百日忌后仍未见到阳光的缘故，阿通愁容满面，有如白色的梨花。"我在持佛堂呢。"

"噢，怎么又去那儿了？兵库先生说让您过去一下。"

"好的。"于是，阿通便沿着走廊穿过桥廊下，朝远处的兵库房间走去。

兵库正坐在走廊里，看到阿通便说道："哦，阿通小姐，你来了，我想请你代我去打个招呼。"

"来客人了？在客厅里？"

"早就来了。木村助九郎前去应酬，可他实在胜任不了那种长谈，尤其是与和尚谈论兵法，更是让他叫苦不迭。"

"这么说，还是那个宝藏院的僧人？"

二

奈良的宝藏院与柳生庄的柳生家，不光在地理上相隔不远，在枪法和刀法上也有着不浅的因缘。已故的石舟斋与宝藏院的初代胤荣生前就是至交，虽说让石舟斋在壮年时代真正睁开悟道之眼的恩人是上泉伊势守，可最初把伊势守介绍到这柳生庄来的则是胤荣。不过，胤荣如今也已成故人，二代胤舜便秉承了师法。之后，这宝藏院流的枪法借着武道兴隆的大潮蓬勃发展，如今已成为这时代的一大渊薮。

"兵库先生怎么还没来，到底有没有禀报胤舜我前来的事？"

今天，这位客人带了两名弟子坐在书房的客座上，一直在闲谈。他便是宝藏院的二世权律师胤舜，而坐在下座上应酬的，便是柳生四高徒之一——木村助九郎。

出于与故人的关系，他经常造访这里，而且在既非忌日也非法事的日子里来拜访，目的似乎就是想捉住兵库谈兵法。并且如果得便，似乎还想与兵库比试一番。因为故人石舟斋对兵库宠爱有加，曾几次三番说兵库的才华"连叔父但马都不及，比身为祖父的我都要优秀"。他还听说石舟斋生前把自己受自上泉伊势守的新阴流家传秘诀、三卷秘诀、一卷绘目录等都悉数传给了兵库，因此他很希望能用自己擅长的枪法与故人之孙柳生兵库比试一下。

或许是看透了他的来意吧,最近两三次,兵库都对他的拜访表示推托,不是说"偶感风寒"便是"有事不便",避而不见。今天也是,胤舜似乎仍无回去的意思,仍在期待着兵库现身。

木村助九郎看出他的来意,便不置可否,含糊其词地应道:"在下早就禀报了,只要身体舒服,他一定会出来跟您打招呼的⋯⋯"

"还在感冒?"胤舜说道。

"是啊,真让人⋯⋯"

"他平时体质就不好吗?"

"一直身强体健啊。可由于久居江户,在山国越冬是近年未尝有之事,或许是被并不适应的寒气所伤吧。"

"说起这身强体健,听说当年肥后的加藤清正公看中兵库先生,正欲以厚禄聘请之时,故人石舟斋老先生曾为孙子开过一个有趣的条件呢。"

"是吗?在下倒未曾听说。"

"拙僧也是从先师胤荣那里听来的。此处大祖向肥后大人所提的条件是:'因我孙性急短虑,为君效劳亦难免出错,倘能赐三次饶过死罪的机会,我方能将他交出。'呵呵,可见兵库先生是何等性急,也可见大祖对他是何等宠爱。"

三

这时，阿通前来打招呼道："哎呀，原来是宝藏院大师来了。不过真不巧，兵库先生正在誊写上呈给江户城的不知什么清单呢，说十分对不住，无法出来见您。"说完，她便将在套间准备好的茶点奉了上来，"一点粗茶，请……"她先奉茶给胤舜，又奉给也在席上的法弟子。

胤舜有些失落，说道："那太遗憾了。其实我这次见他是有要事相告。"

"若不妨碍，可否由在下帮忙转达？"木村助九郎从一旁说道。

"只好如此了，那就劳烦转告一下先生吧。"

于是，胤舜终于进入了正题。他想告诉兵库的事情原来是这样的：在距这柳生庄东一里，即生有许多梅树的月濑附近，正好是伊贺上野城领地与柳生家领地的交界处，可那里到处都是崩落的山石和纵横的溪流，村落也十分分散，根本就不像国境。伊贺上野城之前是筒井入道定次的领地，被家康没收后，又转封给了藤堂高虎，这藤堂藩从去年入驻接管时起，便大力改建上野城，又是修改年租，又是大力治水，充实国境，全力实施新政。或许是这种改革的气势有点过猛，最近他们又往月濑一带派驻了许多武士，肆意搭建屋棚，滥伐梅林，任意阻拦旅人，侵害柳生家领地之事屡有耳闻。

"想来，藤堂高虎一定是想趁着贵府治丧之际，故意挤压国境，或许不久后就会擅自构筑关卡。虽然我这么说有多管闲事之嫌，但若是不加以抗议，到时候恐怕会后悔莫及啊。"

对于胤舜的这番话，作为家臣之一的助九郎深表谢意："多谢相告。我们会尽快调查，提出抗议。"

客人回去后，助九郎立刻赶奔兵库的房间。兵库听了，付之一笑。"别管他。等不久后叔父回国之际再行处理吧。"

可是，既然是有关国境的问题，即使是一尺土地也不能疏忽大意。助九郎觉得无论如何也得与其他老臣和四高徒合计一下，拿出对策才行。毕竟对手是藤堂这个大藩，须小心应对。

次日早晨，助九郎照例教授完家中的年轻人，从新阴堂上面的道场刚一出来，一直站在外面的炭烧山的小家伙顿时从他身后跟上。"大叔。"然后在他的身前深施一礼。

这男孩常常跟随进城的大人一起，从月濑深处一个叫服部乡荒木村的偏僻地方挑来木炭和野猪肉之类，名叫丑之助，是个十三四岁的山家孩子。

"是丑之助啊，又偷窥道场了吧？今天有没有土产的山药啊？"

四

　　丑之助带来的山药比附近出产的要好吃，因此助九郎半开玩笑地问道。

　　"今天没带山药来，但我给阿通姐带来这个了。"说着，丑之助便把提在手里的蒲包举起来给他看。

　　"是款冬的花梗吗？"

　　"不，是活的东西。"

　　"活的？"

　　"我每次路过月濑时，都会有黄莺在甜美地啼叫。我就特意捉了一只，想送给阿通姐。"

　　"对啊。你每次从荒木村到这里来时，都要穿过月濑吧？"

　　"嗯，别的地方没有路。"

　　"那我问问你……最近，那一带有很多武士入驻吗？"

　　"有是有，可没那么多。"

　　"他们都在干些什么？"

　　"搭建小屋，住在里面，睡觉。"

　　"有没有构筑栅栏模样的东西？"

　　"没有。"

　　"那有没有砍伐梅树，调查行人？"

　　"伐梅树是用来搭建小屋，或是搭建被融雪冲走的桥，再就是烧火用吧。至于调查路人，我从来没看见过。"

"哦？"由于他所说的情形与宝藏院僧人所言相差悬殊，助九郎不禁纳闷起来，"我听说那些武士是藤堂藩的人，可他们为何要屯驻在那里呢？荒木村有没有传闻？"

"大叔，您说错了。"

"怎么错了？"

"住在月濑的那些武士，全是被赶出来的浪人。他们被从宇治和奈良赶出来，无处容身，就钻进深山了。"

"是些浪人啊？"

助九郎这才释然。德川家的大久保接任奈良奉行一职后，曾经在各地大力驱逐那些关原之乱后无官无职、只会扰乱市镇的浪人。

"大叔，阿通姐在哪儿？我要把黄莺送给阿通姐。"

"在后面吧。不过，丑之助，你可不能在城内乱跑。你长得不像农民的儿子，又喜好武艺，所以让你从外面偷窥道场已经是特别恩典了。"

"那，您能不能把阿通姐叫来？"

"呃……正好，从庭口往那边走的，好像就是你阿通姐。"

"啊，是阿通姐！"丑之助于是跑了过去。

阿通经常拿点心给他，对他和蔼可亲。而且在这个山家少年眼里，阿通身上还有一种不似凡人的神秘之美。

阿通回过头，远远地微笑起来。

丑之助跑了过去。"我抓了一只黄莺，送给阿通姐吧。给——"说着便递出蒲包。

"哎，黄莺？"

丑之助本以为阿通会高兴异常，不料她眉头紧皱，并未伸手来接。丑之助十分不平，说道："这东西叫起来可好听了。阿通姐，你不喜欢喂小鸟吗？"

五

"倒也不是不喜欢，可是放在蒲包里或是装进笼子里，黄莺就会变得很可怜。就算不装在笼子里喂养，放到广阔的天地间，它也一样会为我们带来美妙的啼声……"

听阿通这么一劝，刚才还在为对方不接受自己好意而心存不满的丑之助也欣然同意。"那，就放了吧。"

"谢谢你。"

"放了后阿通姐会更高兴吧？"

"嗯。你特意送给我的心意，我领了。"

"那就让它飞走吧。"丑之助高兴地说着，打破蒲包。一只黄莺从里面跳了出来，有如战场上的箭一样往城外飞去。

"你看，高兴地飞走了吧？"

"我听说，黄莺又叫报春鸟？"

"咦？是谁告诉你的？"

"这点小事我怎么会不知道？它一定会给阿通姐带来好消息的。"

"你说我也会收到报春般的好消息？不过，我心里倒真的有件期待已久的事呢。"

说着，阿通走了起来，丑之助也跟在后面。不久，本城后面的树丛出现在眼前，于是丑之助说道："阿通姐，你打算去哪里？这里已经是城中的山了。"

"每天净待在屋子里闷得慌，我想去看看那儿的梅花，散散心。"

"那为什么不去月濑呢？城里的梅花有什么好看的。"

"那儿很远吧？"

"一会儿就到了，才一里路。"

"那倒也想去看看……"

"去吧。我驮柴火来的牛就拴在这下面呢。"

"骑着牛？"

"嗯，我给你牵着。"

阿通忽然心动了。就像那蒲包里的黄莺一样，这个冬天，她一直没出过城。

于是二人便顺着山，从本城向后门闲杂人员的出入口走去。城门处有人昼夜把守，总是拿着明晃晃的枪来回巡视，但一看到阿通的身影，守门士兵就远远地点头微笑。丑之助当然有出入证明，可他也早已跟守门士兵混熟，连出示的必要都没有。

"早知道披上头巾就好了。"骑到牛背上后，阿通才意识到这点，喃喃自语。

无论认识不认识的，但凡从路边店面看到她的人，或是过往的农人，都会朝她亲切地打招呼："今天真是个大好天。"

可走了一会儿后，城下的人家便稀疏起来。回头望望，身后的柳生城也开始在山脚泛白。

"没打声招呼就出来了，天黑之前能赶回来吗？"

"当然能回来。我还会把你送回来的。"

"可是，你不是还要回荒木村吗？"

"就这么一里路，我就是走上好几个来回也⋯⋯"

就在他们边聊边走之际，在城郊一家盐店门前用野猪仔肉换盐的一名浪人模样的男子竟悄悄地尾随上来。

奔牛

一

道路沿月濑的溪流伸向前方，越走越崎岖。冬天的积雪消融后，连行路的旅人都很稀少，到这里来寻梅的人更是几乎没有。

"丑之助，你从村里来的时候，都是走这里吗？"

"嗯。"

"可你干吗非得来柳生不可呢？从你们荒木村出发，无论干什么，都还是到上野的城下更近吧？"

"可是上野没有柳生家那样的剑法府邸啊。"

"你喜欢剑法？"

"嗯。"

"做农民又用不着剑法。"

"现在虽然是农民，可以前不是。"

"武士？"

"嗯。"

"你也想做武士？"

"嗯。"

丑之助突然丢下牛缰绳，朝溪流边跑去。原来是架在石头上的独木桥的一头掉到水里了。他把桥头正了正，又返了回来。

于是，一直在后面尾随的浪人模样的男子便率先渡桥而去。无论是渡桥时还是渡桥后，男子都毫无顾忌地回头盯了阿通好几次，然后迅速隐没在山谷里。

"谁呢？"阿通不禁在牛背上打了个冷战，喃喃道。

丑之助笑了。"你害怕那种人？"

"怕倒是不怕……"

"那是从奈良被赶出来的浪人。他们就住在前面的山里，有很多呢。"

"很多？"

阿通犹豫起来，很想回去。梅花已经随处可见，可山峡的寒气逼人，而且她心里总担心那浪人，哪里还有心思赏梅。

丑之助却只知道一心一意地牵着缰绳往前走，还不住地说："阿通姐，你就行行好吧，帮我求求木村先生，让他给我在城里安排个差事吧，哪怕打扫院子或者挑水也行。"

丑之助一直以来的愿望似乎就这一个。祖先姓菊村，代代以又右卫门相称，所以他将来当上武士后，也要改名为又右卫门。不过祖先中还没有出过大人物，所以有朝一日凭剑法自立门户后，他打算直接以家乡的名字"荒木"为姓，取名为荒木又右卫门。他不停地讲着自己的愿望。

每当听到这名少年的梦想，阿通就不禁像怀念弟弟似的想起城太郎。也不知他怎么样了，已经是十九或二十岁了吧，一数起城太郎的年龄，她顿时寂寞不已，因为这让她想起了自己的年龄。虽然月濑的梅花尚在早春，可自己的春天正在过去。女人一旦过了二十五岁——

"回去吧。丑之助，原路返回。"

丑之助一脸失望，但他还是听话地掉转了牛头。就在这时，远处忽然传来一声呼喊："喂！"

二

刚才那名浪人和其他两个气质相似的男子走上前来，抱着胳膊在阿通所骑的牛周围站定。

"大叔们，你们叫住我们有事吗？"

丑之助问道，却没有一个人理他。三个人全都猥亵地上下打量阿通。

"果然。"一人哼哼道。

"唔，是个美人。"其中一人无所顾忌地说了一句，"喂，"他又回头看看同伴，"我在哪里见过这个女人，好像是在京都。"

"一定是京都，一看就跟山里女人不一样。"

"也不知是在城里偶然看见的，还是在吉冈师父的道场里看见的，虽然记不清了，可我的确见过这个女人。"

"你还在吉冈道场待过？"

"当然待过。关原合战后，我在那儿吃了三年饭呢。"

也不知有什么事情，三人把他们喊住后却闲谈起来，还用下流的眼神上下打量阿通。丑之助火了。"喂，山里的大叔，有事快说。我们要回去，太阳就快落山了。"

这时，其中一个浪人把眼珠子一转，看看丑之助。"你不是荒木村炭烧山的小家伙吗？"

"这跟你们有什么关系！"

"住嘴！这里不关你的事，该回哪儿回哪儿！"

"不用你说我也会回去，给我闪开！"说着丑之助就要牵缰绳。

"给我。"另一个男子一把抓住缰绳，朝丑之助投去可怕的眼神。

丑之助并不撒手，吼道："你们想干什么？"

"想借这个女人用用。"

"去哪儿？"

"去哪儿关你屁事！闭嘴，给我缰绳！"

"不行！"

"好小子，居然天不怕地不怕，还敢顶嘴！"

这时，其他二人也露出威胁的眼神，端起肩膀。

"你说什么？"三个人顿时围住丑之助，挥起松树瘤子般的拳头。

阿通吓得瑟瑟发抖，紧贴在牛背上。看到丑之助脸上已是一副拼了命的神情，她不禁"哎呀"一声想要制止，可丑之助反因她的惊呼而愈发激昂，顿时猛一抬腿，一脚踢倒眼前的男子，又用像石头一样硬的脑袋猛地朝斜对面的浪人胸膛撞去，然后一把从敌人怀里抽出刀，连看都没看，就朝身后胡乱砍去。

三

阿通简直不敢相信丑之助的力量。他的动作是那样迅猛有力，对远比自己高大威猛的三个大人发动的瞬间反击，也给对手带来不小打击。也不知是少年在凭感觉行动还是天生鲁莽，丝毫未把他放在眼里的大人们顿时蒙了，竟先挨了他当头一棒。他胡乱挥舞的刀狠狠地砍到了身后的浪人。阿通不禁发出一声惊叫。倒下来的浪人身上喷涌而出的鲜血，顿时像雨雾一样从牛角溅到牛脸上，而他的怒吼声大得足以吓倒牛。

突然，牛也一声嘶吼，原来丑之助的第二刀竟砍在了牛屁股上。受惊的牛顿时狂吼着驮着阿通发疯地奔了起来。

"唔！兔崽子！"两名浪人拼命地追起丑之助来。

丑之助则跳向溪流，在岩石之间逃来逃去，还说："我可不是好欺负的！"

大人的猛追远没有孩子灵便。两名浪人忽然醒悟过来。"这小家伙回头再收拾。"于是转而追赶驮着阿通的牛。

一看到两人掉头，丑之助又在后面追。"吓跑喽！"他在两人身后叫骂起来。

"什么？"其中一人十分窝火，正要回头。

"小破孩儿回头再收拾。"同伴提醒了一句，于是两人一个劲地追着向前狂奔的牛。

牛像闭着眼在黑暗里瞎闯一样，早已偏离了原路，奔过了河边，绕着低矮的山脊——人称笠置大道的一条窄路没头没脑地狂奔。

"站住！"两人原以为自己的腿脚会比牛快，可是这种平常对牛的认识此时毫无用处。奔牛眨眼间便跑到了柳生庄附近，不，准确地说，是一口气跑到了更接近奈良的街道上。阿通吓得两眼紧闭，不敢睁开。倘若牛背上没有那绑着炭包和柴薪的驮鞍，恐怕她早就摔下来了。

"哦，快看那！牛疯了！快救救她。那女人可真可怜。"

看来牛已经跑上了人行道，阿通耳边隐约传来过往行人的惊呼声。

"天哪！"

可是，人们的惊呼声也转瞬即逝。

四

已经接近般若野了。阿通只觉得已没有活路。牛仍无休无止地狂奔，后果不堪设想。往来的行人都回过头，为阿通惊叫。这时，一个胸前挂着信匣的不知谁家的男仆从远处的路口朝牛走来。

"危险！"

有人喊了一声，可男仆仍径直走过来。在众人眼里，那横冲直撞的奔牛跟男仆几乎是狠狠地撞到了一起。

"啊，被牛角顶了！傻瓜！"同情之余，旁观者反倒嘲笑起这男仆的鲁莽。

可是，路人眼中男仆被奔牛撞上的一幕完全是错觉，因为随之而来的啪的一声正是男仆的巴掌猛击在牛脸上发出的声音。看来这一下打得不轻，只见奔牛那粗大的脖子顿时折向一旁，身子转了大半圈。正当众人以为它会再次撞向男仆时，它却以更猛的势头狂奔起来。可这一次，奔了还不到十尺，它就一下子停了，大量的口水从嘴里淌出，巨大的身体颤抖着，终于老实下来。

"小姐，赶紧下来吧……"男仆从后面说道。

被眼前这一幕惊呆的来往行人顿时呼啦一下围了过来，全都睁大眼睛惊奇地看着男仆的脚下。

原来，他竟用一只脚踩住了奔牛的缰绳。

究竟是谁家的男仆？既不像武家的仆人，也不像商家的用人。聚拢过来的行人立刻便好奇起来，打量一下他的脸，再看看被他踩在脚下的缰绳，不禁啧啧称奇："真是神力。"

尽管阿通下了牛背，向男仆点头致意，可她仍一副未回过神来的样子。而且众多围观者也让她有些羞怯，久久无法恢复平静。

"这么老实的牛,怎么会发疯呢?"男仆抓起牛的缰绳,将其拴在路边的树上,这时才恍然大悟,"哦,原来是屁股受伤了啊,还是刀砍的重伤,怪不得会发疯呢。"

正当他望着牛屁股喃喃自语之际,一名武士一面斥责驱散着围观的人群,一面嚷道:"啊,那不是平常为胤舜大师拿鞋的宝藏院仆人吗?"说着便站到男仆面前。

武士分明是匆匆赶来,话语中喘着粗气,原来是柳生城的木村助九郎。

五

宝藏院的拿鞋仆人说道:"这么巧,正好遇上您。"说着便卸下挂在胸前的皮信匣,说自己正奉院主之命前往柳生送信,如果方便,请当场拆阅,并递过书信。

"给我的?"助九郎又问了一句,然后拆开书信。原来是昨天刚见过的胤舜的书信,大致内容如下:

> 关于月濑的武士一事,昨日奉告之后,又仔细调查了一遍,结果并非藤堂家的武士,而是些流浪之徒在此越冬而已。拙僧昨日所说实乃误传,无须采信。为谨慎起见,特先通知。

助九郎将书信收入袖中，说道："辛苦了。关于书信所提之事，我方也进行了调查，结果确为误传，已放下心来，请转告大师，不用担心就是。"

"那，请恕在下在路边失礼，告辞。"

说着，仆人就要告别，可助九郎忽然喊住了他："啊，等等。"他的语气略有改变，"你是从什么时候起到宝藏院做仆人的？"

"就在最近，是新来的。"

"名字是……"

"寅藏。"

"咦？"助九郎仔细打量起来，"你该不会是将军家教头小野治郎右卫门先生的高徒浜田寅之助先生吧？"

"哎？"

"虽然在下只是初次与先生相见，可城里似乎有隐约认识你的人，说给胤舜大师拿鞋的仆人好像就是小野治郎右卫门的高徒浜田寅之助。"

"这个……"

"难道是我弄错人了？"

"实际上……"浜田寅之助顿时羞红了脸，低下头，"只因为……一点心愿，我就来做了这宝藏院的仆人，这实在是有辱师门，也是我自己的耻辱……还请不要声张。"

"请不要多虑，在下也并无寻根问底之意。只是平日里如此猜测，所以就……"

"想必您也早就听说了吧，师父治郎右卫门之所以舍弃道场隐遁山里，是因为我寅之助的一时鲁莽。我自己后悔莫及，决心哪怕劈柴担水也要在宝藏院修行一阵子，便隐姓埋名进了这里，说来实在丢人。"

"小野先生败在佐佐木小次郎手下之事，那小次郎在前往丰前的途中到处宣扬，恐怕已是人尽皆知。看来你是痛下决心，要一洗师门的耻辱了。"

"早晚……早晚有一天。"拿鞋人寅藏羞愧难当，说罢便匆匆离去。

麻籽

一

"怎么还不回来？"柳生兵库惦记着阿通，来到城前的中门。

阿通骑上丑之助的牛出去后，半天都没回来，人们顿时慌乱起来。发现阿通并不在城里，也是因为江户那边有一封信被送到兵库手里，兵库想给阿通看，这才发现她不见了。

"月濑那边都有谁去查看了？"兵库问道。

"请放心，已有七八个人赶去看了。"一旁的家臣们异口同声。

"助九郎呢？"

"到城下去了。"

"找去了？"

"是的，说是要从般若野一路到奈良去找找看。"

"也不知怎样了。"兵库顿了顿，叹了口气说道。他一直对阿通抱有一种纯洁的爱恋。他之所以没抱非分之想，是因为他深知阿通的心里爱的是谁。阿通的心里有一个武藏，而兵库也在暗恋着她。通过从江户到柳生这段漫长的旅途，还有在祖父石舟斋枕边伺候到临终的这段时间，阿通的性情兵库全都看在了眼里。

能让这样的女人思念的男人，真是幸福的男人。有时，兵库甚至会忌妒武藏。可是兵库并无窃取别人幸福的心思，他所有的思想和行为都遵照武士道的铁律，即使恋爱也无法背离武士道的精神。

虽然他并未见过武藏本人，不过光是被阿通选中这一点，他便可以大致想象出武藏的为人。因此他常常想，有朝一日要把阿通平安地送到武藏手里，这大概既是祖父的遗愿，也可以算是自己这个心怀暗恋的武士的一点心意。

今天这封来自江户的泽庵的书信，日期明明是去年十月底，不知何故却送迟了，年都过了，直到今天才被送到他手里。打开一看，首先映入眼帘的字句便是"关于武藏，由于令叔父但马大人以及矢来的北条大人的推举，行将出任将军家教头"。

不止如此，信件还补充说，如果武藏就任，立刻便会拥有宅邸，身边照料的人也不能少。如今哪怕只让阿通一人先来江户也好，其余诸事下封信再谈。

阿通该多高兴！兵库就像对待自己的要事般，立刻拿着书信去了她的房间，这才发现四处都没有阿通的身影。

二

不久，令人担心的阿通终于在助九郎的陪伴下回来了。而且到月濑方向寻找的侍卫们也遇上了丑之助，便把丑之助也带了回来。

仿佛自己犯下了大罪似的，丑之助连连向每一个人谢罪："请原谅，全都是我的错。"然后立刻又说道，"我娘也一定在担心我，我得回荒木村了。"

话音未落，助九郎便斥责了一句："别说傻话！你现在要是回去，一定又会在半路上让月濑的那些浪人逮住，连小命都会没有。"

其他武士也纷纷劝导："今夜就先住在城里吧，明天再回去，明天再回去。"

于是，丑之助便被安排到外廊的柴房里，跟下人们住到一起。而在另一个房间里，柳生兵库正给阿通看那封江户的来信。

"你打算怎么办？"兵库试探着她的意思。

不久就要到四月了，叔父宗矩就要告假从江户回乡了。是届时跟叔父一起回江户，还是现在立即一个人动身？在看到泽庵书信的那一瞬，阿通觉得连墨香都那么亲切，更何况信上说武藏近期就要出仕幕府，即将在江户自立门户。

多年来杳无音讯，如今一朝获知消息，阿通顿觉一日如隔千秋。哪还有心思等到四月？她只觉得自己的心已经飞到了江户，掩饰不住喜悦的神色。

"明天就……"她小声吐露着想离开的希望。

兵库点点头。"我猜也是这样。"

兵库自己也无法长留此地。多年来，尾张的德川义直公一直想聘用他，所以他怎么也得赶赴名古屋一趟才行。可是，这也得等叔父回乡，将祖父正式下葬后才能离去。"本想尽量送你一程，可鉴于此，若你还是想提前上路，那恐怕就只能独行了。这样也可以吗？"

去年十月底就已从江户发出的信，直到过年后的今天才送到，虽然驿递和驿站的秩序表面上看起来还算平稳，可社会仍未完全安定。

"一个女人独自上路，总让人不放心，如果你连这些都不怕……"兵库再三叮问。

"可以……"尽管阿通十分感动于他胜似亲人的好意，还是说道，"我已经习惯了旅途，对世上的艰辛也有了一点体验。这些还请不要挂怀。"

于是二人就此告别。当夜阿通便打点行装，众人也为她举行了一场小小的饯别宴。

次日早晨，风和日丽，也是一个赏梅的好日子。助九郎等和阿通相熟的家臣们分列在中门两侧，为她送行。

三

"对了……"助九郎望着阿通的身影，自言自语了一句，又对身旁的人说道："哪怕用牛把她送到宇治一带也行啊。昨晚丑之助正好睡在城内的柴房里。"于是立刻打发人去叫丑之助。

"那再好不过了。"众人也都赞成，尽管已彼此别过，可大家还是挽留下阿通，让她在中门附近等一会儿。

可是，不久后返回的侍卫报告说："丑之助不见了。下人们说他昨夜就趁着夜色穿过月濑赶回荒木村了。"

"哎？昨夜就回去了？"助九郎不禁愕然。

听说了昨日之事的人们，无不为丑之助的胆魄而震惊。

"那，牵马。"助九郎一声吩咐，一名年轻武士立刻奔向马厩。

"不了，我一介女流之辈，就不用浪费这鞍马了。"阿通谢绝，可兵库力劝不已。"那就恭敬不如从命了。"

于是，阿通乘上年轻武士牵来的一匹月毛驹。马驮着阿通，从中门走下前门的缓坡。当然，到宇治这一段，年轻武士自会给她牵马。

阿通从马背上回过头，向众人还礼。崖边伸过来的梅枝碰到她脸上，两三朵梅花带着花香飘散而去。

"再会……"虽然并未出声，兵库的眼神却含情脉脉。

坡道上飘散的梅香微微袭来，兵库忍着无尽的寂寞和苦楚，默默地祈祷阿通的幸福。渐渐地，她的身影在城下的道上越来越小。兵库站在原地久久不肯离去，最终四周只有他一个人留下来。

那武藏可真让人羡慕。他寂寞的心里不由得喃喃道。而不知何时，都说昨晚已返回荒木村的丑之助竟站到了他身后。

"兵库先生。"

"呃……是你这小孩啊。昨晚回去了？"

"我怕我娘担心。"

"路过月濑？"

"嗯，不走那儿就无法回村。"

"那你不害怕？"

"那有什么好怕的……今早也走的那儿。"

"就没有被浪人们发现？"

"真滑稽，兵库先生。那些住在山上的浪人，后来得知昨天调戏的女人是柳生城中的女眷，一定是害怕柳生大人不会放过他们，于是连夜翻山越岭，不知逃到了何处。"

"哈哈哈，是吗？那，小孩，你今早又来干什么？"

"我？"丑之助有点害羞，说道，"昨天木村先生夸我们山上的山药好吃，所以，今早我就让母亲帮忙，早早挖了些带来。"

四

"是吗？"兵库寂寞的脸色这才稍稍好转。这名纯朴的山里少年让他暂时忘记了失去阿通的空虚。"这么说，今天能够喝到美味的山药汁喽？"

"如果兵库先生也喜欢，我再给您挖就是，要多少有多少。"

"呵呵，那倒不必。"

"今天阿通小姐在哪里呢？"

"刚刚去江户了。"

"哎，去江户了？那我昨天求她的事情，她肯定没跟兵库先生和木村先生说。"

"求什么事情？"

"让我在城里当差的事。"

"要在城里当差，你年纪还小，等大了之后我们会招你的。你为什么想为城里效劳？"

"我想学武。请教教我吧，教教我。我想在娘的有生之年，练好了给她看看……"

"你口口声声说想学，是不是已经在跟人学了？"

"我只是以树木野兽为对手，或者独自耍耍木刀而已。"

"这就够了。"

"可是……"

"过些天你再来找我吧，到我所在的地方。"

"您待的地方是哪儿？"

"大概会在名古屋吧。"

"名古屋？是尾张的名古屋吗？可娘还在世，我无法去那么远。"每次提到娘这个字，丑之助的眼里总噙着泪水。

兵库不由得感动起来，忽然说道："那你过来吧。到道场来。我先看看你有没有成为武士的天赋。"

"哎？"丑之助像做梦似的，简直不敢相信自己的耳朵。这城中道场的大屋顶对于他幼小的心灵来说，无异于终生敬仰的希望殿堂。对方竟让自己去一趟那里，而且还是出自既非门徒也非家臣的柳生一族之口。

丑之助欣喜若狂，连说什么好都不知道了。兵库已走在前面，他便匆忙追了上去。

"洗脚。"

"是。"

丑之助在蓄着雨水的池子里洗起脚来，连粘在趾甲里的泥土都用心搓掉，然后便站在生来第一次踏上的道场的地板上。地板像镜子一样明净，连人影都映得出来。四面粗犷的护板和结实的檩木让他感到一股威严，他不禁有些畏缩。

"拿木刀。"进入这里后，兵库的声音似乎都不一样了。正门旁的武士聚集处有一面挂着木刀的墙壁，丑之助走过去，选了一柄黑橡木刀。

兵库也取了一柄，拎着走向地板中央。"准备好了吗？"

丑之助平举起手中的木刀，应道："好了。"

五

兵库并未举起木刀，只是将其提在右手，身子微微侧着拉开架势。而丑之助则平举木刀，浑身像刺猬般膨胀。

少唬人！少年横眉立目，气血上涌，一脸不服气。

出招了！兵库并未开口，只是用眼睛示意。丑之助顿时一绷肩膀，"唔"地沉吟一声。

就在这一瞬间，兵库已哒哒哒地踩着地板，逼向丑之助，木刀已朝丑之助的腰部横扫过去。

"还没完呢。"丑之助大喊一声。话音未落，脚随之一踩身后的壁板，噌的一下跳过兵库的肩膀。

兵库身子一沉，用左手轻轻一扳他的腿。丑之助由于动作迅速且用力过度，顿时像竹蜻蜓一样转了一圈，一个跟头朝兵库身后栽去。骨碌骨碌，手中的木刀顿时像滑在冰上一样飞向远处。丑之助随即一跃而起，仍不服输，追上木刀，准备捡起。

"行了！"兵库说道。可丑之助回过头说了一句"还没结束呢"，便再次举起重新握好的木刀，像猛鸷一样朝兵库冲来。但兵库啪的一下用木刀尖一指，丑之助便在中途呆立，眼里噙着不甘的眼泪。

兵库直盯着丑之助，心里却暗暗叹道：这小子有武魂！

可是，他故意怒目而视。"小家伙！你这混账东西，竟敢跳过我兵库的肩膀！一个乡巴佬竟然如此放肆，无礼至极。起来，跪到那儿！"

丑之助跪坐下来。

虽然莫名其妙，可他还是双手扶地准备谢罪。

谁知兵库竟哗啦一下将木刀丢到他眼前，一下子拔出腰刀，指着他的脸。"我要杀了你。你要胆敢喊一声，我就一刀劈了你。"

"啊，杀我？"

"伸过头来。武者最看重的便是礼仪。虽说你只是个乡巴佬小孩，可刚才的行为实在令人忍无可忍。"

"那……您是要治我的不敬之罪了？"

"没错。"

丑之助盯着兵库看了一会儿，露出一副死心的样子，说道："娘……我就要化成城里的泥土了。您一定会很悲伤，可您就当是孩儿不孝，宽恕孩儿吧。"

说着，跪向兵库的手转向荒木村的方向，然后静静地伸出脖子。

六

兵库微微一笑，立刻收刀入鞘，拍拍丑之助的背。"好了，好了。"他安慰道，"我刚才是开玩笑的。我怎么会杀掉你这样的小孩呢？"

"哎，刚才是玩笑？"

"你可以安心了。"

"可您刚才还说要重视礼仪呢，武者能开这种玩笑吗？"

"别生气，我只是想试试你有没有以武立人的天赋。"

"我还以为是真的呢。"丑之助这才松了一口气，却同时生起气来。

兵库觉得他生气也情有可原，于是又宽慰着问道："你刚才说从没跟人学过武，我看你是在撒谎吧？起初我故意把你逼到壁板处，平时就连一般的大人都会背靠壁板认输投降，可你竟跳过了我的肩膀。这种本事，就连那些练过三四年木刀的人都不会有。"

"可是……我的确从没有跟任何人学过啊。"

"撒谎。"兵库不信，"你想瞒也瞒不住。你一定有个好师父，为什么不敢说出师父的名字？"

被兵库这么一责问，丑之助沉默起来。

"你好好想想，有没有指导你入门者？"

丑之助忽然抬起头。"啊，有、有。听您这么一说，我想起来了，的确有教过我的。"

"谁？"

"不是人。"

"不是人？那还能是天狗不成？"

"是麻籽。"

"什么？"

"麻籽，就是能喂鸟的那种麻的种子。"

"别胡言乱语。麻籽怎么会是你的师父呢？"

"虽然我的村子里没有，可是如果再往里走，就会有很多伊贺忍者或甲贺忍者的宅子。看到那些人在修行，我也就跟着模仿。"

"唔？用麻籽？"

"嗯，初春要播种麻籽。不久后，嫩芽就全从土地里钻出来了。"

"用那个怎么练？"

"跳啊。我的修行就是每天从麻芽上跳过去。等到天暖和了，麻芽就会疯长，再也没有比麻长得更快的东西了。于是我就早晨跳，晚上跳，麻也一尺一尺地呼呼往上长。一旦懈怠，人就会输给麻，最后就跳不过去了。"

"哦！你就是练这个？"

"嗯，我从春天跳到秋天，去年在跳，前年也跳了……"

"怪不得。"兵库一拍大腿，感佩不已。

正在这时，木村助九郎来到道场外。"兵库先生，江户那边又送来一封书信……"说着，便拿着书信走了进来。

七

书信仍来自泽庵。前件之事，突然有变——正如书信开头所写，果然是紧跟前一封的第二封。

"助九郎，阿通还没有走多远吧。"读完书信，兵库似乎十分着急，忽然说道。

"这个……虽然骑着马，可由于有牵马的随行，想必连二里路也走不了吧。"

"那我现在就去追。我去去就来。"

"啊……出什么急事了？"

"是这样的，据这封信说，关于任将军家教头之事，由于武藏先生的身世等出了点问题，已被取消了。"

"哎？取消了？"

"可阿通竟浑然不知，还在兴冲冲地赶往江户。我也不想告诉她，可不告诉她不行啊。"

"那就由在下去追吧，请拜借一下那书信。"

"不，我去。丑之助，我现在突然有急事，你下次再来吧。"

"是。"

"在时机到来之前，你要好好磨炼意志，好好孝敬母亲。"

说话间，兵库已到了外面。他立刻从马厩里牵出一匹马，飞身跨上，朝宇治方向赶去。

可是，就在追赶的途中，他忽然重新考虑起来。其实，武藏是否成为将军家教头，对阿通毫无影响。她只是一心想见武藏而已，单从她连即将到来的四月都等不及，一个人便急匆匆上路这一点就不难看出。即使给她看了书信，劝她回来，恐怕她也不会听从，反倒只会徒让她心情黯淡，徒让她的旅途变得阴郁。

"等等……"兵库勒住马。他已从柳生城追出了大半里，如果再追一里，大概就能追上。可他明白，即使追上了也无用。只要阿通能见到武藏，两个人能在相遇的欣喜中互诉衷肠就行了，至于其他事情，完全无足轻重。

于是，兵库又徐徐掉转马头，返回柳生。尽管路边的春色是那么靓丽，他的身影看上去也那么悠闲，可只有他自己才清楚内心里有种缠绵的留恋。哪怕再多看她一眼……莫非正是因为这种留恋，才让他策马在阿通身后追赶？

倘若有人如此发问，兵库一定无法果断地摇摇头，回答一声"不"。

兵库在心里不住地祈祷阿通幸福。武士也有留恋，也有抱怨，但这只是用武士道的精神看破一切之前瞬间的心情而已。只要一步跨过这些烦恼，便会进入风轻柳绿、心旷神怡的别样天地。人岂能让恋情把青春燃尽！时代的大潮正高举着双手，呼唤着世上的弄潮儿：莫要理睬那路边花！要珍惜时光，在这大潮中乘风破浪！

草埃

一

自从阿通离开柳生，转眼已二十日有余。去者日渐远离，春意日益变浓。

"人可真多。"

"是啊，今天是奈良也少见的好天气啊。"

"一半是游山玩水吧？"

"嗯，是啊。"

说话的二人正是柳生兵库和木村助九郎。兵库戴着草笠，助九郎脸上缠着僧人头巾状的东西，原来是乔装出游。

这里所说的"一半是游山玩水"，究竟指的是他们自己，还是路上的行人？听起来似乎两者都是，但二人脸上还是挂着一丝淡淡的苦笑。

随行者是荒木村的丑之助。近来，丑之助深受兵库喜爱，比以前更常出没于城里，今天则成了两个人的随从，背着便当包裹，腰里掖着一双兵库换用的草履，俨然一个小拿鞋人跟在后面。

无论是这主从三人，还是来往的行人，不一会儿，大家就都不约而同地涌到了奈良城中广阔的原野上。

原野旁边是兴福寺，周围是森林，还有高耸的塔。原野远处的高地上，还有僧房和神官的住处。奈良的街市则在更前面的低地上，即使在白天看上去也朦朦胧胧的。

"结束了吗？"

"不，大概是饭后休息吧。"

"原来如此，法师们也用便当啊。看来法师也得吃饭啊。"

听兵库这么一说，助九郎不禁扑哧笑出声来。

尽管有四五百人聚集在这片原野上，可原野实在广阔，看上去仍稀稀落落的。有如春日野上的鹿群一样，人们有的站着，有的坐着，还有的在悠闲地散步。

不过，这里并不是春日野，而是旧平安三条的内侍原。今天，这里似乎有什么演出活动。

即使是演出活动，除了都市，也很少见到搭台子的。就算是少见的幻术师或傀儡师来，或是举行赌弓、赌剑的比赛，也都是露天举行。但今天显然不是凑热闹的集会，而是更严肃的活动。原来今天是宝藏院的枪法师们齐聚一堂，进行一年一度公开比武的日子。由于这次比武的结果将决定他们在宝藏院的位次，又是当着众人的面，所以打斗格外激烈。

不过现在，整片原野却十分空旷，氛围也极其幽静。原野一角撑起的三四处帷幕附近，挽着衣袖的法师们有的在吃槲树叶包的便当，有的在喝热水，用"悠闲自在"一词来形容最贴切不过。

"助九郎，那我们也找个地方坐下来吃便当吧。看来还得等一段时间。"

"请稍候。"于是，助九郎便四处张望，寻找合适的场所。

这时，丑之助不知从哪里迅速拿来一张席子，选了一处好地方铺下。"兵库先生，请坐在这儿吧。"

真是个有心的小家伙。虽然兵库屡屡为他的机敏而感叹，但在成长为武士的路上，这种机灵也同时让人稍感不安。

二

主从三人于是坐在席子上，剥开竹皮。里面是糙米团子，添了些腌梅子和味噌。

"好吃。"兵库像在吞吃蓝天似的，享受这露天的便当。

"丑之助，"助九郎说道，"去给兵库先生弄碗水喝。"

"我马上就去，到法师们汇集的那边去要。"

"唔，快去要……但不要告诉宝藏院的僧人柳生家有人来的事情。"兵库在一旁提醒道，"主要是嫌麻烦，千万别让他们过来打招呼。"

"是。"丑之助准备从席子的一角站起身。

"咦？"有两个旅人从刚才起就在远处的草地上东张西

望。"席子不见了，席子不见了。"在距离兵库等人十间远的地方，尽管也有稀疏的浪人、女人和商人之类，可谁都没有铺用旅人丢失的席子。

"伊织，算了。"其中一个人找腻了，说道。此男子体格健壮，脸膛浑圆，肌肉发达，手提一根四尺二寸长的橡木杖。既然是伊织的同伴，不用说，自然就是梦想权之助了。

"算了，不用找了。"权之助又说了一遍。可伊织仍未放弃，说道："到底是哪个家伙？一定是有人拿走了。"

"算了，不就是一张席子嘛。"

"就算只是一张席子，也不能让人偷偷摸摸拿走啊，真可恨。"

权之助早把这事丢到脑后，已在草地上坐下，拿出矢立，记起今天上午旅程的花费来。即使在旅行期间，也要详细记录一路的花费，这完全是因为跟伊织一起旅行，受伊织影响之故。伊织平常就时时留意生活，有时成熟得甚至都不像个孩子。他仔细周到，从不浪费东西，甚至对每碗饭和每天的天气都心存感激。因此，他也有着与常人不同的另一点，即认死理的怪脾气。尤其是离开武藏身边，融入社会中，这种脾气就更厉害了。因此，虽说只是一张席子，可伊织还是对这种擅自拿走别人东西的行为恨之入骨。

"啊，是他们吧？"伊织终于发现了正若无其事地铺着权之助一路带着的睡席，吃着便当的主从三人，"喂！喂！"

他立刻跑过去。可是，就在只差十步远时，他忽然停了下来，思忖起抗议的词句。

这时，起来要水的丑之助正好跟他迎头撞上，于是问道："干什么？"

三

伊织过年后是十四岁，丑之助虚岁十三，可是丑之助看上去比伊织年长许多。

"我还要问你干什么呢？"伊织责问丑之助的无礼。

丑之助根本就没把这个不像本地人的小旅人放在眼里，说道："是你先嚷嚷的，我才问你干什么。"

"你偷偷拿走人家的东西，你是小偷。"

"小偷？你小子居然敢说我是小偷？！"

"就是。难道不是你偷偷拿走我同伴铺在那儿的席子吗？"

"席子？那张席子是掉在那儿的，我才拿过来。有什么了不起的，不就是一张席子嘛。"

"就算是一张席子，对于旅人来说，也是遮风避雨、晚上栖身的重要东西。还给我！"

"还倒也行，可你的话惹恼了我，我就不还。除非你为刚才说我是小偷的话道歉，我才还给你。"

"要回自己的东西，居然还要道歉，真是笑话！你若不还，我就是跟你拼了也要拿回来。"

"那你就试试啊。我可是荒木村的丑之助，你以为我会输给你小子吗？"

"好大的口气！"伊织也毫不相让，耸起小肩膀说道，"胆敢小瞧我！我也是武者的弟子。"

"那好，待会儿到那边去。别仗着身边有人就吹牛，有本事就离开人群到那边单挑。"

"什么？这可是你说的。"

"你敢来吗？"

"哪儿？"

"兴福寺的塔下面，不要带帮手。"

"当然。"

"我举手之后你就过来，听到没有？"

两人打了一阵嘴仗，便暂时分开了。丑之助径直去要热水。可当他不知从何处提回一壶热水时，原野中央已生起阵阵尘土，法师们已经开始比武。人群立时围成一个大圈，挤着看起热闹。

丑之助提着水壶穿过人群后面。这时，与权之助并排看热闹的伊织回过头看了看丑之助。丑之助则用眼神挑衅：待会儿过来！伊织也用眼神回击：当然去了，你等着！

比武一开始，内侍原的悠闲气氛也陡然一变，在不时升起的黄色尘土中，人群像行进时的武士一样发出阵阵喊声。

胜还是负？人都会争胜，比武便是如此。不，这个时代便是如此。这一点也反映在少年身上。他们毕竟也是在时代中长大的，正如生来羸弱就无法成为强者一样，他们从十三四岁起就已经形成了绝不服输的骨气，这已远远不是一张席子的问题了。

不过，由于伊织和丑之助都有大人同伴，暂时还得跟在他们身后观看这原野上的比武。

四

从刚才起，原野中央就站着一个法师，立着一根粘鸟竿一样的长枪。已经有好多人跟他过了招，可不是被他踢飞，就是被打趴下，几乎没有敌手。

"谁还上来？"法师催促着后面的人。可半天竟没人应战。似乎此时不出场才是明智之举，无论是东边的幕后，还是西边的汇集处，大家全都屏息旁观，任由那法师吵嚷。

"如果再没有人上来，那野僧就要退场了。今天的比武结果就是十轮院的南光和尚第一，大家有没有异议？"和尚似乎在到处炫耀，瞅瞅东边，望望西边，向人们挑衅。

十轮院的南光和尚从初代胤荣那里得到宝藏院流直传，不觉间已自成一派，自称十轮院枪法，与如今的胤舜已经反目。也不知是害怕，还是想避免争斗，胤舜今天并没有露面，理由是生病了。南光和尚俨然一副将宝藏院的所有门徒全都打倒的样子，不久便将竖着的枪横了过来。

"那，我可要退场了。已经是无敌了。"

"等等。"这时，只见一名僧人啪的一下，斜端着枪，径直跳了出来，"胤舜门下，陀云。讨教一二。"

"请！"

接着，只听啪的一声，二人脚下顿时腾起一阵尘土。就在彼此跳开的一瞬，枪与枪已经像猛兽一样相互睨视。

本以为比武会就此结束的失望的围观者们顿时狂呼，但人群转瞬就像窒息了一样沉寂下来。铿！人们听到这强音的一瞬，还以为是一支枪打在了另一杆枪的柄上，实际上那名叫陀云的法师的头已然被南光和尚的枪狠狠击中。

仿佛被风打歪的稻草人，陀云顿时横倒在地。紧接着，三四名和尚呼啦一下从一旁的汇集处冲上台来。人们起初还以为他们是要上来挑战，不料他们匆匆抬起陀云后便退了下去，剩下的就只有狂妄的南光和尚那愈发不可一世的架势。

"应该还有几个勇士啊。如果有就赶快出来，三四个人绑到一块儿上也没事。"

就在这时，只见一名修行僧将背箱卸在汇集处后，来到宝藏院众僧人的面前，问道："这比武仅限于院中的弟子吗？"

宝藏院的人异口同声地答道"非也"，并解释道，虽然他们早就在东大寺前和猿泽池畔所立的牌子上言明，只要是有志于武道的道友，无论何人都可交手，但面对这些专修枪法，比往昔的凶僧还要凶悍的僧人，大家全都缩手缩

45

脚，生怕在众人面前丢丑不说，最后还可能落个残废，所以从没人敢自告奋勇上前挑战，否则就会被看作傻瓜。

修行僧听了，便向列座的僧人们微微施一礼，说道："既然如此，在下便想当当这个傻瓜，可否拜借木太刀一用？"

五

兵库也混在围观的人群里。他望着对面野地的情形，回头说道："助九郎，有热闹看了。"

"似乎出来一个修行僧。"

"既如此，胜负已分。"

"是南光和尚胜出吗？"

"不，南光和尚大概不会应战。倘若真比，那他就是个不成熟的人。"

"是吗？有这种事？"助九郎一脸不解。尽管兵库深知南光和尚的为人，但为什么跟现在出场的修行僧比武就是不成熟呢？助九郎纳闷了一会儿，但不久，他也明白了兵库的意思。

这时，修行僧手提借来的木刀，走到南光和尚面前。来吧！他发出挑战。看到他的样子，助九郎这才明白，虽不知该人是大峰山的修验道修行者还是圣护院派，但他年龄有四十前后，体壮如铁，与其说是修验之功，不如说是在战场上锤炼出来的更准确。那分明是几经生死所磨炼出的肉体。

"拜托。"修行僧话语平静,目光也十分柔和,却显然不是凡类。

"外地生人?"南光和尚打量一下眼前这位新的劲敌,问道。

"是,是临时加入的。"修行僧微微点头道。

"等等。"南光和尚忽然把枪立了起来,似乎已意识到自己不是对手。或许自己在招数上会略胜一筹,但他从这名新对手身上感到了一种不可战胜的东西。在当今的修行僧中,隐姓埋名韬光养晦者不胜枚举,还是避开为妙。大概是出于这种顾虑,南光和尚摇摇头说道:"我不与外地生人交手。"

"可我刚才已在那边问过了规则……"修行僧不卑不亢,指出自己的出场毫无不当,仍步步紧逼。

南光和尚却说道:"别人是别人,拙僧是拙僧。拙僧的枪并不是为了随便战胜别人而使的,只求在这枪中锻炼法身而已,并不喜欢比武。"

"是吗?"修行僧苦笑一声。尽管似乎还想说些什么,但大概是不喜欢在人群中说话吧,他只好无奈地将木刀返还给汇集处的僧人们,径直离去。

南光和尚也趁机退场。对于他的脱逃,虽然僧人们和围观者都觉得很卑劣,他却毫不在意,仍如凯旋的勇将般带着两三名弟子打道回府。

"怎么样,助九郎?"

"果如您所料。"

"应该是这种结果。"兵库说道，"那修行僧恐怕是九度山上的人。倘若把头巾和白衣换成铠甲，一定是位赫赫有名的老将。"

或许是比武已经告终的缘故，围观之人也各自散去。助九郎环顾四周。"咦，哪儿去了？"他不禁嘟囔起来。

"什么事，助九郎？"

"丑之助不见了。"

童心地描图

一

这是两个人的约定，他们要单独比试。趁着大人们全都被野地比武吸引，丑之助朝伊织使了个眼色，示意他出去，于是伊织背着权之助，悄悄从人堆里溜了出来。丑之助也瞒着兵库和助九郎跑出来，来到兴福寺的塔下。

在高耸的五重塔下，两个小武者怒目而视。

"搭上小命可别后悔啊。"

听伊织这么一说，丑之助不甘示弱。"少吹牛！"说着随手捡起一根木棒，因为他没带刀。

伊织却带了。只见伊织一下拔出刀来。"看刀！"说着便砍了过去。

丑之助往后一跳。伊织以为他胆怯，又追着再砍。结果丑之助把伊织当成了麻，一下子跳了起来，在空中朝伊织的脸踢去。

"啊！"伊织顿时用一只手捂住耳朵，一个趔趄。但他立刻站了起来，继续挥刀。丑之助也舞起木棒。伊织将武藏的教诲和平常跟权之助学的东西都忘记了，只觉得自己不打过去，就会挨对方的打。

眼睛，眼睛，眼睛——武藏曾那么不厌其烦地提醒他，而今他全忘到了脑后，只知道闭着眼睛，用刀朝对方一阵瞎砍。而坐等机会的丑之助却身子一躲，再次狠狠地将伊织打趴在地上。

"呜……"伊织已经起不来了。

"我赢了！"丑之助一阵骄傲，但看到伊织动不了了，他忽然害怕起来，朝山门方向跑去。

"喂！"这时，忽然有人从他背后大喊一声，仿佛四面的树丛在怒吼。随着喊声，一根四尺左右的木杖挂着风声飞了过去，前端啪的一下打在丑之助的腰部。

"痛！"丑之助顿时摔倒在地。

紧接着，有一个人随着木杖跑了过来。不用说，自然是前来寻找伊织的梦想权之助。"站住！"

一听到声音，丑之助连腰上的疼痛都忘了，又如脱兔般跳起。可还没跑出十步，便与从山门进来的另一个人迎头撞上。

"这不是丑之助吗？怎么回事？"原来是助九郎。丑之助慌忙躲到助九郎背后。追赶而来的权之助与助九郎不期而遇，顿时互相瞪起眼珠对峙。

二

　　二人用眼神对峙，打斗一触即发，不禁让人觉得后果难料。助九郎的手摸向刀，权之助的手则伸向木杖，步步紧逼。可是，两个人最终都没有动手，而是通过对话了解起事情的真相。幸亏两个人都拥有能洞彻对方的敏锐的观察力。

　　"旅人，我虽不知详情，可你身为一个大人，为何要打这么个小孩子呢？"

　　"我还正要问你呢。你先看看前面倒在塔下的我的同伴吧。他都被那小孩打昏过去了，正痛苦呢。"

　　"那少年是你的同伴？"

　　"正是。"权之助应了一声，立刻反问了一句，"那小孩是你的奴仆吗？"

　　"虽不是奴仆，却是在下主人关照的一个小孩，名叫丑之助。喂，丑之助，你怎么把那旅人的同伴打得起不来了？"他回头看看躲在背后默不作声的丑之助，"老实交代。"

　　助九郎责问起来，可未等丑之助开口，倒在塔下的伊织忽然抬起头从远处喊道："我们是比武、比武！"说着，他拖着仍旧作痛的身体走了过来，"我们是比武，是我输了，不是那孩子的错，是我没用。"

面对坦承失败的伊织，助九郎不禁感叹地睁大了眼睛。"哦，你们是约定比武啊？"说着眯起微笑的眼睛，又回头看了看一旁的丑之助。

丑之助此时也有些不好意思，说道："是我拿了他们的席子，我不知道那是他们的，就偷偷拿了过来，是我不对。"他说明了原委。

被打倒的伊织也恢复了精神。一问才知道是小孩子间的事情，本就该一笑了之，可倘若权之助刚才追过来，与跑来的助九郎迎头撞上，然后两个大人毫不相让，不问青红皂白便用武器，恐怕二人白洒的鲜血早已染红大地。

"啊，实在是失礼。"

"彼此彼此。也怪在下一时鲁莽。"

"那，主人已在那边等不及了，就此告辞。"

"后会有期。"

双方于是相对一笑，出了山门。助九郎领着丑之助，权之助则带着伊织。正当双方欲在兴福寺门前分别时，权之助忽然返回问道："啊，稍微打听件事。去柳生庄该怎么走？顺着这条道直走可以吗？"

助九郎回过头来，答道："你要去柳生的何处？"

"在下要造访柳生城。"

"去柳生城？"助九郎顿时停下脚步转过来，折回权之助身旁。

三

真是不打不相识，双方竟无意间获知了彼此的身份和来历。不久，等待助九郎和丑之助的柳生兵库也走了过来，及至听闻事情的始末，不禁连连叹息："哎呀，真可惜。"然后用同情的目光望着千里迢迢从江户赶到这大和路来的权之助和伊织，说道，"哪怕你们早来二十天也好啊。"他连连惋惜道。助九郎也连称可惜，茫然地望着天空，不知对方所找之人已身在何处。

不用说，梦想权之助之所以将伊织带到这儿来，就是为了寻访据称身在柳生城的阿通。他找阿通并非为了自己，而是前些时候在北条安房守的府邸时谈起伊织姐姐的事情，无意间得知阿通就是伊织的亲姐姐，便决定动身前来。

可没想到，双方竟走岔了，他们要寻找的阿通早在二十多天前便去江户寻找武藏了。更不巧的是，听权之助说，武藏本人也早在权之助动身之前就离开江户，连身边的朋友都不知其去向。

"这下谁也找不到谁了。"兵库忽然叨念起来，接着又想起自己曾一度追阿通到了宇治途中，却没将其叫回便折返，不禁有点后悔，"真可怜，她怎么总是这么不幸呢。"淡淡的留恋又勾起对阿通的思念，让他不由得陷入回忆。

可是，这里还有一个可怜之人，那便是在一旁听他们谈话，呆呆站着的伊织。出生后便杳无音讯的姐姐——在以前毫无希望的时候，他既不想见她，也并不觉得寂寞。可自从听说姐姐还活在世上，而且就在柳生，他便像在漂浮的海面上发现一片陆地一样，再也抑制不住生来第一次喷涌而出的思慕和对亲人的眷恋，怀着满腔的希望，不停催着权之助，风尘仆仆地赶到了这里。

尽管快要哭出来，可伊织还是忍住了。若要哭，他宁愿到一个没人的地方哭个够。由于权之助被兵库问这问那，一直在说江户的事情，伊织便一面低头望着一旁的草花，一面慢慢地从大人们身边离去。

"你去哪里？"丑之助从后面跟来，面带安慰，将手搭在伊织的肩膀上，"你哭了？"

伊织使劲摇摇头，眼泪却从眼中飞散而去。"我怎么会哭呢？你看，我哪儿哭了？"

"咦，那边有山药的秧子。你知道怎么挖山药吗？"

"我当然知道，我的故乡也有山药。"

"咱们比比吧，看谁挖得快。"

听丑之助这么一说，伊织便蹲下挖了起来。

四

什么叔父宗矩的近况、武藏的事情，还有江户市街的变化、小野治郎右卫门失踪的传闻等琐事，问起来没完，说起来也没头。在这大和的山里，若是偶尔从江户来个人，那么此人的一字一句全都会成为令人耳目一新的社会知识。

不觉间已过了许久，兵库和助九郎也都意识到天色不早。"总之，眼下就先来城里小住一阵子吧。"兵库邀请道，而权之助只是深表谢意，谢绝道："既然阿通小姐不在——"他表示自己想继续旅行。

不过，权之助原本就是修行之身，而在故乡木曾逝去的母亲的遗发和牌位至今仍带在他身上，让他时时惦念，所以他想趁着来到这大和路的机会，顺便去一趟纪州的高野山或是人称"河内女人高野"的金刚寺，把母亲的牌位寄存在那里，将遗发放进佛塔。

"那太遗憾了。"兵库知道强留也没用，只好分别，这时才忽然发现身边的丑之助不知何时不见了。

"咦？"权之助也四处张望，寻找伊织的影子。

"在那儿。两个人都蹲在地上挖东西呢。"

顺着助九郎手指的方向一望，果然，伊织和丑之助二人稍微拉开距离，正各自挖土。大人们微笑着，偷偷站到他们背后。不过两个人都没有发现。他们一直在挖山药秧的根部，为了不让易断的山药折断，二人都小心地呵护着山药的周围，各自挖了一个深洞，洞大得简直连一只胳膊都能伸进去。

"啊……"不久，二人终于注意到背后的动静。丑之助回过头，伊织也扬起笑脸。看到大人们都在看自己比赛，二人便越发起劲。

"我拔出来了。"不一会儿，丑之助把一个长长的山药抛到地上。

伊织则把肩膀都探到了坑里，仍默默地扒着土坑。

看到他没完没了的样子，权之助说道："还不行？走了。"

被他一催，伊织便像个老人一样捶捶腰，站了起来，说道："不行不行，这山药得挖到晚上呢。"接着恋恋不舍地望望土洞，拍打身上的泥土。

丑之助瞅了瞅，说道："怎么，都挖这么深了还不行？你也太小心了，我给你拔出来。"说着就要伸手。

"不行不行，会折断的。"伊织拒绝了他，接着用脚把周围的土踢回好不容易挖到八分深的土坑里，又照原样埋了起来。

"再见！"丑之助骄傲地把自己挖出的山药扛在肩上。可是那山药并不完整，断口处正冒着白汁。

"丑之助，你输了。比武你虽胜了，挖山药你却输了。"兵库使劲按了下他的头，就像用脚踩踏长势太凶的麦苗。

大日

一

吉野的樱花也该褪色了吧，路边的蓟菜花已开始绽放，尽管走起路来仍有点汗津津的感觉，但这一带的路让人怎么走也不厌，即使是路上的牛粪也能让人联想起往昔的宁乐朝，感叹时代的流转。

"大叔，大叔……"伊织回头拉着权之助的袖子，再三提醒，"他又跟来了，昨天的那个修行僧。"他小声说道。

权之助故意不听他的提醒，径直往前走。"别看，别看，不关你的事。"

"可是真奇怪啊。"

"怎么奇怪？"

"昨天在兴福寺门前与柳生兵库先生分别后不久，他就一会儿在前一会儿在后地跟着我们……"

"这与你有什么关系？人嘛，都在走各自的路。"

"那他到别处投宿不就行了，偏偏连客栈都跟我们住的一样。"

"他爱怎么跟就怎么跟，反正我们又没有值得偷的东西，不用担心。"

"可我们有命啊，也不是空无一物。"

"呵呵呵，我早就把生命之门锁好了。伊织你也是吧？"

"我也是。"

越是不让看，伊织就越想回头。他的左手一刻也未离开那把野砍刀的护手，权之助也觉得不怎么舒服。那修行僧很面熟，就是昨天宝藏院举行比武时希望临时参加却被拒绝的人。但权之助无论怎么想也找不出他们能有什么理由被对方缠上。

"咦，不知什么时候不见了。"伊织又回头说道。

权之助也回头望望。"多半是跟腻了吧。啊，这下爽快了。"

当晚，两个人便在葛木村的一户民家借宿。翌日一早，二人就进入南河内的天野乡，边走边注意清流沿岸的门前町那低矮的房檐。

"打听一下，听说有个从木曾的奈良井嫁到这里一户酿酒人家的女人，名叫阿安，你们知道吗？"权之助仅凭渺茫的线索边走边打听。

这个阿安，其实是他在故乡认识的一个人。听说嫁到了这天野山金刚寺附近，他就想找找看，若是能找到，就托她把亡母的牌位和遗发放进金刚寺供养起来，倘若找不到就去高野。不过，听说高野是达官显贵灵柩的供养场所，供养的全都是名门望族的灵牌，贫贱的旅人根本就没指望。不过，如果这儿实在不行，那就还得去一趟高野山。

正当他想到这里的时候，竟误打误撞地得到了阿安的消息。

"啊，你要找阿安啊。她就在酿酒坊的大院里。"告诉他消息的是门前町一家店铺的老板娘。老板娘还热心地为他引路。"进了这个门后，右侧的第四家听说就是酿酒人藤六的家，你过去问问吧，藤六就是阿安的丈夫。"

二

天下无论哪里的寺院似乎都有"荤酒不许入山门"的规定，天野山金刚寺的僧房里却允许酿酒。这酒当然不会拿到市面上卖，但由于丰臣秀吉曾盛赞这里的寺酿香醇，且在诸侯之间也以"天野酒"闻名，尽管在秀吉亡后，这股风气已日渐消亡，但年年酿制后送给讨要的施主的旧习却仍然残留。

"因此，我等十来个酿酒人就被雇到了这山寺来。"阿安的丈夫、酿酒人的头目藤六当夜便解释了来龙去脉，解开了权之助的疑惑。谈到权之助的请求时，藤六答道："这还不容易。既然是为了尽孝，明天我就去求一下僧正，给你供奉进去。"

次日，权之助起床的时候，藤六已经不见了。但刚过午时，藤六便现身说道："我去求过僧正了，他很爽快地答应了。请跟我来吧。"

于是，在藤六的引领下，权之助跟在后面，伊织则紧跟着权之助，三人匆匆朝寺里走去。

四面是幽静的峰峦，未完全凋谢的山樱花已经发白，七堂伽蓝便处在天野川溪流环绕的山谷里。从通往山门的土桥上往下望望，但见山樱花的花瓣一簇簇地汇聚在水流上，朝下游泻去。

伊织正了正衣领。权之助也缩紧了身子，不由得被山峦的气势和僧房的庄严打动。可令人意外的是，一个轻快的声音忽然从正殿上面传来："是你求我供养你的母亲吗？"说话的僧人身肥体壮，个头很高，脚板宽大。既然是僧正，想来一定是身披金线织花袈裟、怀抱拂尘的威仪之人，这位却头戴破笠、手持拐杖，即使让他站在市井陋巷也不显奇怪。

不过藤六却道："是，所托者便是此人。"从他恭敬地叩拜在堂下的地上，代替权之助回答的样子来看，此人果然是僧正。

权之助也打了声招呼，正要跟藤六一样跪下来，僧正却已然把大脚伸进台阶下脏兮兮的草履，说道："那，就请到大日佛祖处来一趟吧……"说着，便拿了一串佛珠，朝前走去。

在五佛堂、药师堂、斋堂之间绕了一会儿，又从僧房稍稍走了一阵后，眼前便现出金堂和多宝塔。这时，一名从后面追过来的佛家弟子问道："打开吗？"

见僧正点头示意，那人便用一把大钥匙打开了金堂大门。

"请落座。"在对方的催促下，权之助和伊织便坐进空荡荡的伽蓝之内。抬头一望，台座之上是一座一丈有余的金色大日如来像，正在天花板下面含微笑。

三

不久，僧正穿好袈裟，从佛像后面走出，然后坐在台座上朗朗地诵起经来。刚才还只是一名脚穿破草履的寒酸山僧，可往台上一坐，背影竟也流露出毫不逊色于运庆那鬼斧神工般雕像的威严。

权之助双掌并拢于胸前，心里描绘起亡母的音容。但见一朵白云流过，盐尻岭的山峦和高野的草也浮现在眼前。武藏正脚踏着随风摇曳的小草，拔刀站在那里，自己则手持木杖与其对峙。在野地里的一株杉树下，老母亲正像地藏菩萨一样孤零零地坐在那儿。母亲的眼中充满了担心和焦虑，满含着恨不能自己也要跳到这刀与杖之间的眼神。那完全是担心儿子的爱的眼神。当时，正是母亲的一声大喝，让他悟出了"导母之杖"那一招。

"娘，现在您大概仍跟那时候一样，用担心的眼神关注着我的前途。不过，您不用担心。幸亏武藏先生答应了我的请求，现在正在教我。我离自立门户的日子或许还很远，可无论世道多么混乱，孩儿都决不会脱离正道。"

随着屏息凝神的专心祈祷，权之助只觉得眼前高高在上的大日如来化成了母亲的面容，就连那微笑都化成了母亲在世时的微笑，沁入了心里。

"呃……"当权之助忽然回过神来，分开双手时，僧正早已消失，经已经念完了。一旁的伊织也呆呆地仰视着大日如来的面容，似乎忘记了起身。于是权之助喊了声"伊织"，将其唤醒。"你怎么看得那么出神？"

听他一问，伊织这才回过神来，说道："这大日如来跟姐姐好像啊。"

权之助不禁哈哈笑了起来。"你连阿通姐姐的面都不曾见过，怎么会知道她的长相？而且大日如来的脸就是大日如来的脸，如此慈悲圆满的具相，凡尘中怎么会有呢？这只是运庆那种名匠的修行碰巧在凿下显现出来的奇迹，绝不是凡界之物。"

听他这么一反驳，伊织仍一口一个"可是"，使劲摇头。"我有一次到江户的柳生府邸出使，半夜迷路，就曾遇到过一个叫阿通的小姐。当时要知道她就是姐姐，好好看看就好了，现在却想不起来了。想着想着，就在方才僧正念经的时候，我双手合十，觉得大日如来的脸变成了我姐姐的脸。真的，她还跟我说话了呢。"

"唔……"权之助已无法再反驳，他自己也久久不愿意离去。

山谷的黄昏来得格外早。太阳已沉到山后，只有多宝塔塔尖上的水烟像镶嵌着七宝珠一样，璀璨地映在余晖中。

"啊，虽然这点祈福对去世的母亲远不够，可身为生者，今天我还是度过了积善的一天，似乎血腥的尘世已不存在。"

面对沉沉薄暮，两人仍坐在金堂的走廊里。

四

不知何处传来沙沙的清扫落叶的声音。权之助于是抬起头。"咦？"一望右边的山崖，但见山崖中段建有室町风格的古雅的观月亭和庙宇，一条狭窄的石子路上爬满青苔，往幽翠的山上伸去。

一个是高雅的尼姑模样的老妇人，另一个则是体态丰盈的五十岁上下的男子，朴素的木棉衣物上套着无袖外褂，碎樱花图案的皮袜上穿着新草履，腰佩一把鲨鱼柄的小刀，既不像武士也不像商人，显得分外高雅。他手拿扫帚，忽然伸伸腰站了起来。老尼则头裹白色软绸头巾，同样手持扫帚。

"呃……稍微干净点了吧。"老尼打量着一路清扫下来的山路和山崖的角落。

看来这一带人迹罕至，也没人去管理，冬天的残枝败叶和鸟类的尸骸就像农家的堆肥一样腐烂堆积在路上，丝毫看不出春天的样子。

"母亲，挺累了吧？太阳也沉了，剩下的就由我来扫，您先歇歇吧。"那个肥胖的男子说道。

看来这老尼是年近五十之人的母亲。听了儿子的话，她反倒笑了。"大概是在家时也闲不住的缘故吧，我一点都不觉得累，倒是你，身子那么胖，这种活儿又不常干，手都让土弄糙了吧。"

"是啊，您说得没错，拿了一天的扫帚，我的手掌心都起水泡了。"

"呵呵……这倒是件好礼物。"

"不过，今天倒是有一种说不出的神清气爽。或许，这也是我们母子这点卑微的心意感动了天地的缘故吧。"

"反正今晚我们还要在寺里住上一夜，剩下的就明天再干，先回去吧。"

"天开始黑了，小心脚底……"儿子一面提醒，一面执起老尼的手，从观月亭的小路朝权之助和伊织休息的金堂走下来。老尼和儿子都没有想到黄昏中的金堂走廊下会有人，看到忽然有人影起身，都吓了一跳。

"谁？"两个人一下子停住，但老尼脸上立刻就浮起慈祥的笑容，"你也在这儿斋戒祈祷吗？今天可真是个吉日啊。"看到人影，她迎面打着招呼。

权之助也还之以礼。

"是。我是来供养母亲的，看到这幽静的黄昏之景，不禁着迷地欣赏起来。"

"难得你这份孝心啊。"说着，老尼把目光移向伊织，

"真是个好孩子……是你弟弟？"说着，她抚摩着伊织的头，回头对儿子说道："光悦，在山上吃的麦点心，你袖子里还剩了一点吧？给这个孩子吧。"

古今逍遥

一

被唤作光悦的老尼的儿子从袖中取出一纸包点心，让伊织拿着，然后说道："不好意思，这是剩下的一点东西，如不嫌弃，你就拿去吃吧。"

伊织托在手里，不知如何是好，便回头问权之助："大叔，这个能要吗？"

"你就收下吧。"

权之助替伊织致了谢，于是老尼又说道："听口气，你们两个人似乎不是兄弟啊。像是关东人，这是要到哪儿去旅行？"

"无尽之道，无终之旅啊。正如您所料，我们两个的确不是亲人，虽然年龄相差悬殊，却是武道上的师兄弟。"

"学刀？"

"是。"

"那可不是一般的修行。敢问师父是哪一位？"

"宫本武藏。"

"哎？武藏先生？"

"您认识？"

老尼竟一时忘了回答，只是惊奇地瞪大眼睛，似乎沉浸在回忆中，看来她与武藏绝非一面之识。老尼的儿子也仿佛听到了熟悉的名字似的，凑上来问道："武藏先生现在何处？一向可好……"

二人详细询问，权之助也竭尽所能作答。男人不断与母亲交换眼神，不住地点头。权之助问道："敢问您是……"

"啊，忘了介绍了。"对方慌忙致歉，"我住在京都的本阿弥路口，名叫光悦。这是家母妙秀。我们与武藏先生在六七年前偶然相识，平时也时常谈起他来。"接着，光悦便随口说出两三段当时的旧事。

光悦的名字，权之助早听说过，而且在草庵的炉边，权之助也听武藏说起过与这光悦之间的交往。今天竟在这意外的地方遇上了意外之人，权之助十分惊讶，还有一丝不解：在京都拥有赫赫家世的妙秀尼和本阿弥光悦母子，怎么会到这人迹罕至的山中伽蓝来，还拿起竹扫帚，清扫起连寺中杂役都懒得打扫的山中败叶，扫到这么晚呢？他的疑惑不由得加深。

不觉间，朦胧的月亮已升到了多宝塔的水烟附近。这迷人的夜色连匆匆过客都会留恋不已，权之助更是不愿离去，他问道："看样子，您二人打扫了一整天这山上的山道。是山上有有缘之人的墓碑，还是游山时闲来无事……"

二

　　"不是，不是。"光悦摇摇头，说道，"这里可是庄严的圣地，心血来潮忽然划拉两下，那成何体统。"尽管权之助说者无心，可光悦还是怕被误解似的，努力解释自己并非为打发无聊才拿起扫帚。"你是头一次来这金刚寺参拜吧？想必也从未听山僧们提起过这座山的历史吧？"

　　权之助实话实说："是的。"他并不觉得这种无知是身为武者的自己的耻辱，便照实回答。

　　光悦于是说道："那就恕我多嘴几句，替山僧把道听途说来的一点东西介绍给你听听吧。"说着，他环顾四周，"正好朦胧的月色也照过来了，我就是站在这里也能如数家珍，这上院的坟墓、灵堂、观月亭，还有远处的求闻持堂、护摩堂、大师堂、斋堂、丹生高野神社、宝塔、楼门都能一览无余吧。"

　　光悦指了一圈，自己也仿佛沉浸在净土中。"请看。那松，那石，纵然是一草一木，也跟这个国家的民众一样，有着不屈的节操和代代相传的优雅，像在对寻访之人诉说着什么。"他似乎变成了草木精灵，追述起草木的心声，"就在从元弘、建武到正平年间这段漫长的乱世里，这座圣山时而变成大塔宫护良亲王祈愿胜利的大炉，变成密谋的场所，时而又变成楠正成等人精诚守卫的地方，后来又变成京都六波罗的贼军大举进攻的目标。江河日下，到了足利氏篡世的乱世，更是无一宁日。自从后村上天皇逃至男山，御辇在兵火之间到处漂泊，不久便把这金刚寺当成了行宫，常年忍受着形同山僧的艰苦生活。"

"还有，更早以前，由于光严、光明、崇光三位上皇都曾御幸这座圣山，所以整座山上驻满了大量守护的武士和公卿，时间一久，不要说为防止贼军偷袭而准备的兵马粮草了，就连上皇的早晚膳都不够了。目睹当时惨状的禅惠法印曾感叹说：坊舍山房全扫光，损亡不计其数。而且在此期间，主上甚至把寺里的斋堂充为政厅，寒日不生火，炎夏不休息，勤政不已。"

说到这里，光悦忽然沉默下来。"这一带就是那斋堂，叫摩尼院，无处不是遗迹啊。这上院的墓地，据说也是供奉着光严院法皇部分遗骨的灵地，可是自足利世以来，围墙倒塌，败叶深埋，实在是太荒凉了。于是今天从早晨起，我便跟母亲一道，从上院的墓地一带漫无目的地清扫起来。当然，您若说是闲来无事，那也没办法。"光悦又含笑说道。

三

听着听着，权之助心生敬畏，不知不觉间正襟危坐听得入了神。不，比起他来，伊织更是一脸严肃，目不转睛地盯着讲述人光悦的脸。

"所以，在从北条到足利的长期乱世中，就连那些石头和草木也全都成了维护皇统一系的战士。石头成了护国的要塞，树木成了天皇用膳的柴薪，绿草则成了士兵的被褥。"光悦像是找到了真挚倾听的对象，仿佛要吐尽郁怀至情，面带不忍离去的神色，环顾着夜空和净土万象，又说道："大概是当时与贼军对抗时，在这儿一面吞咽草根一面潜伏的一个亲兵，或者是一个手持降魔剑、与士兵同仇敌忾的僧兵吧……总之，今天我们母子在上院墓地附近清扫山道的时候，忽然从一处草丛里发现了一块石头，上面竟刻了这样一首歌：纵使战争历百年，春天不再来，世之人民啊，亦莫忘歌声。看到这首歌后，我的心久久不能平静。在长达几十年的战争岁月中，这是何等豁达的心胸，这是多么坚定的护国信念！那曾经豪言死去七次也要卫国的大楠公的信念，甚至已铭刻在一个无名小卒心里。而且，正是因为拥有这种传承的优雅和博大的心胸，这儿的堂塔才会历经百年战争仍巍然屹立于皇土之上。这难道不可贵吗？"光悦最后总结道。

权之助舒了口气，说道："在下这才知道，原来这圣山竟是如此令人敬仰的战场。不知者不为怪，请恕在下刚才的唐突之问。"

"不用，不用介意……"光悦摆摆手，说道，"说实话，在下正想找个人聊聊，一吐平日里的郁闷呢。"

"那，我还有一个无聊的问题，您听了或许会觉得好笑。

您已在这寺院里逗留很久了吗？"

"是的，这次已待了七天。"

"是因为您的信仰？"

"也不是，是因为家母喜欢来这一带走走，而我自己来到这寺里，也能看到奈良、镰仓以后的绘画、佛像、漆器等各种名匠作品……"

不觉间，光悦和妙秀，权之助和伊织，四人分成了两组，在朦胧的地面上拖曳着影子，从金堂朝斋堂方向走去。

"不过，我想明天早晨就动身。倘若遇见武藏先生，请转告他，有空再到京都的本阿弥路口去坐坐。"

"我记下了。那，晚安。"

"嗯，晚安……"

四人在山门下月光照不到的暗处分别。光悦与妙秀朝僧房走去，权之助和伊织则一起走向山门外。

土墙外面是环绕的溪流，就像天然的护城河。可刚踏上土桥，一样白色的东西竟一下子从隐蔽处袭向权之助背后。伊织还没喊出声来，便一脚踩空了。

四

扑通！伊织立刻从水花中跳了起来。水流虽急，却很浅。怎么回事？只是一瞬间，怎么就掉下来了呢？连他自己都觉得莫名其妙。可再望一下土桥上面，伊织这才发现，将自己抛出的力量早已在桥上形成一个容不得任何异物的真空圈，进入对峙。其中一方便是忽然袭击权之助的白影。伊织被踢飞的一刹那所看到的白色东西，便是那人的白衣。

"啊，修行僧？"该来的还是来了，伊织想。果然是那个从前天起便莫名其妙地尾随他们的修行僧。

修行僧手持木杖，权之助也拿着惯用的木杖。尽管是突然袭击，可权之助并不慌张，突然一个闪身，修行僧便隔着土桥堵住路口，权之助则背对山门。

"什么人？"权之助大喝一声，"认错人了吧？"他厉声责问道。

修行僧却一言不发，分明不是认错人的样子。尽管他背着背箱，行装不便，可踏在地上的脚却像扎了根的大树一样牢固。

这对手绝非善类——权之助不敢小视，浑身绷紧，将木杖捋在身后，又喝问一声："谁？卑怯之辈，报上名来！为何无缘无故偷袭我梦想权之助，说出理由！"

修行僧却像没听到一样，眼里燃烧着葬入火海般的烈焰，金刚草鞋里的脚趾头如同百足虫的脊背一样，一缩一缩地逼了过来。

"唔，那就休怪我不客气了。"权之助再也忍耐不住，大喝一声，滚圆的五体充满了斗志，也朝逼近的修行僧压了上去。

咔嚓一声，修行僧的木杖已被权之助的木杖打成两段，飞向空中。可修行僧仍不罢手，立刻把留在手中的另半截木杖朝权之助脸上扔来。权之助一躲，一把抽出腰间的戒刀，如飞燕般朝修行僧扑去。

就在这时，修行僧忽然"啊"地大喊一声，同时，溪流中的伊织也大喊了一声"可恶"。嗒嗒嗒，修行僧径直从土桥朝大路方向后退了五六步。

原来是伊织扔出的一块飞石狠狠击中了修行僧的面部，说不定还击中了左眼。总之，修行僧遭受了这突如其来的致命打击，知道大势已去，顿时败下阵来，立刻转身，如箭一般沿着寺院的土墙和溪流朝市街方向逃去。

"站住！"伊织跳上河岸，手中仍握着石头，正要追击，却被权之助叫住。"活该！"他这才把石头朝早已没有人影的暗处远远地丢去。

五

回到酿酒人藤六家不久，二人便钻进了被窝，却怎么也睡不着。

夜越深，呼啸的山风便越发凄厉地绕过屋顶传入耳朵。不过，二人难眠却并非全因这些。在迷迷糊糊之间，权之助的脑海里不禁回放起光悦的话来，想起了建武、正平的往昔岁月，又想到了当今的世道。

自应仁之乱开始，室町幕府崩溃，信长一统霸业，秀吉横空出世。时光荏苒，秀吉死后，关东和大坂两大势力为争夺霸权，正酝酿着一触即发的战争。想来，现在与建武、正平年间的岁月有何不同？在那最令人生厌的时代里，尽管有北条、足利之徒搅乱国家大局，可另一方面，仍有像楠氏一族那样、像诸国的尊王武族那样的真正武士涌现出来。可现在的武门如何？武士道又在哪里？这样能行吗？

眼看着天下霸权在信长、秀吉、家康的手里匆匆易手，民众也在不知不觉中失去了真正的依靠，民心涣散，天下失统。武士、商人、百姓——所有一切都因武家的霸权而存在，人们早已迷失了身为天皇臣民的本分。

忽然意识到这一点时，权之助又继续想，尽管社会繁荣了，人们的生活也变得有活力了，可在根本上，这国家从建武、正平的时候起就没怎么变好。现实的世道与大楠公信奉的武士道和理想仍相差甚远。

想着想着，横躺在被窝中的身体变得燥热，河内的峰峦、金刚寺的草木还有夜半吼叫的风声，都如精灵一般钻进了他的梦乡。

伊织也没有睡好，也在思来想去。刚才那修行僧究竟是什么人？那个白色的幻象似乎怎么也无法从眼前消失，于是他不由得担心起次日的旅程来。"真可怕。"伊织喃喃着，冷飕飕的山风让他不禁裹紧了被子。于是，梦中的大日如来也不再微笑，寻访的姐姐的影子也不再出现。第二天早晨，他早早便睁开了眼睛。

藤六夫妇听说两人今早就起程，天还不亮便准备好了早饭和便当，等到临上路时，又一些把烧酒糟包在纸里，塞给伊织。"这个路上吃吧。"

"给你们添麻烦了，后会有期。"

一上路，只见七色朝霞在山间涌动，天野川的流水正升起腾腾的雾气。就在这迷人的朝霭中，忽然有一个轻装出行的行商从附近的人家出来，在权之助和伊织身后打起招呼："哟，上路这么早啊。"对方精神十足。

绳子

一

由于是陌生男子，权之助只是象征性地寒暄了一下。伊织也因为昨晚的事情没作声，只是默默地走着。

"贵客昨夜住在藤六先生处吧？在下也常年受藤六先生的照应，他们夫妇可真是好人。"行商男子似乎已把两个人当成了同伴，越发亲昵。

权之助只当是耳旁风，于是对方又说道："在下也深受木村助九郎先生的照顾，也经常去柳生城办事。"他频频扯着话题，"既然您都到人称'女人高野'的金刚寺参拜了，那一定也得爬爬纪州高野山才行啊。现在山道上的雪已经没了，坍塌的山路也完全修好了，正是登临的最好时机。白天悠闲地爬爬天见、纪伊见等山，今夜正好可以桥本或学文路休息——"

由于对方对自己的情况太熟悉，桩桩件件都在迎合自己，权之助不禁警惕起来。"你是干什么的？"

"我是卖绳子的。您看我这背囊里面——"说着，对方脖子一歪，把背着的小包给权之助看，"我带着绳子的样品，在远近乡里跑来跑去，寻求订货人。"

"哦，是卖绳子的啊。"

"由于藤六先生的关系，我也深受金刚寺的照料。其实我昨天本也打算照例住到藤六先生家，可藤六先生说正好有位推不开的客人，要我去邻近的人家看看，于是我就睡到了同为酿酒坊的另一家长屋。不不，我并没有责怪你们的意思，只是如果能住到藤六先生家，他总会款待我好酒的，说白了，我也不是为了去睡觉，只是想讨点他的酒喝而已……哈哈。"

如此一听，倒也没什么奇怪的。权之助索性就借这名男子熟悉当地的地理和风俗人情，开始充实自己的知识见闻，边走边询问，不觉间便熟络起来。

三人登上天见高原，从纪伊见的山岭上能望见高野大峰的正面。"喂！"这时身后忽然有人呼喊，回头一看，又一个跟同行的卖绳者一样打扮的行商跑了过来。

"杉藏，你太过分了。"对方一追过来，便气喘吁吁地责问，"咱们不是早就说好了吗，今早动身的时候喊我一声，害得我在天野村口等了老半天，你却一声不响地一个人走了。"

"源助啊……真不好意思。我这不正好遇上藤六先生家的客人嘛，一迷糊就忘了招呼你一声。哈哈哈。"卖绳子的行商挠挠头，不好意思地说道，"只因跟这位先生聊得太投机了，结果就——"说着又望望权之助，笑了。

看来两人是卖绳子的同伴，一路不断聊着销售额和市场行情。不久，二人同时停住脚步。"啊，危险。"

前方是一处仿佛太古时代的大地震留下的断痕一样的裂谷，上面胡乱架着两根圆木。

二

"怎么回事？"权之助凑到二人身后，停下脚步。

行商杉藏和源助则说道："先生，请先等等。这儿的独木桥坏了，不稳。"

"崖要塌？"

"那倒不至于，但由于融雪，土石都坍塌了，一直也没人修。这么多人都走呢，我们现在就去加固，您先稍微歇息一下。"说着，二人便迅速在断崖边弓下腰，往两根朽木桥的根脚处填上石块，培上土。

真是少见的好人。权之助心里很感动。越是经常旅行的人，便越会对旅途的困苦深有体会，可越是这种人，却多半对其他旅人的困苦不管不顾。

"大叔们，我再帮你们搬些石块来吧。"伊织也为二人的善行感染，主动帮忙，麻利地搬起附近的石头来。

裂谷很深，往下一看，起码两丈有余。由于地处高原，裂谷底部并没有水流，满是石头和灌木。

不久，源助踩着朽木桥的一头试了试。"差不多行了。"然后对权之助说道："那，我先过了。"说着，他一面摇晃身子，一面维持身体平衡，麻利地过到对面给权之助看。

"请，请过吧。"

在杉藏的催促下，权之助随之走上桥，伊织也跟在后面上去。刚走三五步，二人正好走到谷底的正上方。

"啊？"

伊织和权之助突然尖叫一声，拥抱在一起，呆立在原地。

原来，率先过去的源助早有准备，忽然从脚下的草丛里抓起一杆枪，明晃晃的枪尖朝毫无防备的权之助刺来。

难道是遇上野盗了？权之助心头一惊，回头一看，不知何时，身后的杉藏也拿出一柄枪，从背后威胁着伊织和权之助。

"完了！"权之助后悔地咬起嘴唇。面对这突如其来的危险，他不禁毛骨悚然。前面是枪，后面也是枪，两根朽木只是将两个吓得发抖的身子支撑在断谷的半空中。

"大叔！大叔！"伊织不由自主地尖叫不停，拼命抓住权之助的腰。

权之助庇护着伊织，一瞬间闭上了眼睛，只好听天由命了。他说道："鼠辈！原来你们蓄谋已久。"

这时，某处忽然传来另一个声音："住嘴，旅人！"声音很粗，既不是在前面用枪逼着的源助，也不是在后面包夹的杉藏。

"咦？"权之助抬起头，只见对面的山崖上忽然出现了一名修行僧，左眼上有块肿胀的青斑，立刻让他想起了昨晚伊织从金刚寺的溪流中扔出去的飞石。

三

"不用慌。"权之助轻轻对伊织说了一句，接着又把脸一翻，顿时像换了个人似的，朝敌人骂道："浑蛋！"他边倾吐满腔敌意，边愤怒地环顾桥的左右，"原来是昨夜修行僧的诡计啊，下流卑鄙的贼人！我劝你们可别看走了眼，连自己的小命都白白搭上。"

从左右包夹着他和伊织的两个枪手只专注于手上的枪尖，既不往危险的朽木桥上前进一步，也不吭一声。

命悬一线，连身子都无法动弹。被置于裂谷空中朽木桥上的权之助怒发冲冠，发出临死的号叫，而修行僧则在一旁的山崖上冷眼旁观。

"什么，贼？"修行僧顿时尖锐地挖苦道，"把我们当成了图财害命的抢劫之辈？就你们那点破路银。就这么点眼光，还配到敌地来做密探？"

"什么？什么密探？"

"关东人！"修行僧大喝一声，"把你的木棒扔到山谷里吧，然后把腰间的大小两刀也扔掉，再把双手背在背后，乖乖束手就擒吧。"

"啊。"权之助长出一口气，顿时丧失了大半斗志，说道，"等等，等一下。听你刚才的一句我才明白，这里面一定是有什么误会。我是从关东来的不假，可我绝不是什么密探。我叫梦想权之助，为修行梦想流的杖术而遍历诸国。"

"别说了，少啰唆！有哪个密探会自己乖乖招认？"

"不，我绝对不是。"

"别狡辩了！都到这个份上了。先把你绑了，到时候会慢慢问你的。"

"我也不想无谓地杀生。请再告诉我一句。你们凭什么认定我就是密探？说出理由来。"

"我们早就从关东密探那里收到谍报，说有一个形迹可疑的男子，带着一个小孩，从江户城的军学家北条安房那里接受了密命，潜到这上方来了。而且，我们也看到了你来这儿之前曾与柳生兵库及其家臣悄悄接头。"

"这纯粹是无中生有。"

"有还是没有，这由不得你。先去你该去的地方，到时候有你说的。"

"该去的地方？"

"去了你就明白了。"

"我凭什么听你们的！我若是不去呢？"

话音未落，堵在桥左右诈称行商的杉藏和源助二人顿时把明晃晃的枪头一晃。"那就只能把你捅死了。"说着便逼了过来。

"什么？"话音未落，权之助忽然猛地一推贴在身边的伊织后背。伊织的身体顿时一个趔趄。"啊！"随着一声大喊，仿佛主动跳下去一样，他从只能容下脚的两根圆木上朝两丈多深的裂谷底部坠去。

就在这一瞬间，权之助大吼一声，高举的木杖顿时挂着风声，连同整个身体向一边的枪手扑去。

四

若要枪发挥出充分的效用，必须要把握分秒的时间，计算寸步的距离。尽管严阵以待，也毫无懈怠，可是杉藏仍只是把所有力气用在了嘴上，枪完全刺空了，身子也与连人带杖撞过来的权之助重重地压到一起。扑通一声，他在崖边摔了个四脚朝天。

就在滚到一起的刹那，权之助的木杖已换到左手。杉藏正要跳起，权之助的一记右拳早已落在杉藏的脸中央。

哇！鲜血顿时从杉藏脸上喷出，杉藏龇牙咧嘴的整张脸已经完全凹陷。权之助踩着那脸纵身一跃，一下子站在了高原的平地上。接着，他头发倒竖，大喝一声："来吧！"立刻握紧木杖，准备迎战下一个敌人，他本以为已经死里逃生，却不料真正的死地正在这一瞬等着他。

说时迟那时快，嗖嗖嗖，两三条像缘虫似的绳子顿时从脚下的草丛里飞出来。一条绳子的一头缠在刀护手上，另一条绳子则连鞘带刀全缠了起来。随之，飞速而来的绳子又缠住了权之助的脚踝和脖子。就连权之助一瞬间指向源助和修行僧——看到同伴杉藏失手，源助和修行僧立刻从裂谷的桥上冲了过来——的木杖和手腕，也被一条绳子像藤蔓一样骨碌骨碌缠住了。

"啊！"权之助顿时像想从蜘蛛丝中逃脱的昆虫一样，本能地挣扎起来。可接下来的一瞬，只听呼啦一下，他挣扎的身影便被围过来的五六个人影完全淹没了。围上来的人立刻摁住他的手脚。"果然有两下子。"

当人们松开手擦汗时，权之助已经像个圆球一样被绑了个结结实实，扔到了地上，只能听天由命。将他五花大绑的绳子便是在这邻近的乡里，不，近来已经声名远播的结实的扁棉绳，又叫九度山绳或真田绳，已经行销远近，四处兜售这种绳子的行商几乎是无处不见。

刚才从草丛里一跃而起，将权之助俘虏后才现身的六七人，全都乔装成卖绳子的行商，只有一个修行僧装扮的男子与众不同。

"有马吗？马！"修行僧立刻指挥起来，"一路步行着押送到九度山也太麻烦了。把他绑在马背上，外面再盖上片草席，岂不更好？"

"那是最好。"

"只要到了这前面的天见村就好办了。"

听他这么一说，大家全无异议。于是他们便一路赶着权之助，黑压压凑成一堆，急匆匆地朝云霞和草原的尽头走去。

可在此之后，每当冷风吹过时，便会有一阵阵人声从地底下飘荡到这高原的上空来。不用说，那正是坠落到谷底的伊织的喊声。

春带雨

一

即使同样是鸟啼声，也会因时因地而异，更会因人的心情而不同。

高野深处的高野杉上，到处都能听到一种人称"天鸟"的频伽鸟的曼妙啼声。在这里，平日所见的伯劳鸟、白头鸟，还有其他的鸟儿，也全都鸣啭着迦陵频伽般的啁啾声。

"缝殿介。"

"在。"

"世事无常啊……"一名老武士站在人称"迷悟桥"的拱桥上，回头望着随行的一名叫缝殿介的年轻人说道。

老武士一身粗布外褂下配裙裤的旅途装扮，看起来像是名乡下武士。不过，他随身佩带的大小两刀却是出奇地好，看起来超凡脱俗。而且，那随从缝殿介也是气质脱俗，看起来与那些经常更换主家的下人完全不同，似乎从小就跟在这位主人身边了。

"看到了没有？织田信长公的墓、明智光秀的墓、还有石田三成和金吾中纳言的，在这些长满青苔的旧石头中，从源家的家人到平家的族人……啊，不知多少人都已作古了。"

"这里就完全没有敌我之分了吧？"

"大家全都只是一块寂寞的石头而已。上杉、武田的盛名也如梦一样逝去了。"

"可我怎么总觉得有点怪怪的呢？我总觉得，这世上所有的一切，都像是不存在的、假的一样。"

"这里是假的，还是世间是假的？"

"我也说不清楚。"

"也不知是谁给取的名字，把这内殿和外殿的分界桥叫作迷悟桥。"

"取得可真好。"

"迷惘是真的，顿悟也是真的。我是这么想的。若把一切都看成是假的，那这个尘世也就不存在了。不，身为随时都要为主君献出生命的当差之人，可万万不该有这种虚无观啊。因此，我的禅是活禅，是娑婆禅，是地狱禅。若是被无常吓倒，产生了厌世情绪，怎么能做为主公效劳的武士呢？"老武士又道，"我得往这边走，得赶紧返回人世了。"说着，他加快脚步在前面走了起来。

虽然上了年纪，可他的脚步仍很稳健，脖子上还隐约能看到头盔护颈的印痕。山上的名胜和寺院的美景他已看了一遍，内殿也参拜过了，径直朝下山口走去。

"呃，又都来了。"刚走到下山口的大门处，老武士便远远地叨念着，为难地皱起眉来。原来，那里早就聚集了二十多名和尚，从本山青岩寺的房头到僧寮的年轻僧人，全都分列在两边等候。

他们都是来送别老武士的。为了躲避这些繁冗的礼数，今晨动身的时候，老武士就已经在金刚寺与众人辞别过一次，不料在这里又受到如此隆重的送行，尽管他对对方的好意感谢不已，可身为微服之身，他无疑还是觉得这样太过张扬。

还礼辞别，急匆匆地从人称"九十九谷"的山谷中下来之后，他终于松了一口气。而且，他所谓的娑婆禅和地狱禅所需要的下界的气息和凡心，也在不知不觉间回归了心里。

"啊，您是？"在一条山道的拐角处，迎面走来一位年轻武士。对方身材魁梧，肤色白皙，虽称不上是美少年，却也并不粗俗。年轻人惊讶一声，随即停了下来。

二

被对方这么一打招呼，老武士和随从缝殿介也是一愣，停住脚步。

"你是哪一位？"老武士问道。

"我是奉九度山的家父之命，前来送信的。"年轻武士殷勤行礼后，又说道，"若是我弄错了，也请您见谅。请先恕我失礼，尊台莫不是从丰前小仓过来的、细川忠利公的老臣长冈佐渡大人？"

"哎，你说我是佐渡？"老武士十分惊愕，"你竟然能在这种地方认出我来，你到底是谁？不错，我的确是长冈佐渡。"

"果然是佐渡大人。请恕我报名迟了，我便是住在这九度山山麓的隐士月曳的儿子，贱名大助。"

"月曳？"佐渡一脸迷惘，想不起来此人是谁。

大助便注视着他说道："虽然真名早就弃之不用了，不过，在关原合战前，父亲还一直名为真田左卫门佐。"

"啊？"佐渡不禁愕然，"真田先生——就是那个真田幸村先生？"

"正是。"

"你是他儿子？"

"是……"大助脸上现出害羞的神色，这与他魁梧的身材似乎有点不协调，"今晨时分，一个青岩寺的僧人偶然到家父住处造访，闲谈中得知您登山的事情。父亲便说，虽说您只是微服出行，可既然好不容易来一趟，又正好路过这山麓，虽然没什么招待的，可还是请到柴门一叙，喝上一杯粗茶。因此便打发我来迎接您。"

"呃，承蒙挂念。"佐渡眯起眼睛，回头看看随行的缝殿介，问道："人家盛情难却，你看怎么办？"

"这个……"缝殿介一时无法回答。

大助便再次说道："还有，天色尚早，倘无不便的话，若能在寒舍住上一宿，实是求之不得的幸事。家父也一定很高兴。"

佐渡沉吟了片刻，似乎已做出了决定，兀自点着头说道："那就叨扰了。至于住还是不住，就到时候再说吧——你说呢，阿缝，总之，先去喝杯茶吧。"

"是。我陪您去。"主仆不动声色地交换了一下眼神，便随大助的引领而去。

不久便来到九度山的山村里。只见在离民家稍远的山溪旁有一座宅院，周围叠着几层防止土石坍塌的石垣，还绕有一圈篱笆，正是那种豪族风格的山宅。不过，低矮的篱笆和门却又不失风雅。作为隐士的家，这个宅院确实透着股闲雅之气。

"家父早在门前恭候了。就是那间茅屋。"大助指点道。于是便把客人让到前面，自己跟在后面，朝宅院走去。

三

石垣里面有几块田地，种着大葱和能摘来做汤的青菜等蔬菜。主屋背靠山崖，从院子里即可遥望远方低处的民家和学文路的驿站。曲廊一旁是青翠的竹林，内有潺潺流水。竹林对面似乎也有住居，隐约间能看到三两栋房屋。

佐渡被引进一处雅致的房间内坐了下来，随从缝殿介则规规矩矩地跪坐在走廊上。

"真静啊。"佐渡喃喃着，不禁环视四周，连屋内的角落都打量起来。至于主人幸村，在进门时便已经见过了。

不过，在自己被引领到这里坐下后，幸村却一直没过来打招呼，大概还会重新来打招呼吧。而茶，一名貌似大助妻子的妇人刚才文雅地放下后便退出去了。

已经等了好大一会儿。不过，佐渡并不厌烦。即使主人不在，这房间里所有的物什也足以宽慰客人了。隔着庭院眺望而去，虽不见流水之影，却能听见潺潺水声，亦能望见茅屋檐前开着的苔草花。而且，周围虽没有一样华贵的物什，可毕竟也是上田城三万八千石的城主真田昌幸的次子，就连那熏香用的都是民间罕见的名木。梁柱很细，天棚很低，恬静的粗墙小壁龛上插着一支荞麦，还有一枝梨花。

梨花一枝春带雨，佐渡不禁想起了白乐天的词句，又似乎听到了那《长恨歌》中杨贵妃和唐明皇的爱情呜咽。忽然，他的眼睛又被悬挂着的一联书法打动。

那是一行五字的字幅，浓墨重笔，饱满大胆，无形中又透着一股天真幼稚。五字一气呵成，写的是"丰国大明神"，而且，大字的旁边还有几个小字"秀赖八岁书"。怪不得。

于是，佐渡再不敢背朝着这字幅坐，而是稍微往一旁移了移。原来，这里焚的名木并不是为了今天到访的自己突然焚起来的，而是早晚清扫这里，供奉酒食时的气息也在不觉间渗透到拉门和墙壁中的缘故吧。

"哈哈，幸村的心境，果然名不虚传。"佐渡立刻便想起了外面的传言。九度山的传心月叟，即真田幸村，是个不可掉以轻心的人物。还有人说他是个十足的老狐狸，是一棵见风使舵的墙头草，是一条深渊中的蛟龙。总之，世上的谣言满天飞，佐渡屡有耳闻。

"这幸村。"佐渡实在难以猜度他的用意。这些东西本来应该尽量隐藏起来才是，可他为何偏偏要挂在自己眼前呢？原本挂一副大德寺的墨迹之类即可啊。

这时，走廊上传来脚步声，佐渡若其事地移开视线。只见刚才默默在门前迎接的那个身材瘦小之人，身穿无袖外褂，腰佩一柄短刀，一进来便恭敬地施起礼来："失礼了。请恕在下差犬子半道挽留先生的鲁莽之过。"说着便连连致歉。

四

这儿是隐士的闲宅，主人是浪人。

虽然主客双方本就不拘社会地位，不过，客人长冈佐渡是细川藩的家老，是陪臣。而主人幸村，虽然如今名字已换成传心月叟，但他毕竟是真田昌幸的嫡子，其亲兄长信幸现在也是德川系的诸侯之一。

面对幸村如此谦恭的行礼，佐渡十分惶恐。"快请起身！"他也频频还礼，"不想今日能得见先生。常听外人谈起先生，今日见您身体康健，甚是欣慰。"

佐渡如此一说，幸村也愈发客气起来："您老也愈发矍铄啊。"

为了不让客人如此惶恐，幸村便随意起来，说道："听说，您家主公近来无恙，前些日子已从江户回了故国。尽管远隔千里，在下还是送上祝福。"

"是啊，今年正好是忠利公的祖父幽斋公在三条车町别墅辞世后的三年忌。"

"原来如此。"

"只是顺便归国而已。幽斋公、三斋公，还有现在的忠利公，我佐渡也已是侍奉了三代主公的老古董喽。"

至此，谈话也随便起来，主客一起哈哈大笑，如两个久疏世事的闲居者一样言谈融洽。虽然对于迎接的大助来说，佐渡是初次见面的客人，可幸村与佐渡，今天却不是初次会面。闲谈之间，幸村问道："最近，您有没有跟大师见面？就是花园妙心寺的愚堂禅师。"

听幸村这一问，佐渡答道："没有，已经久疏音信了。对了，在下头一次跟幸村先生见面，就是在愚堂大师的禅室里吧？当时先生正服侍在令尊昌幸大人身边。在下则奉主人之命在妙心寺内建造春浦院，当时经常造访。啊，一切都成往事了。那时您还年轻。"

佐渡深有感触地怀起旧来，幸村也道："当时，一些粗鲁之人为了反省自己，经常聚集到愚堂禅师的禅室。禅师也全都一视同仁，既无诸侯与浪人之分，也没有长者与年轻人之别。"

"他还尤其喜欢浪人和年轻人。禅师经常说：流浪之徒并非真正的浪人，真正的浪人是怀着流浪的忧愁，拥有坚强的意志和节操之人。真正的浪人不求名利，不媚权势，处世不为己，临义无私心，身如白云般缥缈，行如暴雨般骤急，并且深懂安贫乐道之奥，即使不达目的也不会怨天尤人……"

"您居然记得如此清楚啊。"

"只是，他经常感叹说，这种真正的浪人如同沧海之珠，实在是少之又少。不过，翻开历史看看，每当国难当头时，那些无私无欲、舍身救国的无名浪人，却不知有多少。因此，多少埋在这土地中的无名浪人的白骨，变成了国家的根基……然后，又说现在的浪人如何云云。"

佐渡一面说，一面直视幸村。幸村却仿佛感觉不到他的视线，说道："是啊。您这么一说我倒是忽然想起一件事来，当时，在愚堂禅师膝下还有一名年少的作州浪人，似乎姓宫本，不知老先生还有没有印象？"

五

"作州浪人宫本？"被幸村这么一问，佐渡向他确认道，"您说的是武藏吧。"

"对对，宫本武藏。是叫武藏。"

"他怎么了？"

"虽然当时尚年少，不满二十岁，却透着一股厚重之风，每次总是穿着满是污垢的衣服来到愚堂大师禅室的一角。"

"呃，那个武藏？"

"您记起来了？"

"不，不记得。"佐渡摇摇头，说道，"在下只是听说他近年来在江户。"

"他现在在江户？"

"实际上，我也奉主公之命，一直在暗中寻访他，却怎么也找不到他。"

"愚堂大师曾说，此人大有前途，将来一定会有出息，所以我也一直在暗中留意他，谁知后来他竟忽然离去。数年后，便听说他在一乘寺垂松的比武中声名大噪，大师果然有眼力啊。"

"我所听到的倒不是他的武名，而是他在江户的时候，在下总一处名为法典原的土地上，调教乡民、开垦荒地的事情，实在是一个颇有见识的浪人，便想会他一会，可找去一看，他早已不在那里。后来才听说他名叫宫本武藏，现在仍在留意他呢。"

"总之，据我了解，那个人便是大师所说的那种真正浪人。或许，他便是那所谓的沧海明珠吧。"

"您也如此认为？"

"虽然是谈到愚堂大师时才忽然想了起来，不过，他倒的确是个值得留意的好汉。"

"事实上，后来我就一直向主君忠利公推荐，可这颗沧海明珠实在是难遇啊。"

"若是这武藏，在下也觉得值得推举。"

"不过，此人若是做官，恐怕也绝不只为俸禄，而是想一展自己的抱负吧。说不定，他并不稀罕细川家的招募，反倒正等待着九度山的迎接呢。"

"哎？"

"哈哈哈哈。"佐渡立刻一笑而过。刚才无意之间对幸村所说的话语，也未必完全就是无心之话。说不定，是他话锋一闪，在试探幸村的用意也未可知。

"您见笑了。"幸村也陪着一笑，不过，他觉得光是一笑似乎仍不能释疑，便又说道，"我现在连一个仆人都养不起，怎么会往九度山上招募这么有名的浪人呢。况且，他也不会来的。"虽知辩解无用，幸村还是不由得解释起来。

佐渡又趁机说道："您就不用掖着藏着了。关原合战时，细川家参加了东军，已经旗帜鲜明地加入了德川一方，而您，太阁的遗孤秀赖君是您唯一的同伴和依赖，这一点已经世人皆知。刚才无意间观瞻到壁龛的挂轴时，在下便已经明白您的心境了。"

战场是战场，眼前是眼前，佐渡一面回头望望墙上秀赖的字幅，一面把话挑明。

六

　　"您这么一说，幸村真是无地自容。"没想到，佐渡的一番话竟让幸村十分惶恐，连说道，"秀赖公的那字幅，是大坂城的一个人特意送给我，让我借此缅怀太阁大人的，所以在下也不敢怠慢，就挂在了那里……而且，太阁大人如今也已故去。"说着，幸村低下头，沉默了一会儿，又说道："时代的变迁无可避免。大坂的运势如何，关东的威势又会怎样，现如今，即使傻瓜也会一目了然。可在下无法立刻改弦更张，不顾名节去事二君，这也是幸村无奈的选择。实在是让您见笑了。"

　　"不，就算您自己这么说，世上也没人会相信您。恕在下直言，您每年都会从淀夫人和秀赖君那里暗中得到大量的资金援助，在九度山这个地盘，听说您豢养了大批浪人，只要您振臂一呼，恐怕立刻就会有五六千人武装起来随时听您调遣吧。"

　　"哈哈哈，这真是莫须有啊……佐渡先生，人活在世，再也没有比自己被人高估更痛苦的事了。"

　　"不过，世人如此看待您也无可厚非。您从年轻时起，便被置于太阁身边，深受万众瞩目。这种恩典，再加上身为真田昌幸的次子，人称当代楠木先生或是活孔明，更是备受期待啊。"

"您就饶了在下吧，听得我浑身起鸡皮疙瘩。"

"那，这都是些误传？"

"我真心希望能在这法山的脚下走完余生，在下虽不懂风雅，可至少也能垦点田地，抱抱孙子，秋天吃点新荞麦，春天尝点鲜嫩菜，我已将那血腥的修罗地狱和战场杀戮当作无谓之物，只求长命百岁。"

"那，这是您的真心话？"

"最近，我甚至闲得啃起那老庄的书来，我已经顿悟，在这个世上，享乐才是人生主题，痛苦并非人生真谛。虽然这话听起来可笑至极。"

"呵呵呵……"佐渡并不相信，但他还是装出一副信以为真的表情，故意一脸惊讶。

闲谈之间，半刻的工夫转瞬即逝。主客间的茶水也续换了好几次，每次都是貌似大助妻子的女人上来，细心侍奉完后恭敬地退下。

佐渡从点心盘里捏起一块麦落雁点心，"哟，聊的时间也不短了，承蒙款待。缝殿介，咱们告辞吧。"他回头望望走廊说道。

"啊，就请再坐会儿吧。"幸村挽留，"儿媳和犬子正在那边打荞麦，准备做些什么。虽然山家野人也没什么好招待的，不过天色尚早，如果要投宿到学文路，时间还很充裕。您就再待片刻吧。"

这时，大助上来，说道："父亲，请您过去看看。"

"都弄好了？筵席也好了？"

"设在那边了。"

"是吗，那就去……"说着，幸村催促着佐渡，沿走廊往前走去。

盛情难却，佐渡便欣然跟在后面，这时，只听一阵奇怪的声音从竹林对面传来。

七

那声音听起来像是织布机的声音，却比织布机声音大，声调也不一样。

竹林后面的筵席上，主客的荞麦面已经端上来，酒瓶也早已添好。

"实在没什么招待的。"大助说着，劝客人举箸。

"请喝一杯。"尚有些怯生生的大助妻子则端起酒瓶。

"这酒嘛……"佐渡倒扣下酒杯，说道，"我就不喝了。"说罢便吃起荞麦面来。

由于无法强劝客人，不久，大助和妻子便退了下去。而在此期间，竹林对面仍频频传来织布机般的声音，佐渡于是问道："那是什么声音？"

听佐渡如此一问，幸村这才意识到惊扰了客人似的，说道："呃，那声音？说起来丢人啊，为贴补生活，我不得不让家人和自幼跟在身边的仆人都去搓绳子的作坊里干活，那声音便是他们摇动搓绳木车的声音。这是我们平常的活计，早都听习惯了，竟没想到因此惊扰了贵客。来人，赶紧去说一声，让他们把木车停下来。"

说着，幸村拍拍手，就要喊大助妻子的样子。

"不必了。妨碍了做工，在下反倒不好意思。请见谅，包涵。"佐渡阻止道。

看来，这处后客厅离族人们待的地方很近，能听到人们进进出出的声音、厨房里的声音，还有数钱的声音，与前面房屋的气氛截然不同。

奇怪。莫非真到了不干这些苦力活就吃不上饭的境地？佐渡十分疑惑，即使大坂城那边一点物资援助也没有，一个落魄的大名也不会沦落到这种地步吧。莫非是族人众多，又不谙农事，坐吃山空，把家底都吃光了？

佐渡一面思来想去迷惑不解，一面吃着荞麦面。可他怎么也无法从荞麦面的滋味中品味到幸村的品性为人。总之，这是一个难以琢磨的男人。与十年前在愚堂禅师膝下所了解的那个幸村相比，似乎多了一些随意之感。不过，就在一个人唱独角戏的这段时间里，或许，幸村就已经通过闲谈中的只言片语嗅到了细川家的用意以及近况之类了吧。虽然他压根就没流露出一点探问的语气。

若是想打探，幸村至少应问问自己是带着何种要务来高野山的才对，可他根本没有探问这些的意思。

佐渡此次登山，当然是奉了主人之命。已故的细川幽斋公，不光在太阁在世时就曾陪太阁来过这青岩寺，还曾长期待在山上，写了一个夏天的诗歌著述，幽斋公当时的亲笔著述和文房用品等遗物仍存放在青岩寺里。因此，佐渡特意在三周年忌辰之前从小仓那边轻装赶来，目的就是来商量一下这些东西的整理和领回之事。

幸村却问都不问这些。正如前去迎接自己的大助所说的一样，莫非，他这次挽留自己，真的就只是为了尽地主之谊，让自己喝杯粗茶？看来只能如此理解了。

八

虽然缝殿介一直毕恭毕敬地跪坐在走廊上，他的心里却一直在担心着被请进后面的主人佐渡。无论表面上如何款待，这里毕竟是敌人家里，而且还是一个对德川家来说绝不能掉以轻心的、需要严加监视的大人物家里。

为此，听说纪州的领主浅野长晟早已奉德川家之命严密监视这九度山了。由于对方是个大人物，是令人琢磨不透的幸村，所以外面早就有传闻说这个人十分棘手。

"简单应付一下，借个机会回去多好。"缝殿介忧心不已。

这家人难保不会耍什么诡计，就算不要诡计，恐怕负责监视的浅野也会向德川家报告细川家的藩老在微服出行的途中顺便又去了幸村家，光是这一点就足以破坏德川家对细川家的信任。

事实上，关东与大坂之间的局势已经十分险恶，对于这些，佐渡先生也不会意识不到啊。

就在缝殿介胡思乱想，频频朝里面窥探时，忽然，走廊旁边的连翘和棣棠花摇晃起来，紧接着，啪嗒，雨滴掠过木板屋檐，从不觉间已阴成墨色的天空中落下。"好机会！"他忽然灵机一动，下了走廊，沿着庭院朝佐渡所在的房间走去，喊了起来："要下雨了。主人，要动身的话，得趁早了。"

真是个机灵的家伙。听他这么一喊，一直被对方缠住难以脱身的佐渡立刻应了一声："是阿缝啊。什么，要下雨了？再待下去就要挨雨淋。请恕在下马上告辞。"

他跟幸村打完招呼后，立刻着急地站起来。虽然幸村一再挽留住一宿，不过，他大概也察觉出这主从二人的心情了吧，并没有勉强，便把大助叫来，吩咐道："快去给客人拿蓑衣来。还有，大助，你把客人送到学文路去。"

"是。"大助于是拿来蓑衣。

接过蓑衣后，佐渡就要辞别而去。尽管迅急的云脚正从千丈谷和高野的峰峦上汹涌而来，雨却没怎么下。

"保重。"幸村及家人将他们送到门口，然后辞别。

佐渡也殷勤还礼，然后对幸村说道："无论是狂风还是暴雨，我们还会有再见面的日子。保重。"

幸村也微笑着点头。

等着瞧——在这一瞬，双方的眼前大概都浮现出那马上长枪的对峙情形吧。墙外的杏花湿淋淋地飘散下来，落在送行的主人和离去的客人的蓑衣上，描绘出一幅斑驳的惜春图。

　　大助一面送行，一面沿途宽慰着："不会有大雨的。山里的晚春就是这样，每天都会出现这样的疾风乌云。"

　　不过，在云脚的追赶下，三人的脚步自然也快起来。不久，当来到学文路的驿站入口附近时，三人忽然遇上一匹从对面奔过来的驮马和一名白衣修行僧。

九

　　驮马的背上盖着粗席，马鞍上有一名五花大绑的男子，两侧还绑着柴捆。修行僧走在前面，后面则跟着两个行商模样的男子，一人手牵缰绳，另一人手持细竹条，一面拼命抽打马屁股，一面急匆匆地朝前赶。一行人正好与佐渡等人迎面撞上。

　　大助忽然一怔，立刻把视线岔了过去，故意与同行的长冈佐渡搭起讪来，而修行僧根本没有注意到他的眼神，大声地呼喊起来："大助先生！"

　　尽管如此，大助仍装出一副没听见的样子，佐渡和缝殿介却流露出异样的表情，立刻止住脚步。"大助先生，有人在喊您。"然后边提醒边转过头去。

　　不得已，大助只好应道："是林钟法师啊，这是去哪儿啊？"说着便若无其事地凑上去。

　　修行僧立刻答道："我等从纪见岭那边一口气赶来，正要赶往山上的宅邸呢。"说着，僧人开始大声地解释："我们在奈良发现了前些日子密探所报告的那个形迹可疑的关东人，终于在纪见岭上将他生擒。此人相貌不俗，面露英武之气，倘若将他拉到月叟先生面前，逼他招供，或许还会从他的口中获知关东方面的机密呢……"没等大助吱声，这名修行僧便像竹筒倒豆子一样，带着一脸的得意，连大助未问的事情都说了出来。

大助终于说道："喂喂，林钟法师，你到底在胡说些什么呢？我怎么一句也听不懂啊。"

"您看，被绑在马背上的家伙，就是那个关东的密探。"

"哎？你瞎扯什么？"大助再也忍耐不住，似乎眼神和神情已经不够用了，冲修行僧一声怒喝，"在大路边上便如此胡扯，也不看看我正陪着的客人是谁！这位就是丰前小仓细川家的老臣长冈佐渡大人。怎么可以如此胡言乱语……就算是开玩笑也该有个分寸才是。"

"哎？"林钟和尚这才把视线移到其他人身上。

佐渡和缝殿介则装出一副什么也没听到的样子，眺望着四周，而在这期间，每当迅疾的云脚越过头顶，夹着雨滴的山风一阵阵吹来时，佐渡所披的蓑衣就会像鹭鸶的羽毛般随风飞舞。

他竟是细川家的人？林钟和尚顿时哑口无言，一脸意外，用满含惊愕和疑惑的眼神侧目瞅了一会儿。"怎么回事？"他这才小声地问大助。

大助跟他嘀咕了三言两语便立刻返了回来，佐渡趁机说道："请就此留步吧。若再送下去，在下反而更惶恐。"说着，便硬是与大助分别，微微点点头后，匆匆离去。

大助无奈，只好站着目送佐渡离去，然后立刻又把视线转回驮马和修行僧身上。"蠢货！"他大声责备起来，"也不看看是什么场合什么人就信口开河。一旦传到父亲的耳朵里，不大动肝火才怪呢！"

"是……怪我一时大意……"修行僧惭愧地谢起罪来。其实，他便是在这一带无人不知的真田的手下鸟海弁藏。

港

一

难道,我疯了不成?伊织不时陷入这种恐惧。望望映在水洼中的自己的脸,还能认得,这才稍稍安心下来。

从昨天起,伊织就在漫无目的地行走,却不知道该往哪里走。从那裂谷的底部爬上来后,他就一直在走。

"来吧。"有时,他突然发神经似的朝天空大吼一声,"畜生!"然后又瞪着大地,泄起气来,弯起胳膊,擦拭着眼泪。

"大叔——"他试着呼唤权之助。看来他已不在世上了,一定是被谋杀了。自从看到散落在附近的权之助的遗物后,伊织就坚信权之助已经遇害。

"大叔,大叔——"尽管这名善感少年知道喊也是白喊,他还是忍不住要喊。

从昨天起就在四处游走的脚似乎也不知疲劳。他的脚上、耳边还有手上都沾着血迹,衣服也撕裂了。可他全然不顾。

"这是哪儿呢？"当他不时回过神来的时候，便是肠胃咕咕叫的时候。尽管他也吃了些东西，可究竟吃的是什么，他已经不记得了。

前天晚上才住过的金刚寺也行，之前的柳生庄也行，只要他能想起其中任意一个，就有了目的地，可是伊织掉进裂谷以前的记忆似乎全丧失了。他只是茫然地感到自己还活着，茫然地寻找着忽然一个人落了单之后的生路。

吧嗒吧嗒，伴随着响声，一条长虹般的东西忽然遮住了眼睛，原来是野鸡。山藤的香气阵阵袭来。伊织瘫坐下来，这是哪儿呢？他又一次思考起来。

忽然，他找到了依靠。那就是大日如来的微笑。无论是对面的云，还是山峰上和山谷里，他只觉得到处都是大日如来的影子，于是便一屁股在草地上瘫坐下来。请告诉我去处——他双手合十，闭着眼睛祈祷。

过了一会儿，当他抬起头时，远远地从山与山之间望到了大海。海面若隐若现，就像一层碧蓝的雾霭。

"小孩……"两个女人站在他的身后，好奇地望着他。大概是一对母女吧，两个人都是轻便的旅人装扮，干净利落，似乎连个随行的男人也没有。看来，不是住在这附近的良家妇女出来求神拜佛，便是出来春游的。

"什么事？"伊织回过头，盯着眼前的母女二人，眼神有些恍惚。

女儿看看母亲，悄悄地问道："他怎么了？"

那母亲有些纳闷，便来到伊织的身边，皱起眉，看看他手上和脸上的血迹，问道："不疼吗？"

伊织摇摇头。母亲又回头看看女儿："好像还有意识。"

二

于是，母亲和女儿一一询问起来：你从哪里来，家在何处，名字叫什么，为什么要坐在这种地方，又究竟在拜什么，等等。

伊织终于回过神来，神情也逐渐恢复，回答道："我的同伴在纪见岭上让人给杀了。然后我就从山的裂谷中爬了上来，从昨日起就一片茫然，不知该往哪里走，于是就想拜拜大日如来，结果就看到了远方的大海。"

听了伊织的话后，开始时还有点害怕的女儿反而比母亲更同情他，说道："真是个可怜的孩子。母亲，就把他带到堺港去吧。他的年龄也正合适，说不定还能在店里当个小伙计呢。"

"那你愿意来吗……小孩？"

伊织"嗯"了一声。

"那就走吧。不过，你能不能先帮我拿一下行李？"

"嗯。"看来伊织还是有点认生，尽管彼此已成为同伴走在了一起，可起初无论对方问什么，他都只是回答一声"嗯"。

不过，这种状态并没有持续很久。

等下了山，走过村道后，不久便到了岸和田的市镇，伊织刚才从山上看到的大海便是和泉的海湾。走在人群熙攘的市镇上时，伊织终于与母女俩熟络起来，话也多了起来："大婶家在哪里？"

"在堺港。"

"堺港在这边吗？"

"不，在大坂附近。"

"大坂又在哪里？"

"从岸和田坐上船，就能回去了。"

"哎？坐船？"对伊织来说，这是一个意外的惊喜。他兴奋至极，禁不住叨叨起来，说他从江户来这大和的时候，河里的渡船倒是坐了不少次，可海里的船还从没坐过。虽然出生地下总也有大海，可他从来都没有坐过海船。若是真能坐上海船，那可真是太高兴了。总之，他絮絮叨叨地说个没完。

"伊织。"女儿已经记住了他的名字，说道，"你别老一口一个大婶的，听起来怪怪的。我看这样吧，你以后就管我的母亲叫夫人，管我叫小姐吧。从现在起就得养成习惯才行。"

"嗯。"

"'嗯'……这听起来也怪怪的。哪有老是'嗯嗯'地回答别人的。要说'是'。今后要记住。"

"是。"

"对对，你真是个好孩子。如果你在店里干得好，我们就让你当正式的伙计。"

"大婶家……啊，不对，夫人家到底是做什么的？"

"我们做堺港的海船货运生意。"

"海船货运？"

"这么说你大概听不懂，就是我们家拥有很多船，或是帮中国、四国、九州的大名们运东西，或是装上货物运到各个港口码头……就是商人。"

"什么，就是商人啊？"伊织像轻视这对母女似的嘟囔起来。

<h2 style="text-align:center">三</h2>

"'什么，就是商人啊？'你这孩子，口气还挺大的！"女儿与母亲相视一下，有些厌恶似的，重新打量起自己好心收留的小个头伊织来。

"呵呵，若说商人，他一个小孩，顶多也就能想起那些卖年糕的，或是市镇上的绸布店之类。"母亲并不在意，反倒把伊织的话当成了小孩的可爱之处，而女儿似乎对堺港商人的身份颇为骄傲，不教训伊织几句就不解气。

据她炫耀，她们那海船货运的店就在堺港唐人街的海边上，有三个仓库和几十艘私家船。而且，店铺也不光只有堺港一家，在长门的赤间关、赞岐的丸龟、山阳的饰磨港还有分号。尤其是小仓细川家的大小藩务，都会用她家的船。所以，不仅发给她们航路许可，还准许她家称姓佩刀，一提起赤间关的小林太郎左卫门的鼎鼎大名，在中国和九州一带是无人不知。

女儿罗列了一大堆，教训着伊织道："你懂什么，商人也有豪商巨贾和街头小贩之分。海船货运可不是闹着玩的，一旦天下发生大战你就会明白了。无论是萨摩藩还是细川藩，仅有他们藩里的那点船根本就不够用。尽管我们平常只是普通的货运商，可一旦发生战事，就能助他们一臂之力呢。"这小林太郎左卫门的女儿阿鹤很不服气，频频教训道。

后来，伊织终于弄清楚，阿鹤的母亲即太郎左卫门的妻子，名叫阿势。大概伊织也觉得自己刚才的话有些过分，于是讨好地说道："小姐，你生气了？"

阿鹤和阿势全都笑了，说道："气倒是没生，只是像你这样的井底之蛙，说话也未免太没规矩了。"

"对不起。"

"店里有伙计也有小厮，船一到，就会有大量的水手和搬运工进进出出。一旦你口无遮拦，会挨他们教训的。"

"是。"

"呵呵，原以为你很狂妄，却也有低头的时候啊。"二人像逗玩具似的戏弄着他。

转过街市后，海的气息迎面扑来，已到了岸和田的码头。装载着本地物产的载重五百石的船只便停在那里。

阿鹤指着那船，十分自豪地告诉伊织："我们就乘那个回去。因为那艘船也是我们家的船。"

这时，有三四个人从岸边茶屋里看到了母女的身影，顿时跑了过来。似乎是船老大和小林家的伙计。

"您回来了。早就在等着您了。"众人一起迎接着。

"不巧的是载货很多，座席不够宽敞，不过，我们还是在那边给您准备好了，请即刻过去。"说着伙计便走在前面，将他们往船内引去。

进去一看，只见在靠船尾的地方已用帷幕围出一块地方，里面铺着绯色的毛毯，一个豪奢的小筵席早就摆好，上面摆放着绘有桃山泥金画的酒壶、料理的食盒等，让人简直不敢想象这竟是在水上。

四

当晚，船顺利抵达堺港，阿势夫人和阿鹤小姐一来到河口对面的店门前，上至老掌柜下至小伙计全都迎了出来："您回来了。"

"今天回来得挺早啊。"

"今天又是个好天气。"

在众人的迎接之中，阿势夫人一面往里走，一面说道："对了对了，掌柜的。"她在店面与后宅之间的间壁处回过头来，对老掌柜佐兵卫说道："站在那边的那个小孩。"

"是是，就是您领来的那个脏兮兮的小孩？"

"虽说是在去岸和田的途中捡来的，不过倒是个机灵的孩子，你就在店里调教看看吧。"

"刚才我还纳闷怎么跟来一个奇怪的小孩呢，敢情是您在路上捡来的。"

"若是他身上生有虱子可就不好了，你去找件衣服给他，让他在井边洗洗澡之后再睡觉。"

从间壁的内宅布帘再往前，一般就不许外人进入了，就像是武家的内外宅有别一样，没有允许就连掌柜都不能进入，更不用说一个被捡来的流浪儿伊织了。当晚，他就被安置在店铺的一个角落里，之后好几天，连夫人和阿鹤的影子都没有看见。

"讨厌的店家。"伊织不但没感觉到他们的收留之恩，反倒事事都受制于商家的各种规矩，渐渐不满起来。

"学徒，学徒"，大家全都叫他学徒，"给我干那个"，"给我干这个"。下至年轻的伙计，上至老掌柜，全都像对待狗一样驱使他。而同样是这些人，一旦见到内宅的人或是客户，立刻便点头哈腰，只差把额头贴到地上。并且，这些人们从早到晚，嘴里念叨的只有钱钱钱，干活干活干活，都是些大活人，却都被活儿撵得团团转。

"待够了，我得逃出去。"伊织想了好多次。他留恋蓝天，怀念那睡在土地上时嗅到的青草香。

五

待够了，我得逃出去。每当如此盘算时，伊织便会深深地思念起武藏的话语和教导他磨炼心志的身影，甚至连权之助的身影也会浮现在脑海。他还无比思念那据说是自己的亲姐姐，却仍没有见上一面的阿通。

尽管他朝思暮想，可是这处名为泉州堺的码头所拥有的绚烂文化、充满异国情调的建筑、多彩的船舶，还有当地人的豪奢生活，都让这名少年眼界大开。

天下竟还有这种世界！他由衷地感到吃惊。于是又拥抱起憧憬、梦想和欲望来，日子就这样在不知不觉中消逝。

"喂，阿伊！"老掌柜佐兵卫忽然在账房喊了起来。伊织还在清扫着宽阔的泥地地面和仓库外的露天地面。"阿伊！"

由于伊织并未答应，佐兵卫便从账房出来，一直来到那黑得像涂了漆似的店前榉木门框处，接着便呵斥起来："新来的学徒，我在喊你呢，你为什么不答应？"

伊织回过头来，答道："啊，叫俺？"

"谁让你说'俺'了？要说'我'。"

"噢。"

"不是'噢'，要说'是'。要弯着腰说。"

"是。"

"你没长耳朵吗？为什么不答应。"

"可你刚才一直在喊阿伊阿伊的，我还以为不是叫我呢。因为俺——我，我的名字叫伊织。"

"伊织不像个学徒的名字，叫阿伊就行。"

"是吗？"

"最近我都是怎么提醒你的，不让你带那些奇怪的东西，你怎么又插在腰上了？插那么一把破木柴似的刀干什么！"

"是。"

"那种东西是不能随身带的。身为一个商家的小伙计，怎么能带刀呢？小笨瓜，给我！噘什么嘴？"

"这是我父亲的遗物，不能离身的。"

"臭小子，给我！"

"我才不稀罕当这破商人呢。"

"什么，破商人？喂，如果没了商人，这尘世就不能运转了。就算信长公再厉害，太阁大人再伟大，如果没了商人，什么聚乐第啦，桃山啦，全都建不起来。各种东西也无法从异国运来。尤其是我们堺港的商人，南蛮、吕宋、福州、厦门我们都去过，我们做的可都是大买卖。"

"我知道。"

"你知道什么？"

"看看这街市就会知道，什么绫街、绢街、锦街等街道上都有大织布庄，高台上则有吕宋屋那城池一样的别墅，海边则是鳞次栉比的大财主家的豪宅和仓库。与这些一比，让后面的夫人和阿鹤小姐引以为豪的这家店根本算不上什么。"

"你这臭小子！"

佐兵卫顿时跳到泥地上。伊织见状立刻把扫帚一丢，逃了起来。

六

"年轻人，抓住那个学徒。给我抓住。"佐兵卫从檐前大喊道。

正在岸边指挥卸货的店里人一听："啊，是阿伊那小子吗？"说着顿时一拥而上，立刻捉住伊织，把他拖到店前来。

"这小子可真讨厌。满嘴脏话，还侮辱我们商人，今天给我好好地教训教训他。"佐兵卫擦擦脚，坐回账房后，又立刻吩咐道："还有，把阿伊插着的那根破木柴给我夺了。"

于是，店里的年轻人先是收缴了伊织插在腰里的刀，又把他反绑起来，像绑猴子那样，将他绑在堆在店前的货捆上。

"你就等着路人的耻笑吧。"说着，众人哄笑而去。

伊织最看重的便是耻辱了，而且，武藏和权之助平时也一直教导他要知耻。当众出丑！一想到这些，体内年轻的热血顿时喷涌沸腾。

"给我解开！"他狂喊着。

"我再也不敢了。"他又谢罪。

可对方仍不饶恕他。

于是他又恶骂起来:"浑蛋掌柜。这样的破店谁稀罕待,快给我解开绳子。还我刀。"他叫嚷不已。

佐兵卫于是又下来。"我让你吵。"说着团起一块布塞到伊织嘴里。由于伊织咬到了他的手指,佐兵卫又招呼起年轻的伙计:"把他的嘴给我封了。"于是,伊织什么也喊不出来了。

来往的路人走过时全都看着他。在这河口和唐人街的河岸上,什么搭乘渡船的旅客啦、运送货物的商人啦、卖东西的女人啦,过往的行人络绎不绝。

"该……该……该死……"嘴被塞住的伊织拼命发出声音。他挣扎着,不停摇着头,不久,竟簌簌地落下泪来。而在伊织的一旁,一匹驮着货物的马竟哗哗地撒起尿来,尿液都流到了伊织这边。

我再也不插刀了,再也不顶嘴了,只求你们快给我解开吧。虽然伊织在心里告着饶,却已无法说出来。

就在这时,一个女人忽然向驮马对面走去。由于天气已近炎夏,女人头戴遮阳的市女笠,手持细竹杖,麻质的旅衣挽得很短。

啊……咦?伊织的眼珠顿时鼓了起来,目光全被那女人白皙的侧脸吸引过去。就在他心里咯噔一下,全身发热,大脑一片混乱的一霎,女人已目不斜视地径直穿过店前,只留下一个背影。

"姐、姐姐，是姐姐阿通……"

伊织伸着脖子，拼命尖叫。不，大概只有他一个人以为自己是在尖声呼喊着女人吧，实际上，没有一个人能听得到他的声音。

<h1 style="text-align:center">七</h1>

哭够之后，他连声音都发不出了。只有肩膀在不住地抽搐，泪水濡湿了塞口布。

刚才过去的一定是姐姐阿通！近在眼前却见不上。她连我在这儿都不知道就过去了。去哪儿？她究竟去了哪儿？

尽管他禁不住地胡思乱想，在心中哭泣，却没有一个人回头看他一眼。

货船靠岸，店前也愈发混乱起来。过午的路上弥漫着热气和尘埃，来往的行人也是脚步匆匆。

"喂喂，佐兵卫先生，你怎么像耍狗熊似的，把这个学徒给绑到这种地方来了。你这样也太不像话了。"

虽然主人小林太郎左卫门并不在堺港的店里，不过，一位据称是他堂兄的南蛮屋的人——此人虽然一脸黑麻子，长相骇人，可每次来玩时都会给伊织点心吃，是个和气之人——这人忽然发起火来。"这么小的小孩，你在这人来人往的大街上再怎么惩罚，也只会有损小林家的声誉。还不快解下来。"

117

"是，是。"佐兵卫一面应承着，一面又絮絮叨叨地数落起伊织的不是来，说伊织十分难缠。

于是那个南蛮屋的人说道："既然是这么难缠的小子，那就给我吧。我今天就跟夫人和阿鹤说说。"说着，便连听都不听，径直进了里面。

若是让夫人知道就麻烦了，佐兵卫也害怕起来，于是顿时对伊织好了起来。不过，解开绳子之后，伊织半天也没有停止抽泣。

大拉门放下来了，店铺也关了，时间已是黄昏时分。看来那个南蛮屋的人在后面受到了款待，只见他带着一点微醉，乐滋滋地正要回去，忽然在泥地房的一角看到了伊织，便说道："我跟他们交涉了半天想要了你去，可夫人和阿鹤说什么也不肯。看来她们还是喜欢你的。所以你就先忍忍吧。不过，从明天起，他们再也不敢对你那样了。喂，你听见没有，小子，哈哈哈。"说着便摸了摸伊织的头，回去了。

那人并未撒谎。或许真的是他的话管用了吧。从第二天起，伊织便被送到了店附近的私塾，被准许上学了。而且，内宅里还传下话来，准许伊织在去私塾上学的这段时间里佩刀。从此之后，佐兵卫和其他人也都不大刁难他了。

可是，自此以后，伊织的眼神再也没有安稳下来过。即使在店里，他的眼睛也总是盯着外面的道路。而且，一看到有身影跟他那日思夜想的姐姐相似的女人路过，他的脸色一下子就变了。有时甚至还跑到路上，目送对方离去。

就这样，八月过去了，时间到了九月初。从私塾回来的伊织无意间往店前一站，"啊？"他顿时惊呆在了那里，脸色大变。

热水

一

从这天早晨起，就有大量的行李货物从淀川运到小林太郎左卫门的店铺和河岸的前面，接着又装载到去门司关的渡船上，因此十分混乱。每件行李上都附着木牌，不是"丰前细川家某某"，便是"丰前小仓藩某组"，看来，几乎都是细川家家士的行李。

就在这时，伊织从外面回来，可他刚来到店前，便"啊"的一下脸色大变。原来，从宽敞的泥地到店前的凳子上，全坐满了旅装打扮的武士，有的正喝着麦茶，有的摇着蒲扇。就在这些武士中间，伊织竟忽然看到了佐佐木小次郎。

"店家！"只见小次郎正坐在一件行李上，一面回头与佐兵卫闲谈，一面摇着扇子，"天太热了，真没法在这儿等到出船。渡船还没有到吗？"

"没有，没有。"佐兵卫一面忙着写发货单，一面隔着柜台指着河口说道，"诸位老爷要乘坐的'巽丸'号已经抵达了，由于客人登船比行李装载快得多，所以我已经吩咐水手，让他们先整理座席。"

"同样是等待，在水上总会凉快些。真想快点登船休息一下。"

"是是。我再去催他们一下。请您再忍耐一下。"佐兵卫连擦汗的工夫都没有，立刻从泥地房往大街上赶去，无意间看见了呆立在角落里的伊织，"那不是阿伊吗？都忙成这样了，你怎么还像吃了棒槌似的傻站在那里？快去给客官们上点麦茶或是打点冷水来。"他呵斥一声后便匆匆离去。

"是。"虽然伊织装出答应的样子，可等他飞快地跑到仓库一旁开水处的后面时，却又忽地站住，视线停在泥地中那佐佐木小次郎的身影上。

你这东西！伊织死死地瞪着他。

可是，小次郎似乎根本就没有注意到伊织。自从被细川家招用，定居在丰前小仓之后，他的体态和样貌便愈发丰润。尽管时间极短，那做浪人时锋芒毕露的眼神却已变得愈发深沉，原本白皙的脸也愈发丰满，唇枪舌剑般的讽刺挖苦也逐渐收敛。

总之，他已经变得老成持重，天生的剑一般的锐气也终于富有人性。

大概是这种缘故吧，如今，他身边的圆熟的家士们全都尊称他为"岩流先生"或是"师父"，虽说他刚到细川家不久，却没有一个人流露出轻视的神情。

虽然小次郎这个名字并没有废弃，不过，大概这名字已经与他的职位、风范和年龄逐渐不相配了，自从去了细川家后，他已将名字改为岩流。

二

佐兵卫连连擦着汗水，从船上回来。"让诸位久等了。由于船中间的座席还没有整理好，所以还请再稍候一下。不过船头的一组座席已经好了，请即刻登船。"

乘坐船头的一组都是身份卑微者和年轻武士。他们一面寻找着各自的行李物品，一面与小次郎打着招呼："那我们先走了。""岩流老师，我们先过去了。"

众人络绎不绝地从店前离去。岩流佐佐木小次郎和其他的六七人则留了下来。

"佐渡大人还没来？"

"一会儿就到吧。"

剩下的一组全都是年长者，从服饰看，全都是藩中身居要职者。

这细川家的一行人，上月从小仓起程，走陆路进入京都，然后在三条车町的旧藩邸里停留了数日，为在此病殁的已故幽斋公做完三周年忌辰的法事，又拜访了幽斋公生前亲近的公卿和故交旧识，整理完故人的文库和遗物之类后，便于昨天乘船顺淀川而下，今天则要踏上海路之旅，于海上过夜。

现在想来，今年晚春前后从高野下来，顺便又去了趟九度山的长冈佐渡主从二人，为了准备八月的法事，后来便绕到了京都，凭着长冈佐渡的资历和人脉，办完一切公事后，便在该地待到了今天吧。

"太阳晒到这边了。诸位，岩流先生，请到里面休息吧。"尽管佐兵卫已返回账房，可他仍不断地留意着客人，说着客套话。

岩流背对着太阳，不停地用扇子驱赶着苍蝇。"可恶的苍蝇。"他又说道，"我总是口渴。真想再喝一碗刚才那热麦茶。"

"是是。热水还很热。不过，我刚才已经让人打来凉井水。"

"不，路上我是从来不喝凉水的。热水就行。"

"喂！"佐兵卫伸伸脖子，往热水处瞅了瞅，顿时呵斥起来，"那不是阿伊吗？你到底在干什么？还不赶紧给岩流大人送热水。给其他各位大人也都来点。"

然后，佐兵卫又低下头，忙着打理起发货单及其他事情，由于没听到回音，他刚想抬起头再呵斥一次时，但见伊织已经在托盘上放了五六个碗，一面注意着碗里的水，一面畏畏缩缩地从泥地房一头走了过来。

佐兵卫便不再理会，继续抄写起送货单。

"请喝热水。"伊织走到一名武士的面前行上一礼，送上热水。"请。"然后又送上一碗，行一礼而去。

"不，我不要。"也有的武士并不要，他的托盘里仍剩下了两碗热麦茶。

"请用。"伊织最后才站到岩流面前，把托盘伸过去。岩流仍没有注意到他，漫不经心地伸出手来。

三

啊！岩流忽然把手缩了回去。并非因为碰到的热茶碗太烫手。手还没有碰到茶碗，他的目光和端着盘子的伊织的目光便像溅出的火花一样碰撞到一起。

"啊，你是——"岩流惊呼一声。

伊织则完全相反，稍稍松开紧咬的嘴唇，说道："大叔，上次见面还是在武藏野的荒原上吧？"说着咧嘴一笑，露出尚显稚嫩的小牙齿。

面对伊织可恼的挑衅，"什么！"岩流不禁发出孩子气的声音来。

就在他的下一句话即将说出口的一刹那，"你还记得？"顿时，伊织将手里端着的盘子，连同盘子上的茶碗和热水，忽地朝岩流脸上扔去。

岩流坐着一扭脸，同时一把抓住伊织的手腕，"烫死我了！"这才闭着一只眼睛，愤然站起身来。

茶碗和盘子顿时飞向后面，碰在泥地房的角柱上碎落了一地，洒出的热水溅到了岩流的脸上、胸前和裙裤上。

"烫死你！"

"好你个臭小子！"

就在二人突如其来的喊叫声混着茶碗打碎的声音传来，令所有在场的人吓了一跳的同时，伊织已经像一只小猫似的，被岩流一脚踢倒。

"唔，店家，"伊织刚要起身，岩流顿时更加用力地踩住伊织的后背，手捂着一只眼睛大嚷起来，"这臭小子是你们家的小伙计吗？虽说他还是个孩子，可实在难以饶恕。掌柜的，快给我抓起来！"

大吃一惊的佐兵卫还没来得及跳下来阻止，趴倒在岩流脚下的伊织便大喊一声："哈！"接着，也不知是他怎么拔出来的，只见他忽然拔出佐兵卫平素一直禁止佩带的刀，从下面直直捅向岩流的胳膊肘。

"臭小子！"岩流又大喝一声，顿时像踢球一样，一脚把伊织踢到了泥地上，同时，身子倒退了一步。

"惹事精！"当佐兵卫一声尖叫赶过来时，伊织已经跳了起来，嘴里仍发疯似的喊着："哈！"佐兵卫的手一碰到他的身体，便被他一下甩开。"活该！浑蛋！"只见他冲着岩流一声大骂，接着突然抽身朝外面逃去。

可是，跑了还没有两间远，伊织便一个跟头栽倒在地。原来是岩流从泥地房随手抓起一根扁担，打中了他的脚后跟。

四

　　佐兵卫与众伙计合力捉住伊织的双手，将他拖到仓库旁的开水处。岩流也来到了这里，正让仆人给他擦拭濡湿的裙裤和肩膀。

　　"实在是冒犯。请恕罪。还请您宽宏大量……"尽管佐兵卫和众伙计把伊织按住，齐声地致着歉，可岩流仍充耳不闻，连睬都不睬，只是用仆人拧干的布手巾不在乎地擦着脸。

　　在这个空当里，即使被伙计们扭住胳膊，脸贴在地上的伊织仍痛苦地大喊："放手，放开我。我是不会逃的，我凭什么要逃？我也是武士的儿子。我在下手之前早就想到这些了，老子是不会逃跑的！"

　　梳理好头发，整理好衣饰后，岩流这才回过头来。"放开他。"他平静地说道。

　　"哎？"佐兵卫等人反倒非常意外，惊异地望着他平静的脸。"放了他？"

　　"不过——"岩流又补充道，"不过，如果让这名少年误以为无论做错什么事情，只要道歉就能获得饶恕，对他的将来是没有好处的。"

　　"是。"

　　"原本就是小孩的胡闹而已，微不足道。我岩流是不会计较的，不过，若是你们觉得就此放了这小子未免有点太便宜了他，作为对他的惩罚，你们不妨用那勺子从茶釜里舀满热水，从他的头上浇下去，反正也死不了人。"

"啊……用热水浇他？"

"当然，若你们觉得就这样放了他也行，那你们随便……"

这么一来，佐兵卫和伙计们都面面相觑，犹豫再三后，终于说道："怎么能就这样算了呢？这小子平时就不听管教，杀了他都不解恨，倘若这样处置就能让您原谅，那实在是求之不得。臭小子，这可都是你自找的，可别怪我们心狠哪。"众人齐声说道。

一定是全疯了。接着，人们顿时夸张地忙碌起来，有人拿来绳子，就要捆起伊织的双手双脚，伊织却甩掉他们的手，说道："你们要干什么？"接着重新坐在地上，又说道："我不是早就说了吗？一人做事一人当，我是不会逃的。我并不是无缘无故才用热水泼那个武士的。作为报复，如果想用热水再浇回来，那就任凭你们浇好了。若我是一个商人，可能还会认错，可身为武士的儿子，我没道理谢罪，我决不会因为这么点破事就哭鼻子。"

"算你有种！"佐兵卫撸起袖子，从大茶釜里舀了满满一勺子热水，慢慢地端到伊织头顶上。

只见伊织牙关一咬，瞪大了双眼，等着惩罚。

就在这时，某处忽然传来提醒的声音："闭上眼。伊织！不闭上眼睛，眼会瞎的！"

五

谁呢？不过，伊织还没来得及确认说话人是谁，便遵照那人的提醒闭上了眼睛。伊织等待着就要从头顶浇下来的热水，忽然回忆起从前在武藏野的草庵里时，有天晚上从武藏那里听来的快川和尚的故事，仿佛已将可怕之事忘记。

故事说的是一名甲州武士皈依佛门成了一名禅僧，当织田和德川的联合大军杀入峡中，火烧山门的时候，他竟在楼上平静地让烈火焚烧着自己的身体，吟诵着"灭却心头火自凉"的词句死去。

伊织闭着眼睛想：有什么啊，不就是一勺子热水吗？可转念又回过神来：我怎么还这样想啊，我不能再这样想了才是。于是便从头到脚努力让自己的全身进入虚无的忘我境界，虽有形，却没有迷惘和烦恼。

可是伊织无法达到这种境界。倘若他再年幼一些，抑或年龄再大一些，或许还能达到这种境界。可他现在已经是个太过懂事的孩子。

马上……马上，额头上滚落下来的汗珠都让他觉得是那滴落的热水珠。短短的一瞬却似百年那么长，伊织都想睁开眼睛了。

这时，只听岩流忽然在身后说道："呃，是老前辈啊。"

端着勺子正要往伊织头上浇去的佐兵卫和周围伙计们的注意力，也全被刚才的一声提醒吸引过去，就在众人循声望去的一瞬，就要浇在伊织头上的勺子也迟疑起来。

"要出大事喽。"被尊为"老前辈"的人从路对面移步而来。他带着一名仆从，上着茶色的麻质窄袖和服，下穿冬夏几乎都不变样的裙裤，只有脸上的汗水似乎多于常人一倍，正是藩老长冈佐渡。

"没想到让您给看见了。哈哈哈，在下正让人惩戒这小子呢。"大概是自己也觉得这么做不像个大人，抑或是想在藩中的老前辈面前卖乖吧。总之，岩流搪塞地笑了起来。

佐渡仔细打量了一会儿伊织，说道："唔，让人惩戒他。如有正当理由，惩戒一下也无妨。快，那就快开始吧，我佐渡也看看热闹。"

佐兵卫手端着勺子，从一旁注视着岩流的脸色。岩流立刻意识到对方只是个少年，自己明显处于不利的位置，于是说道："算了。这样这小子已经得到惩戒了。佐兵卫，撤下勺子。"

于是，伊织这才看向一直眯着眼注视着眼前情形的"老前辈"。"啊，我认识这位武家。这位武家大人曾经常骑马到下总的德愿寺吧？"伊织顿时要冲上去似的大喊起来。

"伊织，你还记得我？"

"嗯！我怎么会忘记您呢？在德愿寺，您还给过我点心吃呢。"

"近来你师父武藏如何？最近，你没跟在师父身边？"

听他这么一问，伊织忽然抽起鼻子来，眼泪从鼻子和手之间簌簌滚落。

六

佐渡认识伊织，这让岩流深感意外。不过，岩流早就听说过，在自己为细川家效劳前，长冈佐渡便是力主将宫本武藏推举到自己现在位置的人，而且之后也仍要践行与主公的约定，一有机会便会留意武藏的下落。所以，岩流推测，佐渡不是通过伊织认识的武藏，就是在寻找武藏的过程中认识的伊织，必定是这两种情形之一。

不过，岩流并无意追问佐渡是怎样结识这一少年的，他并不喜欢由此引出武藏的话题。

无论自己喜欢与否，岩流还是隐约有一种预感，将来总有一天自己会与武藏见面。这不仅源于自己与武藏历来的恩怨，同时也是主公忠利和藩老长冈佐渡的期待。更为甚者，他到丰前小仓赴任后才发现，原来中国、九州的百姓和各藩的剑客都怀着这种期待，简直让他意外。

或许也是乡土的关系吧，武藏的籍贯和岩流的出生地都属于中国地区，而且武藏和岩流的名声在家乡和西国一带也都远超他们在江户时的想象，早已成为人们街头巷尾的议题。

在整个细川家的本藩与支藩里，也自然而然地形成了对立的两派，一派高度评价传闻中的武藏，另一派则力挺新来的岩流佐佐木小次郎。

另外，由于把岩流介绍到细川家的便是同藩的藩老岩间角兵卫，虽说这种氛围大半是源自天下剑客的兴趣，可真正的原因，也可以说是藩老岩间派与长冈派的对立。因此，岩流对佐渡抱有成见，而佐渡对岩流也没有好感，这也是显而易见的事实。

"都准备好了。坐在船中间的诸位大人也随时可以登船了。"这时，正好巽丸号的船长过来迎接，岩流顿时找到了摆脱尴尬局面的台阶，"老前辈，在下就先行一步了。"

岩流冲佐渡打完招呼后，又招呼着其他家臣，匆匆朝船的方向走去。佐渡则留在了后面。

"开船时间是黄昏时分吧？"

"是，是的。"佐兵卫仍担心这件事还没结束似的，在店里的泥地上惶恐地答道。

"那么即使再休息一会儿，也能来得及？"

"当然来得及。您先喝杯茶吧。"

"就用这热水勺子？"

"岂、岂敢岂敢。"

佐兵卫深受挖苦，尴尬地挠着头。就在这时，阿鹤从前店与内宅之间的间壁布帘处探出头来，小声喊道："佐兵卫，你过来……"

七

"在店前太靠近街道了。不会让您多花时间的，只是到后面的茶室而已。"说着，佐兵卫便在前面引起路来。

"那就恭敬不如从命了。要见我的是你家夫人吗？"

"是，说是要向您致谢呢。"

"致什么谢？"

"大概是……"佐兵卫挠挠头，尴尬地说道，"是您帮着给平息了伊织的事情，夫人大概是想替主人跟您打个招呼吧。"

"呃，说起这伊织来，我也还有话要跟他说呢。快把他叫来。"

"遵命。"

这庭院果然体现了堺港商人的风雅，虽然与仓库只有一墙之隔，却别有洞天，店里的那种炎热和吵闹顿时销声匿迹。清泉、奇石、各种名木尽被水打湿，潺潺的水声让人内心澄净。茶室的一个房间里铺着毛毡，茶点和烟叶早已备好，吸烟用的小火罐里已焚好熏香，阿势夫人和阿鹤姑娘上前迎接客人。

长冈佐渡说道："老夫一身尘土，还穿着草鞋，请夫人宽恕。"说着便随意坐下，吃起茶来。

"刚才之事，还请见谅——"阿势夫人再次为店员的鲁莽和伊织之事致歉并致谢起来。

佐渡于是说道："不不，没什么。那孩子我以前因故见过，今天能遇上也是一件幸事。不过，我还是有一事未明，他怎么成了贵府的伙计呢？此事也尚未听伊织说起过……"

听他这一问，阿势夫人便叙述了在去大和参拜的途中无意间看到伊织并将其捡来的经过，佐渡也将多年来寻找伊织的师父宫本武藏等事情说了出来，并说道："刚才他都差点被热水浇头了，可据我隔着大路对他的观察，他坐在众人之间，仍旧气定神闲，毫无胆怯之状，老夫暗自佩服。如此有血性的孩子，倘若放在商家，或许反倒会扭曲了他的性情。我看索性就送给老夫吧。老夫想把他带回小仓，亲手调教。"

"真是求之不得……"一听佐渡的请求，阿势十分同意，阿鹤也很高兴，立刻起身就要把伊织叫来。而伊织从刚才起似乎就已站到了附近的树后，一字不漏地听到了他们谈话的全部。

"你不愿意吗？"

听众人一问，他哪里会不愿意，还连连请求赶紧把自己带到小仓去。

船也马上起航了。

阿鹤趁着佐渡喝茶之际兴奋地为伊织准备起衣服、裙裤、斗笠和绑腿来，仿佛在打发自己的弟弟上路一样。伊织生来头一次穿上裙裤，俨然成了武家的一名随从，不久，便随佐渡一起上了船。

黑帆在晚霞中张开，船沿着潮路朝丰前小仓驶去。大家全都目送着伊织离去，其中有阿鹤的面孔，阿势夫人那白皙的面孔，佐兵卫的面孔，其他送行人的面孔，还有那整个堺港的面孔。伊织也在船上挥动着斗笠。

无可先生

一

这里是冈崎的鱼屋小巷。巷口钉着一个牌子，上面写着：童蒙道场，指导读写，无可。看来是闲居的浪人为糊口而开设的私塾。

不过，从这老师自己书写的招牌来看，这老师的字实在是不敢恭维。估计许多有识之士看过之后，都会苦笑而过吧。不过，这无可先生并不以此为耻。据说，若有人质疑，这位先生便总会回答说"因为我也还是个孩子，尚在修行中啊"。

小巷的尽头是一片竹丛，竹丛的对面则是马场，天气晴好时，经常会扬起滚滚尘土。原来，那些所谓三河武士的精锐，即本多家的家臣们每天都在这里骑马练功，尘土自然就多了。

或许也是因为这个，无可先生总是在原本敞亮的窗前挂上一面帘子，弄得狭窄的室内愈发昏暗。

他原本就孤零一人。现在，看来他是才从午睡中醒来吧，只听得井台上的辘轳响了一阵子后，扑通！竹丛中忽然传来一声巨响，是伐竹的声音。一根竹子轰然倒下。不一会儿，无可先生便截了一节。若是用来做尺八，既粗又短。他从竹丛里走出来，头戴灰色头巾，身穿灰色单衣，腰佩一柄短刀。尽管穿戴灰土，不过年纪尚轻，才三十岁上下。

他把这节竹子在井边洗了洗，然后又来到屋内，将竹节放在形似壁龛的木板上。这室内并没有壁龛，只在墙壁一角放着一张木板，上面挂着一幅也不知是出自谁手的祖师像。如此，竹节便成了插花的花瓶。他又把一枝缠绕着杂草的旋花插在里面。不错。他自己似乎也很满意。

然后，无可先生便在桌前坐下，开始习字。案头放着的则是褚遂良的楷书范本和大师流的拓本。

在这里住下已一年有余。大概是每日都练字的结果，他笔下的字比招牌上的显然长进多了。

"邻家的老师。"

"是。"他放下笔应道，"原来是隔壁的大婶啊。今天还是这么热啊，快请进吧。"

"不了不了。哪能老进去打扰……怎么回事啊，我刚才听到一声很大的声响。"

"哈哈哈，是我的恶作剧。"

"您可是教导孩子的先生，怎么能恶作剧呢？"

"实在抱歉……"

"那您做什么了？"

"只是砍了根竹子。"

"那就好。我还以为出了什么事呢，吓了一跳。不过，有件事是从我家丈夫那儿听来的，估计不怎么可靠，他说经常在这一带转悠的那些浪人，似乎想要您的性命……"

"没事，我的人头又不值钱。"

"话虽轻巧，却经常会有人死在一些连自己都不记得的仇恨下。您可得小心啊。我倒没什么，附近的姑娘们到时候可就要流泪了。"

二

邻家是制笔的匠人。夫妻二人都是热心人，尤其是老板娘，经常教这位单身的无可先生一些炊事烹调的技巧，有时甚至还帮他缝缝补补洗洗涮涮。这倒也没什么，只是有一事常常令无可先生为难，这便是她每次来时都会给无可先生提亲："我认识一位好姑娘，不知先生……"

每次被无可先生婉拒时，她总会追问个不停：先生到底为什么不娶媳妇呢？您不会是讨厌女人吧？她的追问有时甚至让无可先生穷于回答。

不过，这不全是老板娘的过错，无可先生自己也有不是，所以，他便常常托词道：自己是播州浪人，也无家累，只想立志做点学问，因在京都和江户学过点东西，便想将来在这里开个私塾之类，安定下来。而且，他也到了该谈婚论嫁的年纪，人品也不错，更重要的是老实本分，所以，邻家的夫妇除了在生活上周济他之外，也当然会操心起他的终身大事。并且，还有许多姑娘在看到偶然出门的他后，便立刻被深深吸引，纷纷托制笔夫妇去提亲，都要嫁给他。

除此之外，陋巷也有陋巷的乐趣。像什么祭礼啦、舞蹈会啦、秋分时节的盂兰盆会啦，尽管生活圈很小，大家却过得温馨快乐，就连那令人悲伤的葬礼或照顾病人之类的事情，大家也能像一个大家庭一样热热闹闹地给办过去。

真有意思。就这样，无可先生一面寂寥地生活在其中，一面在独腿的书桌前审视着世间，虚心向世间学习。

不过，这世间并不只有一个无可先生，还有些什么人，谁也无法知道。反正眼下的世道不是很安稳。前些日子，大坂的柳马场后街曾住着一个名叫幽梦的光头习字先生，可后来被德川家的人一查，才发现他竟是前土佐守长曾我部宫内少辅盛亲，沦落至此，顿时轰动一时，当邻近得知此事的时候，他却在一夜之间不见了身影。还有一件传闻。德川家的手下发现在名古屋的街头占卜的一名男子有些可疑，一调查，竟然是关原残党毛利胜永的家臣竹田永翁。九度山的幸村、流浪的豪士后藤基次，像这些时刻牵动着德川家神经的人，全都隐居世外，韬光养晦，尽可能避人耳目。

当然，并非只有这种大人物才隐居世间，无数酒囊饭袋亦会浪迹尘世，他们混迹一处，真令人浑然莫辨，当然，这也是后街的神秘之处。

即使是这位无可先生，最近，也不知是谁先开始说的，人们竟纷纷叫起他武藏来，不再喊他无可了。"那个年轻人名叫宫本武藏，开私塾之类只是他的权宜之计，事实上，他可是那个在一乘寺垂松一人勇胜吉冈一门的剑道名人啊。"甚至还有好事者到处为他宣扬。

"真的？"人们于是半信半疑地审视起他来。而最近，经常有人趁夜躲进那后面的竹丛或小巷口，偷窥他的动静，这便是那邻家的老板娘提醒他要取他性命的可疑之人了。

三

或许，无可先生根本就没把这些时刻都在觊觎着自己的人看在眼里。今日也是如此，邻家的女人刚刚提醒了他，可一到晚上，"大哥大嫂，我稍微出去一下，麻烦帮我照看一下家"，他向邻家夫妇打了个招呼便出去了。

制笔夫妇当时正大开着门吃晚饭，一眼就看到了他穿过门前的身影。只见他身穿灰色单衣，头戴斗笠，虽然佩着大小两刀，却没有穿裙裤，只着一身素色便服。倘若再套上袈裟和挂罗，简直就像是一名虚无僧。

老板娘咂了下舌，嘟囔起来："邻家那先生究竟要去哪里呢？上午指导孩子，中午就睡午觉，而一到晚上就像只蝙蝠一样出去……"

丈夫则笑道："谁让人家是单身来着。你也管得太宽了吧，连他人夜间的玩耍都忌妒。"

一出胡同，傍晚的冈崎虽然热气尚未散尽，可夏夜的灯火已闪烁起来，人流中充满着尺八声、虫笼里的虫鸣声，还夹杂着盲人按摩师们打着节奏的吆喝声，甚至还有卖西瓜卖寿司的叫卖声。夜间出来散步的旅人，三五成群，与新城市江户的躁动不同，这里处处都透着一种悠闲的风情。

"啊，先生过去了。无可先生装模作样地走了。"街市上的姑娘们立刻彼此交换着眼神，窃窃私语，有的还向他行起礼来。就连无可先生的去处都会成为她们的话题。

不过，无可先生径直往前走去。从远古王朝起，矢矧川这一带驿站的娼妓们便引领着脂粉的潮流，如今也是一样，冈崎女郎已然成了这里的一面招牌。不过，无可先生根本无意拐向那里。

不久，他便来到城外的西郊。无边的黑暗中传来澎湃的海潮声，暑热也暂时退去，前方是一座桥，桥长据说有二百零八间，借着星光，微微能看出桥桁的第一根柱子上写着"矢矧桥"三个字。

这时，似乎早就约好了一样，只听早已等在那里的一名瘦法师问道："是武藏先生吗？"

"呃，又八吗？"无可先生立刻走上前去，笑着答道。

不错，那人正是本位田又八。他在江户町奉行所门前挨了百杖责罚之后，便被流放，如今则仍是当时那个样子。

无可乃武藏的化名。在矢矧桥上，星光之下，二人已没有了往日的恩怨。

"禅师如何？"武藏问道。

"旅行未归，也无音讯。"又八说道。

"日子不短了。"二人喃喃着，并肩走在矢矧桥上，亲密地过桥而去。

四

对岸的山丘上长满松树，上有一座古刹。大概是这一带叫八帖山的缘故吧，古刹也被人称为八帖寺。

"怎么样，又八？禅寺的修行很艰苦吧？"武藏一面登上通往山门的昏暗坡道，一面问道。

"很辛苦。"又八诚实地低下那青色的光头，答道，"我也曾多次有过逃走的念头，有时甚至还想，倘若只有受这种煎熬才能成人，那我宁愿上吊自杀。"

"你尚未拜师，尚未成为禅师的入门弟子，这才只是修行的开始。"

"不过，多亏了你的鼓励，最近我已经有了进步，一打退堂鼓时，便会自我鞭策。"

"这一点便足以说明你的修行已初见成效。"

"痛苦的时候总是会想起你来。我每次都在想，你所取得的这些成就，我绝非不可能做到。"

"没错。我能做到的，你也一定能办到。"

"并且，每当我想起被泽庵法师从鬼门关救回来的这条性命，想起在江户町奉行所前面被杖责一百时的经历，一想起当时的痛苦，我便咬紧牙关，朝夕同修行的艰辛做斗争。"

"克服艰苦之后，你就会立刻体会到莫大的快乐。人只要活着，痛苦与快乐便会朝夕相伴，永不停歇地做斗争。人若只想择其一，贪图安闲，那么人生也就失去了意义，失去了活着的快乐和滋味。"

"我已经隐约领悟了。"

"即使打一个呵欠也一样，在痛苦中潜心修行之人的呵欠和懒惰之人的呵欠完全不同。在芸芸众生之中，有多少人尽管活在这个世上，却连呵欠的真正滋味都体味不到就像虫一样死去了。"

"待在寺里，还能从周围人那里听到各种逸闻趣事，这也是一种乐趣。"

"真想早一点见到禅师啊，你也好好求求他，我也想请教道的问题……"

"可他到底什么时候才会回来呢？都一年没有音讯了。"

"别说是一年了，就算两年三年都像白云一样云游四方的人，在禅家中一点也不稀奇。既然你好不容易留在这块土地上，就要做好长期的思想准备，即使四年五年也要等下去才是。"

"在这期间，你也一直会待在冈崎吗？"

"当然。住在陋巷，在尘世的底层体验繁杂的生活，这也是一种修行。我并非只是为了空等禅师回来，我也是为了修行才住在陋巷中。"

虽说是山门，可这里却是与"金碧"二字毫不相关的一座茅草门。虽说是寺院，却连正殿都十分简朴。又八将好友引至斋堂旁的一间小屋里。由于他尚未正式加入寺籍，所以在禅师回来之前，他只能先住在这儿。

武藏不时会造访这里，每每谈到深夜才回去。二人早已重修旧好，又八也舍弃了一切，当然，在此之前，他们还有一段离开江户之后的故事。

无为之壳

一

事情要追溯到以前。去年自从仕宦将军家的希望破灭，武藏便奋笔在传奏府的单扇屏风上留下一幅武藏野之图，然后便离开了江户。之后他究竟去了哪里呢？有时他忽然现身，有时则飘然遁形，有如飘荡在山间的白云一样，他的足迹一直飘忽不定。看上去，他似乎有一个确定的目的和一定的原则，却又似什么都没有。

虽然他自以为心无旁骛，专心前行，可在路人看来，他完全是一副自由自在、随心所欲、走走停停的样子。

从武藏野西郊走到相模川的尽头，从厚木驿站起，他的眼前便尽是大山、丹泽等山峦了。而由此之后的一段时间里，他究竟是如何度过的，恐怕就无人知晓了。

大约两个月后，蓬头垢面的他从山上下来。尽管是为了解开心中的迷惘才隐遁到山里，可被冬季的山雪驱赶下来的他，脸上却刻着比进山前更为痛苦的迷惘。难解的心结不断地折磨着他的心灵。一个心结刚刚解开，另一个心魔随即又向他扑来。他甚至觉得剑和心全都变成了空虚的东西。

"不行。"有时，在嗟叹之中，他甚至想抛弃自己。"索性……"他不禁憧憬起常人的安逸来。也不知阿通怎样了？他立刻挂念起来。他觉得，只要自己愿意享受安逸，立刻就能和她实现安逸生活。只要自己愿意寻找那一百石或二百石的食禄糊口，这种机会随处都是。

可是，这样就行了吗？回头再扪心自问，他决不甘受这种终生的束缚。他责骂起自己来："懦夫！你在迷惘什么？"他仰望着难以攀登的高峰，痛苦挣扎。

有时，他觉得自己浅薄、卑鄙，像饿鬼一样陷入烦恼之潭。有时，他又会心静如水，有如峰顶的明月一样，毫不怯懦，独享孤高。总之，从早到晚，他浊了又清，清了又浊，他的心灵，他的热血，太过多情，太过多恨，又太过浮躁。

如同心中忽明忽暗的幻象一样，表现在外的他的剑，也仍未达到令自己满意的境界。他太了解自己在剑道上的差距和不成熟了，迷惘和苦闷便会时常更加猛烈地向他袭来。

进入山里后，心越静，他便越留恋人间，越思念女人，热血简直要令他发疯。不管如何吃野果浴瀑布，如何折磨自己的肉体，他还是会梦到阿通，陷入梦魇。

大约两个月后，他就再也无法在山里待下去，垂头丧气地下了山。在藤泽的游行寺驻足数日后，他又绕到了镰仓，不料，竟在禅寺里遇见了一个比自己还痛苦的男子，便是旧友又八。

二

自从被赶出江户后，又八就来到了镰仓。他早就听说镰仓寺院众多，他也正陷入另外一种意义上的烦恼之中。不过，他再也无意回到过去的懒散生活。

武藏便对他说："仍不为迟，只要从现在起重塑自己，融入这个世界就可以。一旦自暴自弃，那你的人生就完了。"

武藏不断地鼓励着他，又补充说："话虽如此，但说实话，我武藏现在也有一种面临四壁之感，也时常被困于虚无之中，常常怀疑自己，做什么都提不起神来。这种无为之病，我每隔两三年便会患一次。每当患病时，我就鞭笞着自己的懦弱，鼓励自己，而一旦踢碎无为的躯壳，从里面爬出来，便又会有崭新的前途展现在眼前。我便会一路狂奔，径直走下去。只是，到了第三年或第四年的时候，我就会再碰到一面挡在眼前的绝壁，又患上无为之病。"

武藏坦诚地告白之后，又向又八说道："可是，我这次的无为之病有些重。我一直在壳中与壳外的黑暗中无力地挣扎，怎么也打不开这躯壳，每天都在受这种无为日子的痛苦折磨。后来，我忽然想起一个人。我想我只能借助此人的力量了。于是，我便下山来到这镰仓，打探此人的消息。”

武藏所说的是在他二十岁前后，迷惘于求道之途时，曾经常去京都妙心寺的禅室接受启蒙的前法山住持愚堂和尚，又名东寔的一名禅师。

听他这么一说，又八立刻说道：“若是这位禅师，请一定帮我引荐一下，求他收我为弟子。”

开始时，武藏也一度怀疑又八所说是否出自真心，可听到又八在江户的种种惨痛经历之后，“原来如此，你竟如此可怜，怪不得会有如此想法”，武藏这才理解了他的心情，发誓入门之事一定会帮他引荐。二人一起找遍了镰仓的所有禅门，却始终没有找出禅师的下落。

虽听说愚堂禅师数年前已离开妙心寺，从东国踏上了奥羽之旅，可他云游四方飘忽不定，有时会被招至主上后水尾天皇的御前，在清凉的法筵上讲禅，有时则连一名弟子僧人都不带，独自走在偏僻的乡间路上，日暮途穷，连一顿晚饭都难以吃上。

“你们不妨去冈崎的八帖寺问问，大师经常会在那里停留。”

就这样，在好心人的指引下，武藏与又八便来到了冈崎，可愚堂禅师仍未在这里。不过，寺里人说，禅师前年曾在这里露了一面，说是返回陆奥时可能还会来这里一趟。

“那我们就在这里等禅师回来吧，等多少年也要等。”于是，武藏便在市镇上寻了处临时的房子住下，又八则借住在斋堂后面的小屋，二人一同等待禅师的归来，一晃已在此等了半年有余。

三

"小屋里蚊子太多了。"尽管又八一直焚着蚊香，可他还是无法忍耐。"武藏先生，咱们还是到外面去吧。虽说外面也有蚊子，毕竟会好一点……"说话间仍揉搓着眼睛。

"嗯，哪儿都有。"武藏便先出去。就这样，倘若每次造访都能为又八的心弥补一点不足，他也能比较心安。"去正殿的前面吧。"

因为是深夜，那儿没有一个人，大门紧闭，风很通透。

"我想起七宝寺来了。"又八坐在走廊上，脚放在台阶上，喃喃说道。每当二人碰面时，即使野果野草的话题都会让他们立刻谈起对故乡的回忆来。

"嗯。"武藏也涌出了同样的回忆。之后二人便陷入沉默，不再谈论故乡，每次都是这样。

因为一旦谈起故乡，二人自然会联想起阿通的事情，又八母亲的事情，以及种种苦涩的回忆，这些都会破坏二人如今的友情。又八似乎害怕这个话题，武藏也刻意回避。

可唯独今晚，又八似乎想谈得更深入一些，便说道："七宝寺的山比这儿的要高，山脚也跟这儿的矢剕川一样流淌着吉野川。只是，这里没有千年杉。"又八一面注视着武藏的侧脸一面说着，突然，"对了，武藏先生。我一直想找个机会跟你说，想求你件事，可一直说不出口。有件事我想请你答应我。不知你能不能做到？"

"我？唔，什么事？说来听听。"

"就是阿通的事。"

"哎？"

"阿通……"话还未说出来，又八涌动的感情便缠住了舌头，眼看着落下泪来。

武藏也有些动容。又八突然提起这彼此讳莫如深的话题，武藏也难以揣测他的意图。

"虽然你我已经消除隔阂，能够在这样的夜里彻夜畅谈，可那阿通，也不知现在怎么样了。不，是将来会怎样。最近，我时常想起这件事，总觉得有愧于她。多年来，是我让阿通吃尽了苦头。我曾一度像鬼一样缠着她，虽然也曾在江户共居一室，可她怎么也不原谅我。想来，自从去关原参战后，阿通便已是从我这根树枝上落到地上的花了。如今的阿通，已经是盛开在别处土地、别处花枝上的鲜花了。"

"……"

"喂，武藏，不，武藏先生，我求你了！你就娶了阿通吧。能拯救阿通的只有你。若是从前的又八，我无论如何也不会这么说，可是为了弥补从前的过错，我决定今后皈依沙门。我已经完全死心，只是仍不能彻底放心。求求你，找到阿通，满足阿通的愿望！"

四

是夜已经到了丑时三刻。只见武藏从八帖的山门出来，在松涛的黑暗中默默朝山麓走去。他抱着胳膊，低着头，仿佛无为和空虚的烦恼正纠缠在脚底似的。

刚才在正殿前分别时又八的话语，任松涛如何冲刷，也始终无法从耳畔消失。"我求你了，阿通就交给你了！"那声音是那么真切，神情也是那么诚挚。

在对自己说出来之前，又八一定不知烦闷了多少个夜晚，一定不知经历了多少痛苦吧。可令武藏无法否认的是，其实，自己反倒有更多的迷惘和苦闷。

"我求你了！"差点要跪求自己的又八，在从这日夜的煎熬中解脱出来后，反倒因为终得解脱而泣不成声，在悲伤和愉悦交织的莫名心情中，犹如一个新生儿一样，在寻找生命的其他意义。

当又八对自己说出这些的时候，武藏无法说不。至于"我无意娶阿通为妻。她以前就是你许婚的妻子。你要展示出自己的忏悔和真心来，与阿通破镜重圆！"之类，武藏更是说不出口。

那么，他到底是怎么说的呢？实际上，自始至终，武藏什么都没有说。无论说什么，武藏的话都是虚伪的。因为，盘踞在他心底的真心正在审视着他，让他什么也说不出口。

　　相反，今夜的又八却彻底放下了。因为，只要阿通的事还没解决，即使自己变成沙门弟子，即使去做其他任何修行，自己也终将一事无成，又八如此说。他还说："不是你劝我修行的吗？既然你还把我看作朋友，那就连阿通也一起救救吧，这同时也是在拯救我。"那语气俨然七宝寺时代年幼的挚友的语气，最后，他竟号啕痛哭。从四五岁时起就熟悉这张面孔了，没想到他竟是一个如此纯情的男子。望着他的身影，武藏由衷地被他的真挚打动，同时，也为自己的丑陋、迷惘深感惭愧。

　　临别时，又八抓住他的袖子，又绝望地求他，武藏只好说了一句"我会考虑的"。可又八并不放弃，仍要他立刻答复，他这才终于丢下一句"你容我想想"，便仓皇逃出山门。

　　卑怯！武藏一面责骂自己，一面叹息地审视着越发无法从无为的黑暗中解脱出来的自己。

五

　　若未被无为所困，便无法体会到无为的痛苦。安乐是所有人的希求，无为却与安乐的心境有着天壤之别。想做点什么却什么都做不到。尽管拼命挣扎，大脑和眼睛却充满迷茫。说是一种病，可肉体上并无任何异样。就像头已撞向墙壁，退无法退，进又不可能。真是一筹莫展，寸步难行。最终竟怀疑起自己，蔑视起自己，不由得哭泣起来。真是浅薄的自己。

　　武藏尝试着愤怒，试着反省自己。可是，仍旧无济于事。其实，就在从武藏野抛下伊织，离开权之助，并且与江户的所有知己诀别，像风一样离去的时候，他就已经隐隐感到了些许征兆。"所以，我决不能就这样下去！"他自以为自己勇往直前，已经打破了那个躯壳。可半年多以后，他才发现，那个本该破碎的躯壳依然顽固地包围着空虚的自己。所有的信念都开始丧失，自己俨然蝉蜕似的身影，直至今晚仍轻飘飘地行走在黑风之中。阿通的事情，又八的嘱托，现在的他根本无法解决这些，无论怎么想也理不出个头绪。

　　矢矧川的水面越来越宽阔，四周已微明。河风掀着草笠的边缘，嗖嗖而过。

　　这时，只听嗖的一声，混着呼啸的河风，一样东西忽然低吼着从武藏身边掠过。当那东西从距武藏不足五尺的地方一穿而过时，武藏却似乎更快，再看时，他早已不在原地。

　　轰的一声！连矢矧川都同时鸣动。分明是火枪的声音。是用强大的火力从远方射过来的，仅仅凭借那弹吼与轰鸣之间两次呼吸的间隔便不难明白。

　　武藏呢？再看时，他早已飞身跳进矢矧桥桁的后面，像蝙蝠一样立刻贴在那里。他这才不由得地回想起邻家夫妇一直提醒自己的话来。可是，冈崎怎么会有敌视自己的人呢？他实在想不明白。到底会是什么人呢？他想象不出来。

对。干脆就趁着今夜看个究竟。就在身体贴上桥桁的一刹那，他如此想道。于是，他屏住呼吸，静观其变。

不久，只见三个男人的影子像松果一样被风吹了过来。果如所料，一来到这里，三人便频频在武藏刚才所站地方的附近张望。

"奇怪啊。怎么没有呢？不是在更靠近桥的那边吗？"

看来，对方满以为所狙击的目标已倒地成为尸骸，所以已将火绳扔掉，只带着火枪赶来。火枪上的黄铜卷熠熠闪光，即使带到战场上也毫不逊色，而抱着火枪的男子和另外两名男子全都是黑色装束，只露出眼睛。

麻线球

一

什么人呢？看着眼前的三个人影，虽然武藏怎么也想不起来对方是谁，不过，他每时每刻都在提防着。

不只是武藏，但凡生活在这种世道中的人，平常对所有的一切都需要警惕。杀伐混乱的战国余风绝没有彻底平息，人们仍生存在诡计和反间之中，当警惕过头时什么都会怀疑，甚至连自己的妻子都不敢掉以轻心，连骨肉亲情都会遭到破坏——这社会的弊病仍沉积在人们之中。更何况，迄今为止，不知已有多少人死于武藏的刀下，至于因他而身败名裂者更是一个庞大的数字，倘若再算上这些失败者的家小及族人，恐怕已是不计其数。

即使是正当的比武，或者是过错并不在武藏一边的冲突中，从失败者的角度来说，也必然会将武藏视为终生敌人，又八的母亲便是典型的例子。所以，在当今的时势之下，凡是有志于武道者，都会不断地面临生命危险。除掉一个危险之后，便又会生出下一个危险，制造出下一个敌人。不过，对于修行之人来说，这危险同时又是不可或缺的磨砺砥石，这种敌人也堪称不断激励自己的有益之人。

武藏就是在这种连睡觉都无法掉以轻心的历练中，以不断威胁自己生命的敌人为师的过程中成长起来的，而且，他的剑道目标就是救人济世，让自己达到菩提的安乐境界，与世人共享人生的喜悦。可正当他在这至难的修行途中疲惫至极，被虚无袭扰，为无为所困之时，蓄势待发的敌人竟忽然现身。

刚才，武藏一下就蜷缩在矢矧桥的桥桁下，那一瞬间，平日里的惰气和迷惘顿时从他的毛孔里一吹而散。赤裸裸地暴露于危险中的生命，忽地感到一阵清凉。

“奇怪……”

为了故意让敌人靠近，摸清敌人到底是什么人，武藏屏住呼吸。结果，由于敌人并未在附近找到预期中的武藏的尸体，似乎也吓了一跳，立刻便躲到了隐蔽处，战战兢兢地窥探着静悄悄的大路和桥畔。

武藏之所以对人影的举动感到奇怪，不仅是因为对方那异常敏捷的动作和黑色装束，更是因为他们的佩刀和绑腿之类怎么看也不像是一般的野武士。

若说这一带的藩士，便只有冈崎的本多家和名古屋的德川家了，不过，他们没理由要加害自己。真是不可思议，或许是弄错人了吧。不，如果是弄错了人，那么，从前一阵子起就有人在胡同口窥探和在竹丛里潜伏的事又如何解释？连邻家夫妇都察觉了，这难道不奇怪吗？看来，他们还是在确定自己是武藏后才伺机下手的。

"哦……桥对面还有同伙呢。"就在武藏屏息观察时，潜藏在黑暗角落里的三人重新点上火绳，朝着河对岸摇晃起来。

二

潜伏在这边的人带着远程武器，桥对面还有同伙，若真是这样，敌人倒真是做了相当充分的准备。看来，敌人摩拳擦掌，一定是想在今夜将自己彻底置于死地。

武藏曾数次在夜里前往八帖寺，也频频路过这座桥，所以，敌人在确认了这一点后，完全有充裕的时间利用这天时地利来做充足的准备。因此，武藏决不可轻易离开桥桁。

显然，只要自己一跳出来，子弹立时就会飞来。而丢下敌人，一溜烟跑过桥去更是极度危险。不过，一味地躲在这里也绝非长久之计，敌人已经用火绳向对岸的同伙打了暗号，时间拖得越久，事态便越对自己不利。

不过，武藏一瞬间便想出了应对的办法。他并非根据兵法做出的决断，所有的事理，当将其上升为理论时，都只适用于平常的情况，而实际面临各种突发状况的时候，总是需要瞬间的决断，所以，他的决断并非出自理论，而是仅凭着一种"感觉"。虽然平常的理论构成了"感觉"的纤维，可这个过程是缓慢的，一遇到紧急事态便来不及发挥，因此，往往会招致失败。由于无知的动物也有"感觉"，所以这很容易与"通灵"混同。但是这被智慧和训练所磨炼出的"感觉"已经超越了理论，瞬间便可以穷极理论，当机立断。剑道尤其需要这种感觉，武藏此刻所处的环境更需要这种"感觉"。

这时，武藏蜷缩着身子，大声地朝敌人喊了起来："就是潜藏在那里，火绳也照样能看得见。没用的。若找我武藏有事，那就给我过来。武藏在这里，就在这里。"

河风猎猎，甚至让武藏怀疑自己的声音究竟有没有传出去，武藏并未接到回答，接到的却是循声而来的第二弹火枪。只是武藏早就沿着桥桁换到了九尺之外的地方。就在与弹丸擦肩而过的一瞬间，他已经飞身一跃，朝敌人躲避的暗处扑去。

由于无暇继续装弹点火，三名敌人顿时慌了神。尽管三人拔刀做出了迎击武藏的动作，却是十分勉强，看来三人之间的配合并不熟练。武藏挥刀杀入了三人中间，大刀一闪，正面的敌人顿时倒下，看到左侧的男子，武藏则用左手抽出短刀拦腰一斩，那人顿时一命呜呼。剩下的一个则逃了起来，由于过度慌乱，竟像瞎子一样撞到了桥桁上，接着便跌跌撞撞地从矢矧桥上跑去。

三

武藏以平常的步履，身子贴着栏杆，渡桥而去，结果什么事也没有发生。回家后他便睡下。

第三天，当无可先生坐在习字的孩子们中间，在独腿书桌上持笔习字时，"打扰——"忽然有个武士从檐前瞅了瞅，前来造访。是二人一起的。由于狭窄的门口堆满了孩子们的鞋子，对方招呼一句后，便绕到连木栅门都没有的后面，站在廊前。

"无可先生在家吗？我等是本多家的家臣，奉命前来出使。"

武藏从孩子堆里抬起脸来，答道："我就是无可。"

"尊公就是化名无可的宫本武藏先生？"

"是。"

"没有隐瞒？"

"在下的确是武藏。尊使前来所为何事？"

"藩中的武士头领亘志摩先生，您可认识？"

"在下并不认识。"

"可亘先生对您很熟，您在冈崎的俳谐会上曾露过两三次面吧？"

"受人之邀，是去过那俳谐会。无可也并非化名，而是在俳谐会上忽然想出的俳号。"

158

"原来是俳号啊？那好，亘先生也喜欢俳谐，本多家中的诗友也很多。所以，亘先生想邀您静谈一夜，不知可否赏光？"

"若只是为谈论俳谐，想必有更多的风流雅士比我更适合吧。虽然在下一时心血来潮，也曾应邀参加过本地的俳筵，可在下生来便是不解风雅的野人。"

"不，并不是要开俳筵吟俳谐的那种。亘先生因故听说了先生，便想见见您，可能还会跟您谈论一些武道方面的事情呢。"

这时，习字的孩子们全都停下笔，担心地打量着武藏和站在庭院里的两名武士。

武藏默默地注视了两名武者一会儿，然后，似乎已做出决定似的说道："那好。在下就应邀前往。那，日期是？"

"若是方便，今晚即可。"

"亘先生的府第在哪里？"

"只要您肯来，届时自会有轿子前来接您。"

"既如此，在下就恭候了。"

"那——"两个武士交换一下眼色，点点头说道："那就告辞。武藏先生，请恕我们冒昧打扰您上课。那就请及早准备，务请准时赴约。"说罢便回去了。

这时，隔壁的制笔商老板娘立刻从厨房里探出头来，不安地窥探着。

等二人一离去，武藏便环顾着孩子们那沾满墨迹的手和脸，笑着说道："喂喂，不许让别人的话语给分散了注意力，忘了手中的笔。快，快学习，老师也学习。要两耳不闻窗外事。小时候一旦懈怠，以后就会像你们的老师这样，无论长多大都还得习字。"

四

黄昏，武藏忙着打理装束，穿上裙裤。

"别去了。最好是找个托词回绝……"其间，邻家老板娘又来到廊前劝个不停，最后都快哭起来了。

不久，迎接武藏的轿子就到了胡同口。并非街面上常见的那种网篮般的轿子，而是有点像舆的涂漆轿子。跟着的有今早的两名武士，还有三名随从。

这是要干什么呢？邻近的居民全睁大了眼睛，轿子四周围满了人。武藏在武士的迎接下乘进轿子后，便有人煞有介事地传扬说，私塾的先生发迹了。

孩子们则相互说着：

"先生可真了不起。"

"那样的轿子，除了了不起的人物，谁还能坐得上。"

"去哪儿呢？是不是不回来了？"

放下轿门后，"喂，闪开闪开。"武士一面开路，一面催促起抬轿的仆人，"快。"

天空红彤彤的，喧闹的市镇也被晚霞染红了。人群散去后，邻家的老板娘立刻便泼洒起夹杂着瓜种和泡涨了的饭粒的污水来。

就在这时，一名带着年轻弟子的和尚走了过来，一看法衣便知道是位禅家的行脚僧。油蝉一样的黑色皮肤，深深凹陷的眼窝，高高的眉骨下面一双炯炯有神的眼睛，年龄约在四十至五十岁之间，凡人是很难看透禅家人的年龄的。个头很小，骨瘦如柴，声音却很粗犷。

"喂，"只见禅僧回头看看身边的越瓜一样的弟子，"喂，又八。"

"是，是。"一面张望着一面徘徊的又八慌忙来到油蝉般黑脸的禅僧面前，恭敬地低下头。

"还没找到？"

"我正在找。"

"你一次也没来过？"

"是的。每次都是他到山上来，所以我就……"

"那就到那边找个人问问。"

"是，我这就去。"

又八刚要抬脚却立刻又返了回来，"愚堂大师。我找到了。就在那边，前面的胡同口钉着一块牌子，上面写着'童蒙道场，指导习字，无可'。"

"唔，是那儿啊。"

"我先去看看。请愚堂大师在此稍候。"

"不用。我也去看看。"

前天夜里，又八向武藏拜托了阿通的事后与武藏分别，昨天和今日总觉得有点放心不下，正担心时，没想到却有一件天大的好事从天而降。二人翘首以待、望眼欲穿的东寔愚堂禅师，竟满面尘灰地飘然出现在八帖寺。愚堂禅师立刻从又八那里听说了武藏的事，他也记忆犹新，说道："那我就见见他。去给我叫来。不，他已经是一个顶天立地的男子汉了，还是我去见他吧。"

于是，愚堂禅师只在八帖寺休息了片刻，便立刻在又八的引领下，下山朝市镇上走来。

五

虽然武藏早就知道亘志摩在冈崎的本多家是位列重臣的人物，却一点都不清楚他的为人品性。他为何要让自己去一趟呢？对于这一点他百思不得其解。如果非要寻找答案，莫非，自己前天晚上在矢矧桥附近斩杀的那两个黑衣装扮的卑鄙之徒便是本多家的家臣，他们在查明是自己所杀之后，便找上门来了？或者，平日里就觊觎自己性命的那些人，发现自己很难对付后，索性撕下了亘志摩这块背后的黑布，布下陷阱，想直接跟自己来一场较量？

无论如何这都不是一件好事。不过，既来之则安之，既然已答应前去，武藏也一定做好了心理准备。

什么心理准备？倘若有人问他，他一定会以两个字来回答对方：临机。不亲自去一趟是不会水落石出的。只从一知半解的兵法来胡乱揣测乃此时大忌。除了随机应变，别无他法。那么，这较量究竟会发生在去的途中还是目的地？敌人究竟会外柔内刚，还是一开始便咄咄逼人？这些全是未知数。

仿佛在海中摇晃的船一样，轿子的外面很暗，不时响起阵阵松涛。冈崎城的北郭到外郭一带松树很多，现在大概正走在这一带吧。武藏丝毫未显露出已痛下决心的样子。他眼睛半睁半闭，迷迷糊糊地在轿子中打着瞌睡。

吱——不久，耳边传来门开的声音。抬轿仆人的脚步随之舒缓下来，接着，家臣们的低语声传来，四面的灯影也十分柔和。

"到了吧？"武藏走出轿子。殷勤迎接的家臣们默默地将他请至宽敞的客厅。帘子已被卷起，四面敞开，这儿也沐浴在松涛之中，凉爽得简直让人忘记了夏季，不过，灯火颤抖得很厉害。

"鄙人亘志摩。"主人开门见山地说道。五十岁上下的年纪，一看便透着一股刚健稳重，毫无轻薄之气，是那种典型的三河武士。

"在下武藏。"武藏还礼道。

"请随意。"志摩点点头，然后一本正经地说道，"我听说，前夜我家中有两名年轻武士在矢矧桥上被人所杀。这是真的吗？"对方开门见山，连让人思考的余地都没有。

武藏也压根没有隐瞒之意。"是事实。"看你接下来还有什么招数——武藏凝视着志摩。烛光摇曳在二人平静的脸上。

"关于这件事——"志摩有些迟疑,"我必须要向您致歉。武藏先生,首先请您原谅。"说着,他微微低下头。

可是,武藏无法就这样接受他的致歉。

六

"此事是今天才传入我耳里的。"亘志摩解释道,"有死亡报告递到了藩里,说他们是在矢矧一带被杀。让人一调查,结果说是阁下所为。早就听闻阁下的大名,没想到您竟然就住在这城下。"亘志摩说了起来。

听起来并不像撒谎。武藏也相信他,便认真倾听了。

"那么,究竟因何要夜袭阁下呢?我命人严加调查后发现本家的客人中有位东军流的兵法家,名叫三宅军兵卫,是他的门人和藩里的四五个人策划了这件事。"

"哦?"武藏仍是不解。不过,他随后便逐渐明白了。亘志摩的解释让一切都变得明了。

三宅军兵卫的门生中有些曾在京都吉冈家待过,而本多家的子弟中也有数十人是吉冈门流者。这些人最近都在议论着一件事——听说,最近在城下化名无可的那个浪人,便是那个在京都的莲台寺野、三十三间堂、一乘寺等地相继令吉冈一族送命,并最终导致吉冈家灭门的宫本武藏……

此事一传开,那些如今仍痛恨武藏的人便窃窃私语:"我看着他就不顺眼""我就不信除不掉他"……最终达成一致——干掉他。他们耐心地寻找起机会，并最终招致了前天晚上的失败。

吉冈拳法的名字至今仍受人追慕，诸国无人不知其大名，可知其鼎盛时在诸国拥有的门下之多。据说，仅仅是在本多家，习过其刀流的就有几十人之多。武藏在了解真相的同时，也深深体会到那些憎恨自己的人的心情。可是，这不是武门的感情，纯粹只是个人的情感而已。

"所以，今天我已经在城里严厉斥责了他们，痛斥他们鲁莽卑鄙的行径。可是，三宅军兵卫说，由于也有他的门人牵涉其中，深感愧疚，所以就想务必见阁下一面，当面致歉。如果您不介意，那就容在下将其叫来，给您引荐一下。"

"如果军兵卫先生并不知情，那就不必了。对于一个兵法者来说，前夜之事也没什么，就算了吧。"

"不，这怎么能行呢。"

"完全用不着致歉，只是作为讲道之人，在下早就听闻三宅先生的大名，所以，见一面倒也无妨。"

"实际上，军兵卫先生也正有此意。那，我即刻请他前来。"亘志摩立刻令家臣过去传话。

看来三宅军兵卫早就在别的房间等候了，不一会儿便带着四五名弟子走了进来。所谓的弟子，当然就是本多家的家臣了。

七

危机已解。起码，表面看起来是这样。

亘志摩将三宅军兵卫及其他人引荐给武藏后，军兵卫说道："前夜之事，还请不要往心里去。"

为门人之过致歉后，他便畅谈起武道掌故和世上见闻来，席间氛围顿时变得热闹。

"东军流的流名，世上很少能见到名字相同的流派啊，莫非是阁下始创？"武藏问道。

"不，并非在下创始。"军兵卫答道，"鄙人恩师乃越前人，名川崎钥之助，据传曾隐居上州白云山，开创了这一新流派。虽然传书上是这么说的，实际上却是从一名天台僧的东军和尚那里学来的这一技法。"军兵卫又上上下下打量了一番武藏，绵里藏针地说道："久闻大名，一直感觉阁下会更年长一些，没想到今日一见，阁下竟如此年轻，实在是意外。难得见面一次，务请指教一二。"

"改日有机会的话……"武藏一语带过，将话题轻轻岔了过去，"由于道路不熟……"说着就要与志摩辞别。

军兵卫则连连挽留，说天色尚早，回去时会派人送到街口，接着又说道："实际上，听到有两名门人在矢矧桥边被杀的消息时，在下也赶过去察看了尸首，却发现两具尸首的位置和二人所受的刀痕并不一致，在下深感不解。于是就询问逃走的那名门人，门人说他自己也没有看清楚，不过，他说当时阁下的两只手似乎同时握着刀。如此说来，这实为世上罕见的流派了，难不成是什么二刀流？"

武藏微笑着回答，自己从未有意识地去使用两把刀。平时都自觉是一体一刀。迄今为止，自己也从未自称过什么二刀流。

可是，军兵卫等并不认可。"不，您谦虚了。"并且就二刀的刀法提出了很多问题，甚至连"究竟该如何练习，具有怎样的力量后才能自如地使用二刀"这种幼稚的问题都不知羞耻地提了出来。

尽管武藏十分想回去，可他知道，如果不满足这些人的好奇心他们是不会放自己走的。他的视线忽然落在竖在壁龛上的两杆火枪上，便问主人亘志摩可否借用。

八

得到主人的许可后，武藏便从壁龛上取下两杆火枪，来到座席的中央。

"咦？他到底要干什么呢？"众人都好奇地望着他。莫非是想用两杆火枪来回答有关二刀的问题？

只见武藏将火枪的枪筒分别握在左右手里，单膝点地，说道："二刀便是一刀，一刀便是二刀。虽有左右两手，可身体仍是一个。任何事物都无二理，说到底，无论何流何派，都万变不离其宗。在下给诸位演示一下就明白了。"说着，他把握在两手的火枪向众人展示了一下，说了声"献丑了"。话音未落，只听他大喝一声，呼呼地抢起双枪，座席上顿时刮起旋风，他所舞动的两杆火枪有如旋转的麻线球。

人们不由得惊呆了，脸色煞白。

不久，武藏忽然收住胳膊，将火枪放回原处，说了声："失礼了。"然后微微一笑，并未就二刀刀法做出一点像样的说明便径直离席，辞别而去。

大概是全都被吓傻了吧，原本说好武藏回去时会派人相送，可直到他出了门都没有一个人送出来。回头望望门里，只见如墨汁一样的飒飒松涛中，客厅里的灯影仿佛留下无尽遗憾，仍在瑟瑟发抖。

武藏不由得舒了口气。与其说是逃离了重围，莫如说虎口逃生更合适。因为对对手一无所知，他也是无计可施。不过，既然人们都已知道自己就是武藏，还策划了密谋杀害自己的事件，那么也就无法在冈崎久待了。最好今夜便速速离去。

"可自己与又八还有约定，该怎么办呢？"武藏思忖着行走在漆黑的松涛中。当冈崎的街灯忽然从路尽头映过来时，路旁的小佛堂里忽然传来一个声音："噢，武藏先生。我是又八。我一直在担心地等着你呢。"

没想到竟是又八在喊他，并为他的平安归来而高兴。

"你怎么在这儿？"武藏疑惑地问道。可当他忽然发现坐在小佛堂走廊里的另一个人影后，便连缘由都没来得及问，又八就立刻走上前去，"这不是禅师吗？"说着一下跪拜在地。

愚堂望着他的后背，停顿了一会儿，开口说道："好久不见了。"

武藏抬起头，说着同样的问候："好久不见了。"

这只言片语间却凝聚着百感交集。

对武藏来说，能够把自己从无为困境中解救出来的，除了泽庵便是此人了。面对着翘首以待的愚堂禅师，武藏抬起头，有如凝望黑夜的明月一样，深情地端详起愚堂的身影。

九

又八和愚堂都为武藏今晚能否平安回来捏着把汗。弄不好，武藏很可能连亘志摩的府邸都出不了。出于这种担心，二人便想来确认一下，正走到半路上。

傍晚时分二人正好与武藏走岔了，武藏前脚刚出门，二人便造访，于是邻家的老板娘便将平日里发生在武藏身边的那些令人担心的细节，以及刚有武士使者前来的情形等详细告诉了二人。"不好，要出事了"，二人再也无心等下去，便商量着先到亘志摩的府邸附近转一下，看看能有什么办法，结果便来了这里，又八解释道。

武藏听后，说道："没想到让你如此担心。实在抱歉。"他对让又八如此担忧深深地致歉，跪在愚堂脚下的身子怎么也不愿起来，一直跪坐在地上。不久，他才终于使劲喊了一声"大师"，定定地仰视着愚堂的眼眸。

"怎么了？"仿佛母亲解读自己孩子的眼神似的，愚堂立刻便察觉到武藏对自己有所求。"怎么了？"他又问道。

武藏突然一把握住他的双手，说道："从在妙心寺参禅，与大师初次见面的时候算起，一晃已有近十年了吧。"

"差不多吧。"

"时光已走过了十年，可我自己在地上爬了没有几尺。回头望望，我甚至连自己都怀疑起来。"

"你怎么还说些小孩子般的话。这是当然了。"

"太遗憾了。"

"你遗憾什么？"

"我永远都达不到修行的顶峰。"

"修行，修行，你的嘴上老挂着这两个字，怎么能够成功？"

"那就索性放弃？"

"没用，立刻就会恢复老样子。而且，比那些从一开始便不懂事的无知者更无可救药，甚至会成为人渣。"

"一松手就会滑落深渊，可爬又爬不上去，我现在正挣扎在绝壁的中间。无论是剑，还是我自己。"

"问题就在这儿。"

"大师，为了等待与您见面的这一天，我不知等了多少日子。我该怎么办？我该怎么做才能从现在的迷惘和无为中解脱出来？"

"这种事我怎么知道。只能靠你自己。"

"请把我和又八一同置于您的膝下，斥责一声吧。要不就棒喝一声，痛斥我一声，让我从无为中清醒过来。大师，求您了。"

武藏的脸几乎要贴到地上，哀求不已。虽然眼泪并未流出来，声音却鸣咽了。苦闷的鸣咽在悲痛地敲打着人的耳朵。

可是，愚堂似乎毫不感动，默默地离开小佛堂。"又八，过来。"他只丢下这么一句，便在前面走了起来。

十

"大师。"武藏起身追了过去，抓住愚堂的袖子，仍想祈求一言之教。

愚堂默默地挥起拳头，可武藏仍不松手，愚堂便说道："无一物。"然后顿了一下，"什么也没有。我没有任何东西可施与你。有的只是呵斥。"说着举起拳头，一副真的要打的样子。

武藏松开手还想说些什么，可愚堂早已急匆匆地向前走去，连头都没有回。

武藏茫然目送着他离去的背影，留在后面的又八则匆匆安慰道："大师似乎不喜欢啰唆。刚才来到寺里后，当我告诉他你的事情，并说了我自己的心情，求他收为弟子时，他竟听都没怎么听就说'是吗，那你先给我系一阵子草鞋绳再说吧'。所以你最好也别絮叨，默默地从后面跟着就是。趁他心情好的时候，再多问几遍试试。"

这时，愚堂在远处停下脚步，喊起又八来。又八一面大声地回答"是"，一面又丢下一句："听明白了没有？照我说的试试。"慌忙朝愚堂的身后追去。

愚堂似乎很中意又八，已获准被收为弟子的又八令武藏十分羡慕。他不禁反省起又八的单纯和自己的不坦率来。

"对！任凭大师说什么——"武藏顿时点燃了浑身的热血。即使那愤怒的拳头落在自己脸上，也要讨得一言之教诲，否则，自己就再也不会有这样的机会了。天地悠悠，在数万年的历史长河中，六七十年的人生如闪电一样短暂。在这短暂的一生中，再也没有比得遇难遇之人更珍贵的事情了。

"一定要抓住这珍贵的机缘。"武藏满含热泪地凝望着愚堂禅师远去的身影。他暗暗下定决心，决不放过这近在眼前的机缘。无论跟到哪里，不得到一言之教誓不罢休！

武藏立刻加快脚步追赶起来，朝着愚堂远去的方向跟去。

愚堂知道呢，还是不知道？总之，他并未回八帖寺，恐怕他已再无回八帖寺的想法，早已把水和云当成自己的住处了吧。只见他上了东海道，朝京都而去。

愚堂若是住在小客栈里，武藏便睡在那小客栈的檐下。清晨，当看到又八为师父系草鞋绳的身影时，武藏不禁替朋友高兴。而愚堂，即使看到武藏的身影也不睬一眼。

　　可是，武藏并不气馁。他反倒离得更远，以免让愚堂看着心烦，仍旧每天都追慕在其身后。至于那天夜里被他径直留在冈崎陋巷里的那间茅屋、那个书桌、那半截竹筒里的插花，还有邻家的老板娘、姑娘们的眼神、藩中人的怨恨纠葛，一切都已被他抛到了脑后。

圆

一

京都，已越来越近了。想来，愚堂一定是要去往京都吧。花园妙心寺本就是他的总本山。至于何时才能到达京都，这就完全要看他的心情了。

在被雨封在客栈里出不了门的日子里，武藏每每往里窥探，总会看到又八在给愚堂针灸。

他们已来到美浓。在大仙寺待了有七天之多，在彦根的禅寺也住了好几日。禅师住客栈，武藏也住客栈附近。禅师住寺院，武藏便睡在山门。他在什么地方都能入睡，一门心思等待着从禅师口中获得一言之教的良机。不，不是等待，是在苦苦追寻这机会。

睡在湖畔寺院山门的那晚，武藏感知到秋天的降临。不觉间已是秋天了。再看看自己，已完全变成了一名乞丐。在得到禅师的心药之前，他发誓不梳理蓬乱的长发，不洗澡也不剃须，任凭雨露打湿自己的衣服。他的胳膊和胸膛

174

也干巴巴的，摸上去像松树皮一样粗糙。

一吹即落般的星星，是秋已到来的征兆。一领草席便是自己的归宿。

"我到底在犯什么傻？"武藏忽然冷冷地嘲笑起自己发疯般的心情来。我究竟要知道什么？到底要向禅师求什么？倘若不如此追求，就无法生活了吗？他可怜起自己来，甚至可怜起寄生在自己愚钝之身的虱子。

面对苦求的自己，禅师已明确回绝。他已经说了：无一物。向人强求并没有的东西，这也实在是勉为其难。无论自己再怎么追随，禅师也只把自己当成路边的狗一样睬都不睬一眼，可即便如此，自己也没有理由憎恨禅师。

武藏透过须髯望着月亮。不知何时，一轮秋月已挂在山门之上。四周仍有蚊子，他的皮肤甚至已感知不到蚊子的叮咬。可是，被叮咬之后的皮肤会形成血肿，形成无数芝麻粒般的肿包。

"啊，想不明白。"解不开的心结只有一个。只要将其解开，那郁结的剑，还有其他一切都会迎刃而解，可他怎么也解不开。倘若自己的道业就此终结，还不如死了好。找不到活着的意义，这让他寝食难安。

那么，武藏想不开的究竟是什么呢？是剑的修为？不全是。是处世的方向？也不止如此。是阿通的问题？不，若是只为恋情，一个男人不会如此消瘦和憔悴。这是个包容一切的大问题。可是，如果从天地之大来看，或许，这又只是沧海一粟般的小事。

武藏把草席裹在身上，像结草虫一样卧在石头上。又八睡得如何？感觉不到痛苦的又八跟因为痛苦而追赶痛苦的自己相比较，他竟忽然羡慕起又八来。不知看到了什么，不久，武藏站了起来，凝望着山门的柱子。

二

武藏久久凝望着挂在山门柱子上的一副长联。借着月光，他读起那两根柱子上的文字来：汝等请务其本，白云感百丈大功，虎丘叹白云遗训，先规如兹，切莫误摘叶寻枝。

这一定是这里开山大灯的遗训吧？切莫误摘叶寻枝——武藏反复回味着这一句。枝叶，对，世上只为细枝末叶而心烦的人何其多。自己也是其中的一个。想到这里，他顿觉浑身轻松。

为何追求剑人合一的剑法就无法大成呢？为何就不能心无旁骛呢？为何就做不到心静如水呢？那件事？这件事？不需要左顾右盼。一条道走下去就行了，为何还要瞻前顾后？！

道理虽是这样，可正是因为这一条道已无法再走下去，自己才心生旁骛，才被摘叶寻枝这种愚蠢的焦躁所困扰。

怎样才能打开这种僵局呢，如何才能进入并打破这个核心呢？

自笑十年行脚事，瘦藤破笠扣禅扉，原来佛法无多子，吃饭吃茶又着衣。这是愚堂禅师自嘲之作的一个偈子。

武藏现在想了起来。自己也正好是那年龄。慕愚堂禅师的大名初次赴妙心寺造访时，愚堂突然大喝一声：你究竟有何见地，要来作愚堂的门中客？简直要踹也似的把自己轰了出来。后来，或许是自己的某些方面得到了愚堂的认可，便被允许入室，可有一次，愚堂竟将前面的诗展示给自己，并嘲笑说："修行，修行，你的嘴上老挂着这两个字，怎么能成功？"

自笑十年行脚事。愚堂早就在十年前教给自己了，看到十年之后的自己仍彷徨在"道"上，他一定觉得自己是一个难以救赎的蠢物而唾弃自己了吧。

武藏呆呆地站着，再也无心睡觉，便绕着山门转了起来。

这时，夜半的寺院中忽然有人走了出来。武藏无意间抬头一看，竟是带着又八的愚堂。脚步比任何时候都急。莫非本山那边出了急事要匆匆赶回京都？他们拒绝了寺里人的送行，过濑田大桥径直而去。

武藏当然不会就此错过。"若落在后面就糟了。"于是他追赶着银白月光下的身影，无尽地追慕而去。

三

临街的房子全陷入了沉睡。白天时看到的那大津绘屋、混杂的客栈、药店的招牌，也全都关门闭户，在空无一人的深夜街道上，只有白亮的月光投下。这里是大津的市镇。不过，眨眼间这里也被抛在身后。道路变成了爬坡。夜雾静静地笼罩在三井寺和世喜寺的山上。路上的行人很少，几乎没有。

不久，武藏来到山岭上。前面的愚堂已停了下来，正与又八说着什么，仰望着月亮歇息。

前方便是京都。倘若回头望望，琵琶湖已尽收眼底。除了一轮淡月之外，天地全是一色，夜雾中的大海正映着云母光。

武藏稍迟一步登上山顶。没想到愚堂和又八竟停下了脚步，当近在咫尺地望着二人的身影，看到对方也在凝望着自己时，武藏不由得愣住了。

愚堂无言，武藏也无语。事实上，这种无言的对视已不知是第几十天了。

"机会就在眼前。"武藏顿时反应过来。京都已近在咫尺。一旦禅师躲进妙心寺的禅洞里，自己就算再等上几十日也未必有接近的机会。

"喂！"他终于喊了起来。可是他思虑过度，结果胸腔膨胀，声音阻塞，正如一个孩子欲对父母说出难言之隐时的恐惧一样，竟畏畏缩缩地不敢上前了。

什么事——对方连这么一句都没有问。有如涂过干漆一样的愚堂脸上，只有两只眼睛是白色的，憎恨般盯着武藏的身影。

"喂，大师……"第二次喊起来的时候，武藏甚至已无法分辨前后方向。他只觉得自己像一个痛苦燃烧的火球一样滚了过去，扑倒在愚堂脚下。

"赐我一言！赐我一言！"只说了这一句后，他便脸伏在大地上，再也不起。然后，他全神贯注地用全身的力量等待着对方的一言，可一直，一直都没有回应。

武藏终于等不下去，今晚一定要把心中的疑问弄清楚，可他正要开口时——

"我早就知道了。"愚堂这才开口，"又八每晚都会跟我说，我已经全知道了。连那女人的事也知道了。"

最后的一句让武藏只觉得如同被泼了一盆冷水，连脸都抬不起来了。

"又八，借我棒子一用。"

愚堂说着，接过又八捡起的木棒。武藏早已做好头上要挨三十棒的思想准备，闭上眼睛。可是，木棒并未朝他的头上打来，而是在他所跪坐的周围画起圈来。

愚堂用木棒在地上画了一个大大的圆，武藏正处在圆的中央。

四

"走。"愚堂丢下棒子，催促着又八头也不回地走去。

武藏再次被留了下来。与在冈崎时不同，到了这一步后，他终于愤怒了。对于一个心情惨淡、苦行修炼、数十日真心求教的晚辈，这样太不仁慈了。残酷无情，不，简直是太愚弄人了！

"臭和尚。"武藏瞪着远方，愤然咬着嘴唇。上次说的"无一物"，便是和尚惯用的骗人把戏，还煞有介事地说是什么绝无的头脑——空空如也的头脑云云。

"好，走着瞧。"从此以后再不求他。世上哪里有什么可以仰仗的师父，这种想法是错误的，武藏甚至为自己一贯的想法而后悔。自力更生，除此之外别无他道。总之，他是人，自己也是人，无数的先哲也全都是人，自己用不着再去求他。

武藏忽然愤怒地站了起来。虽然仍在睨视着远处的月亮，可渐渐地，他眼中的火焰冷却下来，视线也自然地返回到自己的身上和脚下。

"咦？"他站在原地，不禁环视起四周。他发现了立在圆中央的自己。"借我棒子一用"，他想起了愚堂刚才说的话。当愚堂把木棒戳在地上时，他还以为是要向自己打来呢，没想到竟是在自己周围画了个圆圈，武藏这才意识到。

"什么圆呢？"武藏一动不动地思索起来。

圆——圆——无论怎么看，圆线始终都是圆的。没有尽头，没有曲折，没有穷极，没有迷惘。若把这圆在乾坤中展开，便会成为天地。若将这个圆缩小，就会变成自己这一点。自己是圆，天地也是圆，二者是同一物。

啪！武藏忽然右手拔出一把刀，立在圆中凝视。只见自己的影子形状就像"才"字一样映在地上，而天地之圆仍庄严存在。既然没有两个不同的异物，自己的身体也应该是同一的道理，只是影子以不同的样子映出来而已。

"影子——"武藏望着自己的影子，影子并非自己的实体，自觉日暮途穷的道业壁垒也是影子，是走到尽头的执迷之心的影子。

"哈！"他剑劈长空。虽然左手划过的短刀的影子看上去变了，可天地之象仍未变化。二刀即一刀，即是圆。

"啊……"武藏顿觉开悟。抬头一看，月亮就在天空。圆满的月轮既能看成是剑相，也能看成是渡世的心体。

"噢！大师！"武藏忽然如疾风一样奔跑起来，追赶着愚堂。不过，他已经对愚堂没有任何希求了，只是想为一时的憎恨说一声歉意。

可是，他却打消了这念头。

"这也是枝叶……"就在他茫然伫立在跷上一带时，京都各街市的屋顶和加茂之水已隐隐地从浓雾之中现出轮廓。

饰磨染

一

当武藏和又八离开冈崎，伴随着秋天的到来转往京都之时，伊织则正被长冈佐渡从海路带往丰前，佐佐木小次郎也搭乘同一艘船，正在返回小仓的途中。

阿杉则在去年小次郎从江户赶赴小仓之际与他同行了一程，然后为了处理家事和做法事，返回了美作的老家。

泽庵也离开了江户，听说，最近似乎在但马的老家。

如此，以上这些人的足迹和下落便在今秋时大致有了眉目，至今仍杳无音讯的，便是那在奈良井大藏逃亡后也断绝了消息的城太郎。

朱实又如何呢？她也同样，没有一点消息。

当前还有性命之忧的则是那被押到九度山的梦想权之助，不过，只要伊织向长冈佐渡透露此事，让佐渡交涉一下，总能找到搭救的办法。当然，倘若在此之前权之助就被当成"关东的间谍"而被九度山的人杀死，那自然就没了搭救和交涉的余地。不过，以幸村父子的聪明过人来看，权之助的嫌疑恐怕当即便会洗清，或许，如今的他早已恢复了自由之身，反倒正在担心和寻找着伊织呢。

不过，这里还有一个人。身家虽平安无事，命运却令人担忧。即使抛下前面所提的任何人，也得先讲一讲此人才行。不用说，此人自然是阿通。这个因为有了武藏才有了生命和希望的女人，仍在执着地走着女人该走的道路。在离开柳生城后，她又在路人怀疑的眼光中，把自己那行将错过出嫁妙龄的落单鸳鸯般的孑然一身徒然推上了旅途。在这个秋天，她究竟在何处凝望着武藏也在凝望的月亮呢？

"阿通姑娘，你在吗？"

"我在。哪一位？"

"万兵卫。"说话的万兵卫隔着镶嵌着白色牡蛎贝壳的篱笆伸过脸来。

"是麻店老板啊。"

"你总是那么勤快。尽管我并不忍心打扰你做活，可有件事……"

"快请进吧，推开柴门进来吧。"说着，阿通抬起被靛青染蓝的手，把盖在头发上的手巾轻轻取了下来。

这里是播州饰磨湾的一个渔村，志贺磨川在入海处形成了一片三角形的河口，这个渔村就位于河口处。不过，阿通现在所待的地方并不是渔家，而是一看那晾晒在松树枝和竹竿上的染成蓝色的布匹就知道是染坊的院子里。这染坊平素以染藏青色布匹为业，人称"饰磨染"。

二

像这种小染坊，在这海边的村落里有好多家。他们采用一种叫"捣染"的方法染布，即把染过多次的蓝布放在臼里，反复用杵来捣。据说这里的蓝布即使穿到线都烂了也不会褪色，因而远销诸国。

手持杵在臼里捣蓝布是年轻姑娘们的活计，染坊的篱笆里面，经常会有歌声飘至海边。听听她们的歌声就能知道哪些姑娘的心上人就在那年轻水手之中，村里人经常这么说。

不过，阿通却从来不唱。她来到这里时已是夏季前后，还不很熟悉捣杵的工作。现在想来，夏天时曾在烈日中头也不回地穿过泉州堺港小林太郎左卫门的店前，朝码头方向走去的那位旅行的女子，当时伊织只看到背影的那名女子，或许真的就是阿通。因为当时阿通正好从堺港的码头搭船去赤间关，船在饰磨靠岸时便下船来到了这里。

倘若真是这样，就太可惜了。被命运捉弄的人，实在太可怜了。她所搭乘的船无疑是太郎左卫门的船只。或许日期并不相同，可同样从堺港码头出海的太郎左卫门的船之后便搭载了细川家的家士。长冈佐渡、伊织和岩流佐佐木小次郎都在走着同一条海路。

即使与岩流和佐渡等人打了照面也会在不知不觉间错

过，可为什么偏偏就把伊织给错过了呢？明明任何船只都会在饰磨湾靠岸。亲姐姐！到处寻找亲姐姐的伊织就这样错过了，尽管船只在同一个海边靠了岸。不，也可以说根本就不可能遇上。由于细川家的家臣乘了船，船头和船中间的席位周围全都围上了帷幕，普通的商人、农民、香客、僧侣、艺人等则全都被隔到了箱子一般的船底，窥都窥不见。而且到了饰磨后，阿通下船时也是黎明那十分昏暗的时候，伊织当然无从知道。

饰磨是阿通乳母的故乡。从她来到这里一事来推测，当她春天离开柳生赶往江户的时候，武藏和泽庵都已经离开江户了，她简单造访了柳生家和北条家，问过武藏的消息后，为了能够再次与武藏见面，她又执着地踏上了旅程，从春天走到夏天，后来终于来到了这里。这里离姬路的城下很近，距离她成长的美作吉野乡也不算远。在七宝寺时曾哺育过自己的乳母便是这饰磨染坊家的妻子。于是她便心血来潮栖身在这里，只是由于离吉野乡很近，她未曾外出过。

乳母已年近五十，膝下却无一儿半女，家里又穷，阿通不忍心闲着，于是决定一面帮乳母做捣杆的工作，一面看看能否从距此不远的中国街道的传言中打探到武藏的消息。于是，她将自己从未唱出来的多年的"难圆之恋"埋在心底，在秋日下的染坊院子里，每天都默默地拿着杆，边捣边思念自己的心上人。

就在这时，迎来了说是有事造访的万兵卫——附近一家麻店的老板。

什么事呢？阿通在水槽里洗了洗被染蓝的手，顺便也擦了擦那有点汗津津的俊俏的额头。

三

"真不巧，大婶出去了，请进来坐吧。"

阿通就要将客人往主屋的走廊请，万兵卫连忙摆摆手，说道："不了不了。我不会久待的。我也很忙啊。"于是，他便站着说道："阿通姑娘是在作州的吉野乡长大的吧？我长年从竹山城城下的宫本村去下庄一带收麻，最近，忽然在那儿听到一个传闻。"

"传闻？谁的传闻？"

"你的啊。"

"呃……"

"还有。"万兵卫笑嘻嘻地又说道，"还有宫本村一个叫武藏的人的消息。"

"哎，武藏先生？"

"看看，你连脸色都变了吧？呵呵呵。"

秋日映得万兵卫的头油光光的。看来是很热，万兵卫将折叠的手巾搭在脑门上："你知道阿吟小姐吧？"说着，他在地上蹲了下来。

阿通也在被靛青染蓝的布桶旁蹲下。"您所说的阿吟小姐，指的是……武藏先生的姐姐？"

"没错。"万兵卫使劲点点头，"我在佐用的三日月村见到了阿吟小姐，偶然间谈到了你，结果把她吓了一跳。"

"那您有没有把我在这里的事告诉她？"

"告诉了，这又不是什么坏事。有一次这染坊的大婶还求过我呢，说如果在宫本村打听到武藏先生的消息，可千万要告诉她。结果我在路边遇到阿吟小姐，就主动和她攀谈起来。"

"阿吟小姐现在在哪里？"

"说是平田某某家，名字我忘了，是在三日月村的一个乡士家。"

"是亲戚家吗？"

"大概是吧，这些倒无所谓，阿吟小姐说她心里攒了不少话，想找个人偷偷倾诉一下。最主要是思念你，想跟你见一面，后来，她竟忘记了是在路边，差点哭起来……"

阿通也忽然红了眼睛。听到心上人姐姐的消息，她便倍觉怀念，对故乡的回忆也一下涌上了心头。

"只是不巧的是，在路边也没法写信，于是她便说最近一定要到三日月村的平田家去找她。虽然她自己也很想过来，可是事情很多脱不开身……"

"要我去？"

"呃，具体情况倒是没说，她只说武藏先生不时有来信。"

阿通一听，恨不得立刻就去，可自从寄身在这染坊后，乳母为自己操心不少，又经常开导自己，若是背着乳母答应下来实在不妥，便对万兵卫说道："至于能不能去，晚上前我再给您回信。"

万兵卫劝说最好一定去，若是明天能去，自己也正好去佐用做生意，最是方便不过了。

篱笆外，如油一般发亮的大海在秋日下不断发出慵懒的波涛声。此时，一名年轻武士正背靠篱笆，面对大海，抱着膝盖，呆呆地沉思着什么。

四

年轻武士看上去也就十八九岁，还未二十出头。一身凛凛的装束，大概是距此只有一里半的姬路城的人吧，一定是池田家藩士的儿子。难不成是来钓鱼的？可是他并没有携带鱼篓和钓竿之类。从刚才起他便背靠着染坊的篱笆墙，坐在沙子很多的崖上，不时地抓着沙子玩。由此看来，此人身上还带着些孩子气。

"那，阿通姑娘。"篱笆中又传来万兵卫的声音，"傍晚你能给我回信吗？你若是去，我明早就早早动身。时间上正合适。"

沙滩上除了海涛的拍岸声，一片空旷静谧。万兵卫的声音因而显得更加清晰。

"好的，傍晚之前我给您回信。谢谢您的好意。"就连阿通那低低的声音都听得十分清楚。

万兵卫打开柴门出去后，坐在篱笆后面的年轻武士忽然站起身，目送万兵卫的离去，似乎在确认什么。

不过，由于年轻武士的脸被银杏状的草笠遮挡了起来，所以，那张脸上究竟是什么表情，从一旁无法窥见。奇怪的是，目送万兵卫离开之后，他又频频窥探起篱笆内来。

咚，咚，里面又响起杵声。阿通似乎什么都没有察觉，等万兵卫回去后，她又捣起臼中的蓝布来。别处染坊的院子里也传来同样的捣杵声和染坊姑娘的甜美歌声。阿通的杵声比刚才更加有力。我的心中恋，越染色越深，不及饰磨染，胜似饰磨染。虽然她嘴上并没有唱，心里却不由得唱起一首似乎是出自《词花集》中的恋歌。

既然阿吟小姐那边都收到武藏先生的来信了，所以，只要见到她，恋人的消息自然也就会有眉目。彼此都是女人，见到阿吟小姐后也能坦陈自己的心声。她是武藏的亲姐姐，一定会把自己当成亲妹妹一样来倾听吧。

想着想着，阿通手中的杵也不由得慢了下来。可是，这种久违的幸福心情，正如《堀川百首》中"才辞播磨滩上恨，今宵又宿逢松原"传达的心情一样，连那看上去总充满悲情的灰色大海今天都变得亮丽起来，璀璨的波光映着睫毛，仿佛正在拍打着希望的波浪。

她把捣好的布晾在高高的竹竿上，心情愈发好了起来，不觉间从万兵卫未闭上的柴门里探出头，忘情地凝望起大海来。于是，便见一个头戴草笠的身影迎着白色的潮风，慢吞吞地朝海滩边走去。

阿通不由得目送那身影离去，这并非因她想起了什么。因为，除了这人影之外，她的眼前就只有一片连一只海鸟都看不见的大海。

五

看来是跟染坊的大婶商量了，跟万兵卫也约好了，次日一大早，"那就有劳您了。"阿通便到麻店叫上了万兵卫，在万兵卫的陪伴下从饰磨的渔村起程。

说是起程，也不过是从饰磨到佐用乡的三日月村而已。即使是女人，步行只需住一夜便可轻松赶到。二人迎着北面的姬路城方向，朝龙野大道走去。

"阿通姑娘，你腿脚挺有劲嘛。"

"是啊，我早已习惯旅行了。"

"我听说你都到过江户。你可真能干，一个女人竟能一口气走到那里。"

"染坊的大婶连这些事都说了？"

"我什么都听说了。就连宫本村那边都在谈论你呢。"

"太丢人了！"

"这有什么丢人的？为了心上人而毕生追慕，这种心情实在可敬可佩。不过，阿通姑娘，你可别怪我说话难听，那武藏先生也实在有点薄情寡义。"

"事情并不是这样的。"

"那你一点都不恨他？哎呀，那你就越发可怜了。"

"他只是一门心思走他的修行之路而已……割不断的倒是我。"

"你是说过错在你？"

"是我对不起他。"

"唔……真想让你把这话也说给我老婆听听啊。女人就得是这样才对。"

"阿吟小姐还没有嫁到别处，还住在亲戚家吗？"

"这个……怎么说呢。"万兵卫连忙岔开话来，"那边有家茶店，咱们休息一下吧。"说着便走进路边的茶店，喝起茶，打开便当。

"哟，饰磨的那个。"一看到万兵卫，路过的赶马人和搬运工们顿时毫不拘束地跟他打起招呼来，"今天不去半田的赌场了？上次全让你麻万给赢去了，大家可全都恨得牙痒痒呢。"

"今天不用马。"万兵卫前言不搭后语地应了一句，慌忙起身，"阿通姑娘，走吧。"说着便出了茶店。

赶马人们仍在身后嘲笑个不停："怪不得今天这么冷淡呢，敢情跟这么个漂亮姑娘在一块儿啊。""小子，看我不告诉你老婆。""哈哈哈，连腔都不敢搭了。"

饰磨的麻商万兵卫，虽说只开了家不值一提的小店，可他从四邻的乡里收购麻，再卖给渔民的女儿和女人们做副业，加工成帆绳或网制品之类，怎么说也算得上一个老板，却被街头的壮工们像哥们儿一样如此亲密地取笑，实在令人诧异。

或许万兵卫也有些不安，走出两三町后，似乎在回应阿通的疑虑般咕哝起来："一群难缠的家伙。每次都雇他们驮货，竟没大没小地胡乱开起玩笑来。"

可是，万兵卫没有注意到，比起这群赶马人来，一个更需他注意的人已从刚刚休息过的茶店附近尾随而来，是昨天在海滨的那个头戴粗草笠的年轻武士。

风信

一

昨晚住在了龙野，万兵卫的热情一如从前，路上也没什么变故。今天抵达佐用的三日月村时，已经日薄西山，接近黄昏。

"万兵卫先生，"大概是走累了，阿通喊起默默走在前头的同伴来，"这儿不就是三日月村吗？翻过那座山马上就是赞甘的宫本村了。"阿通独自在后面发着牢骚。

万兵卫也止下步来，说道："啊，宫本村和七宝寺都在山那边。你一定很怀念吧。"

阿通并没有点头，只是默默地望着渐浓的暮色中那黑黢黢连成一线的山的轮廓。没有那该有之人的山河太过落寞了。

"再走一点就到了。阿通姑娘，你累了吗？"万兵卫又走了起来。

阿通也跟着走起来。"哪能呢，倒是把您给累坏了吧。"

"没什么，我做生意一直走这条路。"

"阿吟小姐所在的乡士家在哪里？"

"就在那边。"万兵卫指指前面，说道，"阿吟小姐也一定在苦苦等待。再加把劲吧。"于是他又加快了脚步。

不久便来到山边，到处都是人家。这儿是龙野大道的一处驿站，户数没有市镇那样多，不过路两边也能看到几处小饭馆、赶马人的揽客处和便宜的客栈。

万兵卫到这儿后仍没有停下，径直穿了过去。"前面是段坡路，小心点。"说着，便登上石阶往山的方向走了起来。

这不是杉林中的村社里面吗？凄冷的小鸟叫声不禁让阿通忽然产生了掉进险境的感觉。"万兵卫先生，您是不是搞错路了？这一带连户人家也看不到啊。"

"在我去告诉阿吟小姐之前，你就先在佛堂的走廊休息一下吧，就是有点凄凉。"

"您要把阿吟小姐叫来？"

"我忘了告诉你了，阿吟小姐说，你拜访的时候，万一家里来了不方便的客人就不好了，所以……她就住在这片树林子后面，我马上就把她给你叫来，你先稍等一下。"

杉林中已十分昏暗。只见万兵卫穿过林间小道，急匆匆离去。生性就不会怀疑别人的阿通，此时仍未对万兵卫的举动起疑。她乖乖地坐在佛堂的走廊上，凝望着傍晚的天空。夜色越来越浓。当她无意间将视线落下，才注意到一阵昏暗的秋风拂过，飘落在佛堂走廊的叶子忽然飞舞起来，有两三片落在自己的膝盖上。她捏起其中一片，一面在手里把玩，一面耐心地等待。

这少女般的样子究竟是愚蠢还是单纯呢？此时，有人在佛堂的后面望着她的身影嘿嘿窃笑。

二

阿通吓了一跳，猛地从佛堂的走廊里躲开。正因为她从无防人之心，一旦遇到意外，她更容易受到惊吓，反应也比一般人更强烈。

"阿通，别动！"笑声在佛堂后消失的一瞬，另一个尖利的、透着种无名恐怖的老太婆的沙哑声音也从同一个地方传来。

"啊！"阿通不由得两手捂住耳朵。既然如此害怕，那就该立即逃跑才是，可她没有这样做，只是惊呆在原地，仿佛被雷鸣给吓傻了，浑身哆嗦个不停。

这时，小佛堂后面又现出数个人影，往佛堂前走去。即使闭上眼睛捂上耳朵，阿通也能辨认出其中一个凶神恶煞的人物——是她做梦都会梦见的那个白头发阿杉。

"万兵卫，辛苦了。待会儿再谢你。好，各位，趁着她还没有喊出声来，赶紧把她的嘴堵住，给我抬到下庄的宅子去。"阿杉手指着阿通，像断狱的阎王似的下着命令。

其他四五人全都是乡士模样的男子，看来是阿杉的族人。阿杉一声令下，众人顿时答应一声，如狼似虎地扑向阿通，将她五花大绑起来。"抄近道。快！"他们抬着阿通便跑了起来。

阿杉微笑着目送几个人离去后，暂时留了下来。大概是为了付给万兵卫约定的好处费吧。只见她从衣带中拿出早就准备好的钱，交给万兵卫。"干得不错，成功地把她骗了出来。我刚才还一直担心能不能成功呢。"阿杉一面夸奖，一面又叮嘱道："千万不要让人知道。"

万兵卫清点了一下钱数，一脸满足地说道："这哪是我的功劳，还不全是老婆婆您的锦囊妙计。还有，阿通那丑女人做梦都不会想到，您老人家竟回到了故乡……"

"真让人解气。看到没有，阿通刚才吓成了什么样。"

"都吓傻了，连逃跑都不会了。哈哈哈……不过，回想起来，总觉得有种罪恶感。"

"有什么罪恶感，我一点都没有。"

"是啊，您的深仇大恨早就听过了。"

"对了。我也不能在此久留。以后有空到我下庄的宅子来玩。"

"老婆婆，那我告辞了。那边的小道不好走，小心脚下。"

"你也把嘴捂严实点，不要跟人乱说。"

"是是。我万兵卫的嘴巴紧着呢，放心吧。这些您只管放心……"

说着，万兵卫便与阿杉分别，可他的脚刚试探着踏上昏暗的石阶，立刻便"啊"的一声，扑通一下倒在地上。

阿杉回头一看，"怎么了？那不是万兵卫吗？万兵卫……"她连忙朝着地上大喊。

三

不可能回答她了，万兵卫已经断气了。

"啊？"阿杉倒吸一口凉气，忽然在万兵卫横躺的一侧发现了一个人影。刀，沾满血迹的太刀，正明晃晃地被那人提在手里。

"谁、谁？是谁？吐、吐出名来？"阿杉虚张声势，勉强挤出干涩的声音。

这阿杉已经一大把年纪了，却仍不改那虚张声势和恫吓的老毛病。不过，对方似乎早就熟悉了阿杉这一套，在黑暗中晃了晃身子，微微耸耸肩膀。"是我。老太婆。"

"哎？"

"认不出来吗？"

"不认识。声音也没有听过，是打劫的吧？"

"哼。若是打劫，我也不会盯上你这样的穷老太婆啊。"

"那你是干什么的？这么说，你早就盯上我了？"

"没错。"

"找我？"

"少啰唆。若只是为了杀万兵卫之辈，我干吗吃饱了撑的要追到这三日月村来。我就是为了找你。"

"啊!"阿杉婆顿时高喊一声,身子一个趔趄,"你弄错人了吧?你到底是谁?我可是本位田家的遗孀,名叫阿杉。"

"噢,好熟悉的名字啊。我今天终于可以报仇了。老太婆,你以为我是谁?难道你忘了我城太郎不成?"

"城……城太郎?"

"岁月无情。你已经老了,而我正是盛年。真可怜,我已经不是那个任凭你摆布的鼻涕鬼了。"

"你……你真的是城太郎?"

"你折磨了我师父武藏多少年?师父可怜你是个老人,才不跟你计较,四处躲藏。你却不知好歹,四处诽谤,还跑到江户去散布谣言,不仅口口声声说要报仇,还妨碍师父出仕。还有,你鬼迷心窍,连阿通姐都不放过,一有机会就追逼阿通姐。我还以为你是痛改前非,回乡隐居呢——没想到,你竟唆使万兵卫做你的同伙,妄图再次加害阿通姐。真恨不得杀了你,老太婆。一刀杀了你倒容易,不过,我城太郎如今已不再是流浪汉青木丹左之子。父亲丹左终于回到姬路城,自今春起,他已恢复以前的池田家藩士身份。为了不伤害父亲的名誉,我就留你一条老命。"说着,城太郎逼上前来。虽说要给阿杉留一条老命,不过,他右手所提的白刃仍未收回鞘中。

阿杉一面一步步往后退,一面寻找着逃走的机会。

四

见有隙可乘，阿杉顿时朝杉林小道上跑去，紧追不舍的城太郎纵身一跃。"哪里逃？"一下按住阿杉的脖子。

"你干什么？"虽然上了年纪，可倔强的性格仍如往昔，阿杉猛一回头，冷不丁地拔出短刀，猛地朝城太郎的侧腹捅去。

城太郎已不是从前的小孩子。他身子一闪，顺势把阿杉往前一推。

"啊，臭小子，算你狠！"阿杉婆顿时一头栽进草丛里，叫嚷起来。尽管头已经撞在地上，可她心目中那个鼻涕虫城太郎的印象仍没有改变。

"哈！"城太郎怒喝一声，一脚踩住阿杉那用力一踩便可踩折的后背，不费吹灰之力便将她那胡乱挣扎的手反扭起来。城太郎心也够狠的，丝毫不觉得阿杉那咬牙切齿的样子可怜。虽然已过了儿童时代，个子也长高了，却仅仅是个子长高了而已，仍没有人把他当成大人来看。他大概已有十八九岁，尽管是个好青年，可思想仍很幼稚。心中充满了常年累积的憎恶。"该怎么处置呢？"

他把阿杉拖到佛堂前，丢在地上，然后脚踩在阿杉那仍不失斗志的瘦弱身体上，迷惑起来。杀也不是，饶她一命又不甘心，该怎么办呢？不，还有更重要的事，刚才在

199

阿杉的指挥下，被五花大绑地押往什么下庄宅子的阿通姐才最令人担心呢。

那么，城太郎究竟是如何到这儿来的呢？说来话长。他无意间得知阿通在饰磨染坊一事，完全是与父亲丹左卫门一起居住在附近的姬路城的缘故。今年秋天，他经常到海滨奉行处出使，在数度往返之间，有一次竟无意间从篱笆墙的缝隙中看到了那熟悉的身影。

这么像——由于他一直对阿通比较留意，没想到竟在阿通危急之际与她邂逅。

这一定是神的指引，城太郎不禁感谢这意外的机缘，同时对无休止地迫害阿通的阿杉恨之入骨，已开始淡忘的仇恨又被重新唤醒。若不除掉这老太婆，阿通姐一辈子都无法安生。

想到这些，他一度产生了杀意。不过，父亲丹左好不容易才重返姬路城，而且，一旦跟那些原本就喜欢惹是生非的乡士们结下矛盾就不好了。在这些事情上城太郎还是能像大人一样思考的，于是他便决定，只要惩罚一下阿杉，然后再把阿通平安救出来就行了。

"唔。那边有个好隐蔽处。老太婆，过来。"

城太郎抓住阿杉的衣领想让她站起来，可阿杉死死抱住大地，不肯起身。"麻烦。"于是他一下夹起阿杉，朝佛堂后面奔去。那儿有一处建佛堂时削平的断崖面，下面有一个小洞穴，勉强能容一个人爬进爬出。

五

远处灯火隐约可见，大概是佐用的村落吧。山峦、桑田、河滩，全都笼罩在无尽的黑暗中，刚才所翻越的三日月山也沉浸在黑暗中。

几个人正脚踩碎石，沐着佐用川的水声前行。这时，"喂，等等"，后面的人忽然喊住前行的二人，"怎么回事，说好过一会儿就来的老婆婆怎么还没来？"

"唔，这么说来，应该早就追上来了啊。"

"就算不服老，可依着老婆婆的腿脚，爬坡总是很费力的。一定是耽误了时间。"

"那就在这儿歇一歇？还是赶到佐用之后，在二轩茶屋等她？"

"反正都是等，那就干脆在二轩茶屋喝一杯。拽着这么个累赘也够累的。"

于是，三人便沿着明晃晃的水影，正要蹚过浅水，这时，"喂——"远处的黑暗中传来喊声。三人回过头来，当他们竖起耳朵听时，"喂——"第二次喊声已很近。

"是老婆婆吗？"

"不，不是。"

"谁呢？"

"是个男人。"

"不可能是喊我们的。"

"对。没人会喊我们。老婆婆也不会发出那样的声音。"

秋水像刀子一样冰冷。扑通，扑通，被赶进水中的阿通，更是觉得脚底冰冷彻骨。

嗒嗒嗒，这时，后面传来飞快奔跑的脚步声。当三人听到这声音的时候，追来的身影已经忽地来到三人的身旁。

"阿通姐！"来人一面喊着，哗哗哗地溅起一片片水花，一口气跑到了对岸。

"啊？"三名乡士边抖落溅在身上的水花，边围住阿通，呆立在浅水中。

先过河的城太郎站在他们正要上岸的河滩上，挡住去路。"站住。"他张开双手。

"你是什么人？"

"我是谁无所谓。你们要把阿通姐带到哪儿？"

"这么说，你是来救阿通的？"

"没错。"

"少管闲事，不然要你的命。"

"你们跟那老太婆都是一伙的吧？老太婆吩咐过了，把阿通姐交给我。"

"什么，老婆婆的吩咐？你说谎！"乡士们嘲笑起城太郎来。

六

"我没有说谎。不信你们看看这个。"城太郎挡在前面,塞给他们一张有阿杉婆笔迹的擦鼻涕纸。只见上面写道:

我落他手,现已无计可施,阿通之身暂且交还城太郎,然后回来带我走。

"这是什么?"三名乡士读完皱起眉头,从头到脚打量着城太郎,狐疑间,濡湿的脚已经站到了河岸上。

"看看就知道了。怎么,不认字吗?"

"住口!这上面所写的城太郎,看来就是你喽?"

"正是。在下青木城太郎。"

话音未落,"啊……城太郎!"阿通突然尖叫一声,往前一个趔趄。从刚才起,她就凝视着城太郎的身影,惊疑不已,听到城太郎自报家门,她顿时忘我地尖叫起来。

"塞嘴布松了,再重新塞塞。"应对城太郎的乡士朝后面吩咐一句,接着又道:"不错,这的确是老婆婆的笔迹,不过,老婆婆所写的'回来带我走'是怎么回事?"

听他如此逼问,城太郎说道:"她被我抓了当人质。"然后又一本正经地说道:"只要你们交出阿通姐,我就告诉你们老太婆待在哪里。怎么,答不答应?"

看来，再怎么等阿杉也不会来了。三人相互使着眼色，分明没有把乳臭未干的城太郎放在眼里，说道："别开玩笑了。我们虽然不知道你是哪里的黄毛小子，不过，你知道我们是谁吗？下庄的本位田家，我想姬路城的藩士也该有所耳闻吧。"

"少啰唆！我只问你们答应还是不答应。如不答应，不过是将老太婆抛弃而已，让她在山上饿死就是。"

"好小子！"其中一人顿时跳了上来，扭住城太郎的手腕，另一人则握住刀柄，做出一副要杀人的架势。

"你再敢胡说八道，小心砍掉你的脑袋！你到底把老婆婆藏到哪儿了？"

"你们交出阿通姐吗？"

"不交。"

"那我也不说。"

"死活不说？"

"所以我才要你们交出阿通姐，如此，双方都可相安无事。"

"呸，黄毛小子。"

扭住城太郎手腕的男子出脚就要绊倒城太郎。"哈！"城太郎却反借他的力量，隔着肩膀将他摔了出去。

可是，就在这一瞬间，城太郎也摔倒了，顿时捂住右大腿。"啊……"

原来，被摔出去的男子拔刀砍中了他的大腿。

七

城太郎知道摔人的方法，却不懂得摔人的道理。既然被摔的对手也是活人，那就不能只考虑将其摔出去。因为就在这一瞬间，对方可能会拔刀，并且，对方即使是赤手空拳也可能会抱住你的腿。既然要把敌人摔出去，那就必须要在摔出他之前先考虑到这些，可城太郎却像摔青蛙似的，只是将那人摔倒在自己的脚下，身子也没有闪开，所以才会中敌人的招。

摔死你——就在他得意的瞬间，大腿附近已经被对方砍了一刀，结果他也同时捂着伤口倒在地上。所幸伤口很浅，城太郎顿时跳了起来，对方也站了起来。

"别杀他。捉活的！"顿时，另外两个乡士大喝一声，与正面的同伙合力，从三面朝城太郎包围过来。他们有所顾忌或许也是因为，一旦杀了城太郎，他们便无法知道阿杉藏在何处，以及是如何被抓为人质的了吧。

同样，城太郎也不想与这些纠缠的乡士们拼命。考虑到藩里的影响，他不想连累父亲。

不过，事情的发展有时并非由一厢情愿的自己所能控制的。尤其是这种三打一的格斗，只身一人的一方容易冲破愤怒的堤口，城太郎自然也被血冲昏了头脑。

"让你狗咬耗子。""可恨的家伙。""看你还敢不敢。"

三个人顿时一顿拳打脚踢。

眼看就要被对方摁住时，"哈！"城太郎从自己刚才的疏忽大意中受到启发，也来了个出其不意，猛地拔出短刀朝正扑上来的一个男子腹部扎去。

"嗤！"仿佛把手伸进了腌梅桶里一样，城太郎的刀柄到半个肩膀顿时全变成了红色，此时，他的大脑已经空了。"浑蛋，你也吃我一刀。"他一站起来便朝另一人迎面砍了下去，刀刃碰到骨头后斜着削了出去，生鱼片般的肉顿时从刀尖上飞出。

"你……你砍我！"虽然对手大喊起来，可连拔刀都来不及了。正因为过度相信三人的力量，才招致了如此的狼狈。

"来吧。来吧。"城太郎像念咒语似的，每砍一刀便狂喊一声，把剩下的二人当成敌人拼命杀了上去。

他没有刀法，因为他从未像伊织那样接受武藏传授的刀法基本功。可是，他的见血不惊，以及与年龄不符的持刀时的从容和残暴，恐怕便是跟他在黑暗中共同行动了两三年的奈良井大藏所训练的结果吧。

乡士一伙，虽说是两个人，可其中一人已经负伤，不由得血性大发。而城太郎的大腿上也洒落着鲜血，真是一场你死我活的惨烈对决。

若是放任不管，他们不是两败俱伤就是城太郎被对方剁成肉酱。阿通完全忘记了自己，没命地在河滩上狂奔，一面试图解脱被绑起来的不听使唤的双手，一面朝黑暗中狂喊，祈祷着神的救援。"快来人啊。快救救他吧，救救那个正在跟人厮杀的年轻武士吧！"

八

可是，无论她如何呼号，如何奔跑，眼前除了那无尽的暗夜、呜咽的河流和吹过虚空的风声，没有一个人回答她。这时，懦弱的她终于意识到自己的力量。她忽然想到，在呼救之前，为什么不拿出自己的力量来试试看呢？

"哧！"她在河滩上坐下来，在石头的棱角上磨起绑在自己手上的绳子。那只是乡士们在路边随意捡来的草绳，眨眼间便磨断了。

阿通顿时抓起两把小石头，径直朝城太郎与两名乡士厮杀的地方奔去。"城太郎！"阿通一面喊，一面把石头朝城太郎对手的脸上扔去。"我也在这儿呢！不用怕！"说着又扔了一块。"城太郎，挺住！"嗖，又丢了一块。

可三块石头都没有打中对手，全打空了。她急忙又捡起石头。

这时，一名乡士大喊一声："啊，你这臭女人。"说着便从城太郎那边跳开，抡起刀背就要朝她的后背砸下去。

"住手！"城太郎随即追了上来。就在那名乡士要抡刀的一瞬间，"去死吧！"城太郎的拳头已直接顶在乡士的背上。原来，他直刺而入的短刀已经刺穿了对方的后背，只剩刀、护手和拳头留在外面。

实在是骇人的一刀，可同时城太郎的短刀却拔不出来了。倘若另一名乡士趁他慌乱之际，突然扑过来，结果将可想而知。可是，那一名乡士刚才已经负伤在身，看到自己所依靠的这位同伴一命呜呼，顿时变得狼狈。

再抬头一看，这名男子已经像瘸腿的螳螂一样，踉踉跄跄地朝远处逃去。城太郎见状，也从狼狈中摆脱出来。他立刻用脚踩住尸体，使劲把刀拔了出来。

"站住！"他当然想去追，此刻的他已经破罐子破摔，想追上再给对手一刀。可这时，阿通紧紧抱住了他，呼喊起来："住手……住手！放过那个逃跑者。他已经都伤成那样了，你就放他一马吧。"

她的声音犹如庇护自己的骨肉一样真诚，城太郎不禁愣住了。为什么要庇护折磨自己的人呢？他甚至怀疑起阿通的心理来。

"先别管他了，我想先听听你后来的种种经历，我也想跟你说说。城太郎，咱们赶紧离开这儿吧。"

"对。"城太郎也没有异议。这里与赞甘只隔着一重山，一旦让下庄那边得知此事，本位田家的亲戚们必定会招集村子里的所有人，一齐袭来。

"你能跑吗，阿通姐？"

"嗯，我没事！"

于是，二人一面回忆着青涩时代的往事，一面上气不接下气地往无尽的黑暗中跑去。

九

三日月村的驿站处，只剩下一两家还闪烁着灯火，而其中的一个灯影便是驿站中唯一的客栈。来往矿山的五金商、但马的卖线商还有行脚僧等等，刚才还在主屋里喧闹不已，而今却已各自睡去，只有远离主屋的一间耳房里还亮着一抹微弱的灯火。

这二人或许是被错当成私奔的情侣了吧。为了阿通和城太郎，客栈的老人还特意把放着煮茧的锅和纺车的自己独居的小屋给二人腾了出来。

"城太郎，这么说，你在江户也没能见到武藏先生？"从城太郎那里逐一听了后来的经过后，阿通不禁有点黯然神伤。

而城太郎听到阿通自木曾路失散以来，至今也仍未见到师父武藏的伤感述怀后，心情也沉重得说不出话来。

"不过，阿通姐，你也用不着唉声叹气。最近，我在姬路城听到这样一个传闻，当然，这也只是个风传。"

"哎？什么传闻？"以她现在的心情，哪怕只是些风言风语，她都想去抓住。

"师父近期或许会来姬路。"

"姬路？这是真的？"

"因为是传闻，所以我也不知道有几分是真的。不过，藩里似乎都当成了真事。说是为了践行与细川家教头佐佐木小次郎的比武约定，师父他最近会来小仓。"

"这种传闻我也曾听说过。也不知究竟是谁传起来的，我一打听，竟连一个知道武藏先生消息，甚至是下落的人都没有。"

"不，在藩里流传的传言多少会有一点真凭实据。我听说，与细川家颇有渊源的京都花园妙心寺查到了师父的下落，在细川家家老长冈佐渡的斡旋下，小次郎的挑战书已经送到了师父手里。"

"那，比武就在近日举行吗？"

"至于这些，究竟是在何时比武，又是在哪里比武，我就一点也不知道了。不过，既然是在京都附近，要去丰前小仓，一定会路过姬路城下。"

"可是，不是还有海路吗？"

"不，恐怕——"城太郎摇摇头说道，"师父不大可能坐船去。因为无论是姬路还是冈山，山阳的各藩都想趁师父路过之时留他住一宿，他们都想见识一下这个人物，并打探师父是否有出仕的意愿。总之，他们早就带着各种想法翘首以待。最近我就听说，姬路的池田藩已经给泽庵大师写信，还打听妙心寺那边，并且还给城下的各驿传下命令，一旦发现有貌似师父的人通过，立刻通知藩里。"

听城太郎这么一说，阿通反而叹起气来，绝望地说道："那恐怕就更不可能了。武藏先生是不可能走陆路的。他最讨厌这种大张旗鼓的阵势了，倘若他们真在城下等着。"

十

　　哪怕只是些传言也会让阿通高兴吧，于是城太郎才说了出来，可听阿通这么一说，师父途经姬路的期待完全是自己的一厢情愿而已。

　　"那，城太郎，如果去京都的花园妙心寺，就能知道确切消息了吧？"

　　"这个，或许能知道，不过，这也只是传言啊。"

　　"可毕竟无风不起浪啊。"

　　"那你想去？"

　　"嗯，听你这么一说，我恨不得明天就起程。"

　　"喂，你别这么急嘛。"城太郎已经与从前不一样，对阿通也有了一定的认识，"阿通姐，你之所以总见不着师父，便是因为你总是捕风捉影，一听到传言便一路追着跑。人，若想看到布谷鸟的样子，必须把视线投向声音的前方才能看到。阿通姐若总是跟在后面，只会一次次地迷失……"

　　"或许你说得对。丧失理智，这或许就是恋爱吧。"

　　对着城太郎，阿通总是什么都能说出来。可是现在，当她无意间说出恋爱两个字，再看城太郎时，她不禁一怔，城太郎的脸色不禁变红了。城太郎已不再像一个小孩一样将恋爱一事当球耍了。比起他人的恋情来，他自己也到了为此而烦恼的年龄。

阿通连忙岔开话题："谢谢你提醒。我会好好考虑的。"

"最好是这样。总之，先去姬路一趟吧。请一定去一趟我家，去父亲和我的家。父亲丹左也是，一谈起阿通姐的事情，他竟连你在七宝寺时的事情都很熟悉。不知为何，他一直说想见你一面，也想跟你说说话呢。"

阿通并未回答，而是无意间回头望望那即将熄灭的灯芯，又从破旧的房檐下仰望着夜空。"啊，下雨了。"

"下雨？明天要回姬路，可偏偏天公不作美。"

"没事，只要有蓑衣斗笠，这点秋雨算什么。"

"可别下大了。"

"起风了。"

"关起窗子吧。"

城太郎于是站起来，关上防雨窗。屋子里顿时闷热起来，城太郎只觉得阿通身上那女人香气一阵阵袭来。"阿通姐，你好好睡吧。我就这样将就着睡了——"说着，城太郎取过木枕放在窗下，面朝墙壁躺下。

阿通仍没有躺下，一个人听着雨声。

"不睡怎么行？阿通姐，你还没睡着吗？"看来城太郎也没睡着，只见他背朝阿通，一面说着，一面往上拉拉薄被子，连脸都捂了起来。

观音

一

潇潇夜雨打在破屋檐上，风也在呼号。这里是山村，秋季的天气就是这样，或许到早晨时就会放晴吧。

阿通陷入沉思，连衣带都没解，仍坐在原地。刚才还在被子里翻来覆去难以入睡的城太郎，不知不觉间也睡着了。吧嗒、吧嗒……不知何处传来漏雨的声音，雨花也啪嗒啪嗒地敲着门窗。

"城太郎。"阿通忽然喊了起来，"你快醒醒，城太郎。"

她叫了好几次，城太郎似乎没有要醒来的样子。要不就强行叫起来——可她立刻又犹豫了。她忽然想把城太郎叫起来，只是想问问阿杉的事。

刚才在河滩上就听到城太郎对阿杉的同伙说起过，在路上时她也曾问过一两句，如此的大雨却将阿杉一个人丢在外面，城太郎给阿杉的惩罚也太残酷，太可悲了。她一定被这风雨打湿了，一定在忍受寒冷吧。她都那么一大把年纪了，弄不好，不到天亮就死了。不不，若是几天都没人发现，即使冻不死，她也一定会饿死的。

莫非自己生来就是操心的命？阿通甚至担心起阿杉的安危来，既没有仇，也不觉得恨，只是风雨越大，她便越心痛。那位阿杉并没有多么坏，她的内心还是善良的。阿通甚至代替阿杉朝天地祈求起来。

"只要以诚相待，总有一天，这种真诚会融化任何人的心。对，尽管城太郎以后会迁怒我，可是——"她似乎终于下定决心，打开防雨拉门朝外走去。

天地一片漆黑，只有雨脚泛着白色。阿通穿上摆在泥地上的草鞋，戴上挂在墙壁上的竹笠，然后挽起衣服下摆，穿上蓑衣。哗、哗、哗……接着便在雨水的敲打下往外走去。朝着距此并不算远的、驿站一旁佛堂所在的那座有着高高石阶的山上走去。

此时，傍晚时曾与麻商万兵卫一起爬过的那段熟悉的石阶已在雨中变成了小瀑布。爬到尽头时，只听得杉林在呼呼地吼叫。比起下面的驿站，山顶的风大多了。

"老婆婆究竟在哪儿呢？"详细地点阿通并没有问。她只是听城太郎说，为了惩罚，就把阿杉塞到这一带了。"说不定？"她往佛堂里面瞅了瞅，又往地板下面喊了几声，没有回应，没有人影。她又绕到佛堂后面，当她置身于大海狂潮般的树木吼叫声中时，"喂——来人啊。那边有人吗？呜，呜。"只听见一阵分不清是呻吟还是呼喊的声音，时断时续地从风雨中传来。

"噢，一定是老婆婆。婆婆，婆婆。"她也迎着风雨喊了起来。

二

尽管喊声顿时便被风雨攫走，消失在黑暗的虚空里，可大概是她的心与黑暗中看不见的人产生了感应吧。

"噢，是谁在那儿？救命啊！我在这儿！救救我啊。"阿杉仿佛在回应她似的，声音时断时续地从某处传来。

原本喊声就已被怒涛般的风雨声打散，根本听不清一句完整的话，不过，阿通却顿时明白，一定是阿杉在拼命喊叫。她探寻的喊声也嘶哑起来。"在哪儿啊？婆婆。"

阿通绕着佛堂四处寻找，不久，在从佛堂绕过杉林走了二十多步后，在内殿登临口的崖道被削平的一边，她终于发现了一个熊窝般的洞穴。

"啊……在这儿？"她连忙走过去往里瞧，阿杉的声音的确是从洞穴里面传来的。

可是，洞口却堆了三四块以她的力气根本挪不动的大石头，封住了出入口。

"是谁？外面的人是哪一位！难不成是我老婆子平日里信奉的观世音菩萨的化身？大慈大悲，救救我吧。救救我这遭旁门左道陷害的可怜老太婆吧！"阿杉从石头缝里一瞅见外面的人影，顿时狂喜地哭喊起来。她半哭半诉，在生死的深渊里产生了幻觉，还以为是见到了平日里所信奉的观世音，遇到了生机，继续祈祷起来。"太高兴了，太高兴了。一定是平日里就怜悯我老婆子的善心，在我大灾大难之际，便化身下凡来搭救我吧？大慈大悲，南无，观世音菩萨——南无观世音菩萨。"随之，阿杉的声音戛然而止。善哉。

想来，身为一家之长，身为人母，身为一个人，阿杉一直坚信自己是完美无缺的善人。自己的所有行为都是在行善。对她来说，自己便是善的化身，倘若神佛不保佑自己，那神佛恐怕便是邪魔鬼祟了。所以，在这风雨中，即使观音菩萨化身下凡来救她，她也毫不觉得奇怪，认为这完全是理所当然的事。

可是，这并非幻觉，而是确实有人来到了洞窟的外面，当阿杉一下子回过神来时，便一下昏迷过去了吧？

阿杉那疯狂的声音忽然断绝，让洞穴外的阿通不安起来。尽管她使出浑身力气想尽快打开洞口，可她连一块石头都移不动。竹笠的绳带被风吹断，黑头发和蓑衣都被风雨吹乱。

三

这么大的石头，城太郎一个人是怎么搬动的呢？阿通又是推，又是搬，尽管用尽了所有力气，洞口却仍连一寸

216

都没有打开。阿通筋疲力尽。城太郎也太残酷了，她甚至憎恨起城太郎来。

原以为自己来了阿杉就能得救了，没想到自己竟陷入了困境，就此下去，阿杉一定会在里面疯死，还有刚才竟突然没声了，难不成她已经昏死过去？

"婆婆，您先等一下。要挺住！我马上！马上就救您出来。"阿通把脸贴在岩石缝上往里说道，里面仍没有回应，却隐约传来阿杉念诵观音经的声音：或遇恶罗刹，毒龙诸鬼等，念彼观音力，时悉不敢害，若恶兽围绕，利牙爪可怖，念彼观音力……

阿杉的眼睛和耳朵已感知不到阿通的身影和声音。她只能看见观音，只能听到菩萨的声音。她双掌合十，完全入定，一面老泪纵横，一面哆嗦地念诵着观音经。

不过，阿通并没有神力，堆积的三块石头中的任何一块都没挪动。风不止，雨不休，不久，她的蓑衣被风吹烂，手上、胸前、肩膀上全沾满了雨泥。

四

不久，大概阿杉也忽然疑惑了吧，她把脸贴到石头缝上，窥探着外面，大喊起来："谁？你是谁？"

风雨中，阿通已筋疲力尽，一脸无奈，缩着身子站在那里。"是婆婆吗？我是阿通。您的声音似乎仍很有力啊。"

"什么？"阿杉将信将疑地问道，"你是阿通？"

"是。"

停顿了一会儿后，阿杉再次问道："你真是阿通？"

"是……是阿通。"

阿杉这才愕然不已，被从自己的幻觉中抛出来。"你、你、你怎么到了这里？啊，这么说，是被城太郎那小子追上了。"

"我现在来救您。婆婆，您就宽恕城太郎吧。"

"你是来救我的？"

"是。"

"你……救我？"

"婆婆，以往的所有事情就让它们都付之流水，全都忘记吧。我一直都记着小时候您对我的照顾，那些憎恨和折磨，我决不会怨您。原本我也有些任性。"

"那你是说，你已经大彻大悟、痛改前非，愿意回来做我们本位田家的媳妇了？"

"不，不。"

"那你来这儿干什么？"

"我，我只是觉着婆婆可怜。"

"你是想卖弄人情，要我把以前的老账全勾销？我是不会求你的。谁让你来救了？如果你觉得卖给我老婆子个人情，我就会把所有老账都一笔勾销，那你就大错特错了。就算我吃尽苦头，也不会为了活命低声下气。"

"可是婆婆，您都这么大年纪了，我怎么能忍心看您遭受这种折磨呢？"

"说的比唱的还好听，你和城太郎那小子不是一伙的吗？算计我老婆子，让我遭此下场的就是你和城太郎。如果我从这洞里出去，我一定、一定会立刻就报这个仇。"

"以后、以后，总有一天，婆婆会理解我的初衷。可不管怎么说，您待在这里面会生病的。"

"开什么玩笑！你一定是跟城太郎算计好，特意来嘲笑我的吧？"

"不，不，不信您就看着。哪怕是用尽我所有的诚心，也要融化掉您的愤怒。"说着，阿通又站起来，边流着眼泪，边推着岿然不动的岩石。

原本凭她的力气绝对不可能动摇的岩石，此时却因她的眼泪而松动。三块石头中的一块竟然扑通一下率先掉到地上，接着，后面的石头也意外地动摇起来，洞口终于打开了。

其实，不只是因为阿通的眼泪，阿杉也在里面推着石块。于是，阿杉满脸欣喜，以为单凭自己的力量冲破了壁垒，一下跳到洞外。

五

精诚所至，石块被移开了。太高兴了！石块被推开时，阿通踉跄了几下，心里却在欢呼着。可是，阿杉从洞里一跳出来，便猛地往阿通的脖子扑去，似乎她在这世上重生的最重要目的便是这个。

"啊——婆婆。"

"少啰唆。"

"为、为什么？"

"你当然知道。"阿杉用力将阿通按在地上。

阿通怎么都没想到会是这种结果。只要对人付出真心，必会得到真心的回报，她一直都如此坚信不疑，这种结果当然令她惊异万分。

"喂，过来！"阿杉抓着阿通的颈后头发，在雨地上拖着。雨虽然小了些，可仍白花花地浇在阿杉的白发上。

阿通一面被拖拽着，一面仍双掌合十："婆婆，您原谅我吧。在您解气之前，我会任您折磨，可一旦被这冷雨冻着，您的身体日后也会落下病根。"

"你说什么？你可真是死不要脸。宁愿受折磨，也想求人原谅？"

"我是不会逃的。您让我去哪里都可以，您就放手吧……啊……痛。放、放手。咳咳……"阿通咽喉憋得难受。她不禁掰开阿杉的手，要站起来。

"想逃，没门。"阿杉立刻又抓住阿通的黑发。雨水浇在阿通那仰面朝天的苍白的脸上，她闭着眼睛。

"喂，你知道吗，就为了你，这么多年，你让我尝尽了多少苦头？"阿杉咒骂着。

阿通越是辩白，越是挣扎，阿杉就越是疯狂地拽她的黑发，又是拳打又是脚踢。可是不久，阿杉却一下傻了眼，慌忙松开手。

阿通突然倒下，一丝气息都没有了。阿杉顿时狼狈起来，"阿通，阿通啊！"望着阿通那苍白的脸呼唤起来，那被雨水冲刷的脸如死鱼一般冰冷。

"死了……"仿佛这与自己无关似的，阿杉茫然地喃喃起来。她并无意杀阿通，虽然从未有要饶恕她的打算，可也没有要弄死她的想法。

"干脆先回一趟家再说。"阿杉就要弃之而去，却忽然返了回来，把阿通冰冷的身体抱进洞穴。入口虽然很窄，可里面出奇地宽阔。看来是从前的求道行者打坐过的地方。

"哦，真见鬼……"正当阿杉欲再次爬出去的时候，洞口却已经变成了瀑布。煞白的飞沫直刮到洞里来。

六

若想出去，自己随时都能出去，这么大的雨，自己也没必要非得淋湿。"不久，天就会亮了。"想到这里，阿杉便蹲在洞窟中，等待暴风雨的结束。

不过，在黑暗的洞窟中与阿通那冰冷的身体待在一起，阿杉不由得有些害怕。她只觉得，阿通那苍白冰冷的脸似乎在责难自己似的，一直盯着自己。

"一切都是天意。你就成佛去吧……别怨我。"阿杉闭上眼睛，小声地诵起经来。诵经期间便忘记了苛责，也忘却了恐惧。就这样过了数刻。

唧唧，唧唧，耳边忽然传来了小鸟的鸣声。阿杉睁开眼睛，从外面射入的亮光清晰地映着荒土的肌肤。

黎明时分，风雨似乎戛然而止。金色的朝阳映在洞口，熠熠生辉。

"什么呢？"阿杉婆一面起身，一面被映在眼前的文字吸引过去。原来是有人雕刻在洞窟壁上的祈愿文字：

> 天文十三年，天神山城合战，因让年十六岁之子森金作起程，入浦上大人军队，后再无相见，悲痛之余遍访各地神佛，今在此供奉一尊观音菩萨，以作为娘寄托，亦为金作祈求来生。
>
> 几世之后，倘有人造访此地，心生怜悯，请为之念佛。今年乃金作二十一年之供养。
>
> 施主英田村金作之母

雕文已风化得难以辨识。这天文永禄年间，对阿杉来说也是久远的记忆了。

当时，邻近的英田、赞甘、胜田诸郡遭受了尼子氏的侵略，浦上一族最终败走诸城。在阿杉年幼的记忆中，当时，从早到晚，天空都被烧城的浓烟染黑，田地路旁乃至农家附近，丢弃的兵马尸骸许久无人清理。看来，这位母亲在让年仅十六岁的儿子金作去参加合战之后，母子便再也没有相聚。即使历经二十一年，这位母亲仍无法忘记失子之痛，仍一面为儿子祈祷来生，一面遍历各处，一心不忘亡子的供养之事。

"不难想象。"同样拥有儿子的阿杉对这位母亲的心情更是深有同感。"南无……"

阿杉面对岩壁双掌合十，不禁落下泪来，几近呜咽。哭了一阵子之后，她忽然回过神来，这才注意到自己沾满泪水的双掌下的阿通的脸。阿通横躺在那里，已经变成了一个冰冷的人，连这个世界清晨的阳光都感知不到了。

七

"阿通……是我不好。都怪我这个死老婆子。你原谅我吧。原、原谅……原谅我。"也不知阿杉是怎么想的，只见她忽然抱起阿通的身体哀号起来，满脸都是悔悟的神情。

"太可怕了，太可怕了。难道'爱子之深丧心狂'便是这个样子？太爱自己的孩子，别人家的孩子就会变成鬼？阿通啊，你也有自己的父母。在你的父母看来，我老婆子就是他们的仇敌，是罗刹……或许我的样子比那夜叉都狰狞吧。"

由于是在洞窟中，她的声音阴郁地盘旋几圈后，再次传进她自己的耳朵。

这儿既没有外人，也没有世人的眼睛，也没有面子虚荣。有的只是黑暗，不，只是菩提之光。

"可对于我这个既像罗刹又似夜叉的老婆子，你长期以来不但不怨恨，反倒还来到这洞窟救我。现在想来，你的心的确是真的，我却以小人之心度君子之腹，恩将仇报，这完全都怪我老婆子心理太扭曲了。你就宽恕我吧，阿通。"

最后，她竟把自己的脸完全贴到抱起的阿通的脸上。"如此善良的女人，比我自己的孩子都强。阿通啊，你就再睁开眼睛一次吧，看看我老婆子的道歉。再张开嘴巴，狠狠地骂我一阵解解气吧。阿通啊……"

就这样，她对着阿通不断地忏悔，并且，自己从前的所作所为也全变成了忏悔的对象，历历呈现在眼前，啮噬起她忏悔的心来。她已经什么都不顾，"宽恕我，原谅我吧！"阿杉扑在阿通的背上哭得一把鼻涕一把泪，甚至产生了一同死去的念头。

"对了，先别光忙着悲叹，如果赶紧抢救，说不定还能活过来。若是能活过来，她还是那个年轻的拥有无限春天的阿通。"于是，阿杉立刻从膝盖上放下阿通，踉踉跄跄地跑出洞外。"啊。"大概是突然沐浴在璀璨的朝阳中，眼睛一下子昏花了吧。她一面捂住脸，一面边跑边喊："村里人啊——快来人啊！"

杉林对面顿时传来人们的嘈杂声，不久，便有人兴奋地喊了起来："在那儿！老婆婆没事，在那儿！"再一看，原来都是本位田家的族人或亲戚，有近十名。他们全都穿着蓑衣，每个人都湿漉漉的，像是刚从水里捞出来似的。

看来，昨夜那名浑身是血的乡士从佐用逃回去后便向众人告了急，他们便连夜冒着暴雨，四处打探起阿杉的下落和性命的安危来。

"啊，老婆婆。您没事啊？"跑过来的人顿时松了一口气，纷纷慰问起来。

阿杉却几乎毫无高兴的样子。"要救的不是我。先别管我了，快，快去救那洞窟里的女人，快去救。她已经昏过去多时，如果不赶紧抢救……不赶紧喂药……"

阿杉像做梦似的指着远处，满脸挂着异样的悲痛眼泪，连舌头都不听使唤了。

世上的潮路

一

第二年，具体说来是庆长十七年刚进入四月的时候，这一日，由泉州堺港开往赤间关的船只上仍载满了旅客和货物。

正在小林太郎左卫门的店中休息的武藏，在得到船不久就要开行的通知后，便从凳子上站起身，朝送行的人告别："那就告辞。"说着便出了门。

"一路顺风。"送行的人们一面送上祝福，一面簇拥着武藏，一直将他送到码头边上。其中就有本阿弥光悦的身影。灰屋绍由虽然因病没来，儿子绍益却来了。绍益带着新娘，新娘的美丽不禁令路人侧目。

"那不是吉野吗？"

"柳町那个？"

"没错，就是扇屋的吉野太夫。"

人们扯着彼此的袖子，悄悄议论。

绍益虽然向武藏介绍了自己的妻子，却没有说她是从前的吉野太夫。而且，武藏也并不认识她。若说扇屋的吉野太夫，武藏也曾在雪夜里与她共处一室，受过其焚燃牡丹的招待，听过其如醉如痴的琵琶弹奏。可是，武藏所熟识的那个吉野是初代吉野，而绍益的妻子则是二代吉野。

花开花谢，柳町里的岁月流逝得似乎更快。那夜的雪，那夜牡丹柴薪的火焰，如今已如梦幻。当时的初代吉野今在何处，是否已成为人妻，是否孤独？已没有人知道。

"时间过得可真快啊。从第一次见面时算起，已经过了七八年了吧。"光悦一面送行，一面念叨。

"八年……"武藏也忍不住为岁月的流逝感慨。今日的出行像是人生的一次跨越。

其实，在这一日的送行人群中，除了以上两位武藏的故知外，还有那一直待在妙心寺愚堂门下的本位田又八。另有京都三条车町细川府邸的两三名武士，还有代表乌丸光广卿而来的公家武士一行。此外，还有一些武藏在京都逗留的半年间所结识的朋友，以及一些尽管他一再拒绝，却仍追慕着他的人品和剑道，尊他为师的追从者，光这些就不止二三十人了。

总之，他们以令武藏有些惶惑的阵势加入了送行的人群，弄得武藏反倒没来得及跟想告别之人说上几句话，便一个人上了船。

目的地是丰前的小仓。他这次的使命，则是在细川家长冈佐渡的斡旋下，践行与佐佐木小次郎的比武约定，解决多年来的恩怨。当然，这件事情在定下来之前，自然离不开细川藩老长冈佐渡的奔走和书信的交涉，光是在得知武藏自去年秋天以来便一直待在京都本阿弥光悦家里后，就至少又花了半年时间才终于敲定。

二

武藏心里早就清楚，总有一天要与岩流佐佐木小次郎一决高低，逃避不了。终于，这个日子来了。可是，武藏无论如何也没有料到，自己竟背负着如此盛大的人气前去赴约。今日出行时那令人惊叹的送行队伍，让他觉得几近荒谬。世上想拒绝却又难以拒绝的，便是人们的好意了。

武藏很是惶恐。那些理解自己的人的好意他能够坦然接受，可他害怕众人的期望流于轻薄，将自己置于众人瞩目的风口浪尖上。

原本自己只是一介凡夫，没有什么可骄傲的。其实这次的比武亦是如此。这样一个紧张的日子究竟是谁给定下来的呢？想来，既不是小次郎，也不是自己，反倒是周围的人。不知从什么时候起，世上对二人一较高下的事情充满了好奇和期待。先是"听说要比试了"，后来便是断然的"比"，最后竟演变成"要在某月某日比"，在事情还是传闻的时候便议论起了比武的日子。

自己竟变成了世人热议的话题，这不禁让武藏暗生悔意。尽管这样无疑会扩大自己的名声，可是他现在所追求的绝不是这些东西。他现在需要的，反倒是个人的更深层次的钻研和深思——这绝不是怪癖之人的怪癖心理，而是为了追求知行合一。并且，自从受到愚堂禅师的点拨之后，他就愈发认识到自己道业生涯的遥远。

尽管如此，他仍感激世间之恩。自己能够活在这世上，便是世间的恩情所赐。

在今日这个开船之日，自己所穿的黑色窄袖和服便是光悦的母亲亲手缝制，手上所持的新斗笠和新草鞋，没有一件东西不凝聚着世人的恩情。更不用说自己这碌碌之身，既不稼穑也不纺织，却吃着农民耕种的粮食。自己正是凭借着世人的恩情才可在这世上生活。

那我该拿什么来回报世人呢？想到这些时，他也知道自己应恭谨地面对世人才是，万不可有嫌弃之念。可是，当世人的好意过于夸大了自己的真正价值时，他不由得害怕起这世间来。思前想后，他心里久久不能平静。

辞别声，一路顺风的祝福声，挥舞的旗子，还有那会心的点头祝福。时间在送行者和被送行者之间无声地流逝。

"再会。"船解开了缆绳，武藏随船而去，送行之人则留在岸上。在彼此的呼唤之间，巨大的船帆已在蓝天中张开翅膀。

这时，却有一人姗姗来迟。"完了！"船已起航，这名旅人方才匆匆赶来。

三

刚离港的船只明明就在眼前，自己却因迟到片刻而无法赶上，年轻人不禁捶胸顿足。"啊，迟了。早知这样，我就算不睡觉也会连夜赶来啊。"眼巴巴目送着船只离去，年轻人眼中流露出的不仅仅是迟到的后悔，还有更深刻的怨恨。

"你，莫不是权之助先生？"尽管船已离去，可仍有一些人伫立在岸边。光悦从这些身影中一眼看到了权之助，于是上前去打招呼。

梦想权之助将手中的木杖夹在腋下，说道："您是……"

"上次在河内金刚寺里遇见过的……"

"啊，我想起来了。原来是本阿弥光悦先生。"

"你能平安无事，实在是可喜可贺。在下隐约听过一些有关你的传闻，也曾一度担心你的生死安危呢。"

"您是听谁说的？"

"武藏先生。"

"哎？从师父口中？这，这到底是怎么回事呢？"

"消息是从小仓那边传来的，说你被九度山的人抓去，弄不好会因密探的嫌疑遇害。具体则是从细川家家老长冈佐渡的信上得知的。"

"可武藏师父是怎么知道的呢？"

"直到昨日，武藏先生一直住在鄙人家里。小仓方面在知悉武藏先生的居所后，便频频与这边通信，还提到你的同伴伊织如今也在长冈家呢。"

"哎？这么说，伊织也平安无事？"时至今日权之助才得知此事，脸上反倒一片茫然。

"此处说话不便。"于是，在光悦的邀请下，二人前往附近的海边茶屋，相互一交谈，这才发现权之助的茫然实属情理之中。

当时，月叟传心——九度山的幸村，一看到权之助，立刻便明白了权之助的为人。因此，权之助身上的绳结也随着幸村的一句致歉"这完全是属下的过失"而被解开，权之助因祸得福，反倒结识了一位知己。之后，幸村的属下又合力搜寻坠落在纪伊路山谷里的伊织，却发现伊织已杳无踪影，至今仍生死未卜。由于在断谷内并未发现尸骸，所以他一直确信伊织仍然活着，可光是与伊织失散这一点就让他无颜面见武藏了。

自此以后，权之助便一直在近畿一带四处寻访。偶尔也从街头巷尾听到一些传言，说是最近武藏要履行与细川家岩流的比武之约，权之助便推断武藏也在京都一带，因而更觉无颜见他，听到的传闻越多，便越为寻找伊织之事焦虑。

直到昨日，当他在九度山上听到武藏即将动身前往小仓的消息时，方意识到现在不见，更待何时？于是他痛下决心，带着挨骂的准备，一早便匆匆赶来。可由于没有弄清船起锚的时间，还是差了一步，实在是遗憾之极，权之助后悔不迭地连声说着。

四

光悦安慰道："你也用不着如此后悔。虽然距下一班船还有数日，可倘若从陆路追去，你就既可以在小仓与武藏先生会面，也可以造访长冈家，与伊织待在一起。"

听他这么一说，权之助说道："在下也原本打算立刻从陆路追去，可还是想尽量在师父身边多照料一下，哪怕是在抵达小仓之前的这段时间里。"权之助继续倾诉衷情，"并且，这次比武，对武藏师父来说，恐怕会是决定他终生沉浮的大事。师父平常潜心修行，应该不会败给岩流。可胜败难料，潜心修行者未必就会获胜，骄傲自得者也未必总会失败。毕竟总会有一些人力之外的因素发生作用，胜败乃兵家常事。"

"不过，看武藏先生那沉着的样子，似乎颇为自信。你不用担心。"

"话虽如此，可据在下所闻，佐佐木岩流其人似乎是个罕见的天才。尤其是被细川家征召之后，更是早晚自戒，勤于练功。"

"看来，这是一场骄傲的天才与孜孜以求的凡庸间的较量了。"

"可武藏师父不似是凡庸之辈啊。"

"不过，他绝非天资聪颖，也并无自恃才华之感。因为他清楚自己的凡庸，所以他总是不断地磨炼自己，体尝着别人看不见的苦难。当这种努力有朝一日大放异彩的时候，人们便会以为是他的天赋使然。不勤奋之人总会以此来安慰自己的懒惰。"

"啊……多谢。"权之助只觉得光悦所说的便是自己，一面端详着他那气定神闲的侧脸，一面觉得，此人大概也是如此。只一眼便知他是个恬淡的逸士。不过，当其沉浸于自己的技艺中时，想必就连那既不含针也不含刺的从容眼神也不会是这样了吧。这种眼神的差异，大概就像波澜不惊时的湖面和山雨欲来时的湖面那样不同吧。

"光悦先生，您还不回去吗？"这时，一名身着法衣的年轻男子往茶屋里窥了一眼，问道。

"又八啊。"说着，光悦起身，"那就恕我先行一步，我的同伴已在等我了。"

他刚要告辞，权之助也站了起来，问道："您要去大坂？"

"是啊。如果来得及，就算搭乘夜船也要从淀川回去。"

"那么，在下也跟您一起同行到大坂吧。"看来，权之助是想从陆路赶到丰前的小仓去。

于是，带着年轻妻子的灰屋绍盖、细川藩的看家人，还有其他人也三三两两地走了起来。一路上，又八现在的情况以及从前的故事，似乎成了三人的话题。

"真希望武藏先生能一帆风顺，毕竟佐佐木小次郎是个狡猾的男人，武艺又厉害……"又八不时担忧地叨念着，因为他最清楚小次郎的可怕。

黄昏时，三人便已走在大坂的街道上了，可不经意间，光悦和权之助忽然发现又八的身影不知在何时不见了。

五

"去哪儿了呢？"光悦和权之助返回来路，在黄昏中的街道上寻找着同伴。

又八正呆呆地伫立在一座桥的桥畔。

"他在看什么呢？"二人觉得奇怪，便远远地望着他。又八似乎正专注地望着在河滩上忙碌的一群附近大杂院的女人，她们有的在刷锅，有的在洗菜，有的则在淘米，吵吵嚷嚷十分热闹。

"奇怪啊，他那样子。"即使从远处也不难看出他那非同一般的神情，因此，二人便由着他观望，静静地等了一阵子，没有刻意去惊扰他。

"朱实……一定是朱实。"又八站在桥畔，仿佛呻吟似的，不禁从唇中吐出几个字来。

原来，他在河滩的女人当中发现了朱实的身影。纯属偶然——虽然他有种感觉，可一种绝非偶然的感觉似乎更强。那毕竟是在江户的芝的大杂院时曾一度被自己唤作老婆的女人。自己当时根本就没想到与她能有深厚的宿缘，如今已时过境迁，自己身裹黑衣，对当年近似游戏的事情由衷地感到后悔，无法释怀。

只是，朱实的样子已完全变了。可是，能够在路过的桥上一眼便认出来这改变的身影，并且怦然心动的，世上恐怕就只有自己一人了吧。这绝不是偶然，既然共同生息在同一片土地上，这种生命与生命的相逢便必然会出现。

这些姑且不论。已经完全变样的朱实已没有了一年多前的姿色和容貌，只见她用肮脏的背带背着一个两岁左右的婴儿。

朱实生的孩子！又八的心口顿时咯噔一下。

朱实的脸已瘦得不像样，与从前判若两人。扎起的头发上落满了灰尘，一件破旧寒酸的窄袖和服又短又瘦，胳膊上挎着一个沉甸甸的提篮，正低三下四地在尖酸刻薄的大杂院女人们的揶揄中叫卖东西。提篮里面还有一些卖剩的海草、蛤蜊、鲍鱼之类。背上的小儿时常哭泣，她便不时地放下篮子哄哄孩子，等孩子不哭之后，再向女人们兜售起东西。

那孩子？又八两手紧紧地捂住脸。他不禁在心里数算起时间。若是两岁的话……那不正好是在江户的时候吗？如此说来，当在荒原上，自己和她都被按在草席上，被奉行所的杂役同时责罚了一百杖的时候，她就已经怀上了现在的孩子。

黄昏的阳光从河滩的水面映到又八脸上，不停地摇曳，仿佛他满脸都溢着眼泪一样。他已忘记了身后穿梭不停的人流，不久，当他看到毫不知情的朱实挎起未卖完的篮子，有气无力地再次朝河滩前方走去的时候，他竟浑然忘记了一切。"喂！"他挥着手，就要跑起来。

这时，光悦和权之助慌忙追过来，喊道："又八，出了什么事？你怎么了？"

六

又八一愣，这才回过头来，意识到自己竟让同伴担心了，说道："抱歉……实际上，那个——"尽管他嘴上说着"实际上"，可短短的三言两语是无法一下子说清这"实际"的。尤其是刚才忽然间在心头涌起的决定，就连他自己都难以解释。

尽管听起来十分唐突，可在百感交集中，又八索性将自己的决定直接说了出来。"因为一些事情，我忽然想还俗。幸亏愚堂大师还没有真正为我剃度，所以，说不说还俗其实都是一个样。"

"还俗？"又八以为自己已说得很清楚。可对于不明所以听着的人来说，完全就是一头雾水。"这到底是怎么了？你的样子怎么这么奇怪？"

"具体情况没法说，就算是说了，也会遭别人耻笑。其实，我刚才在那边遇到从前跟我一起住过的女人了。"

"从前相好的女人？"

面对一脸惊讶的二人，又八认真地说道："没错，那女人还背着个孩子。我一算年岁，发现那正是我的孩子。"

"真的？"

"真的，她刚才还背着那孩子，正在河滩上四处卖东西呢。"

"别急别急，你最好先冷静一下，好好想想。虽然我们并不知道那女人是什么时候跟你分开的，可你真的能确认那便是你的孩子？"

"毋庸置疑。不觉间我已经是一个父亲了。我竟浑然不知，可真没用。刚才，我忽然觉得心痛。我决不能让那个女人如此可怜地去卖东西。而且，对那孩子，我也必须要负起一个父亲的责任。"

光悦和权之助面面相觑，尽管有些诧异，可还是喃喃道："这么说，这并不是你一时心血来潮？"

又八解下僧衣，连同念珠一同交到光悦的手里，说道："实在不好意思，请把这个帮我归还给妙心寺的愚堂大师。还有，您能否把我刚才的话也转达一下，就说又八要先在大坂做一个父亲，好好尽一下责任。"

"这合适吗？就这样还回去——"

"大师经常对我说：'你若想返还尘世，随时都可以离去。'并且，大师还说过，他说虽然修行不是不可以在寺院里进行，可世间的修行更是难事。与其厌倦了尘世的污秽，躲进寺院做一个耳根清净之人，不如干脆进入那充满欺骗、污秽、迷惘和争斗的丑恶世界去，倘若这样仍能出淤泥而不染，才是真正的修行。"

"唔，听起来似乎有点道理。"

"因此，尽管我在他老人家身边待了一年多，却一直没有赐给我法名。直到今天还是以又八相称。以后我若有自己解不开的事情，会随时再次跑进大师门下。就请如此转告大师。"

说完，又八便跑下河滩，在暮霭中那模糊的人影里一路寻去。

待宵船

一

一抹红色的晚霞挂在天际，宛若一面旗帜。在这个傍晚，水流和天空都那么清澈，海水清得简直能看清那爬过平静海底的章鱼。

有一船上人家，从中午时分起就把小船拴在了饰磨湾的河口。当黄昏临近时，船上便冒起了寂寥的炊烟。

"你冷不冷？风变凉了。"阿杉一面折着柴薪续进陶炉，一面对着船底说道。

草帘下面有一个羸弱的病人，看上去并不似水手妻子，正恹恹地枕在木枕上，苍白的脸有一半藏在了被子里。

"不冷……"病人微微摇摇头，然后又稍稍欠起身子，朝着正洗米熬粥的阿杉拜求道，"婆婆，您从前一阵子起不就一直感冒吗？我的事您就不用太操心了……"

"没事。"阿杉摇摇头，"你不用那么客气。养着吧，阿通。搭载你心上人的船不久就会来了，你多吃点粥，养足了精神，好好等着。"

"谢谢婆婆。"阿通忽然眼泪汪汪，隔着草席凝望起海面来。

海面上虽然有几只钓章鱼的船和货船，可她所等待的从堺港通往丰前的客船却连船帆都没看见。

阿杉搅了搅锅，又瞅瞅炉口。不久，锅里的粥便咕嘟咕嘟地沸腾了。云渐渐地暗了下来。

"奇怪啊，怎么这么晚。不是说再晚也能在傍晚前赶到吗，怎么还没见个影。"海上风平浪静，船却迟迟不来。阿杉等得心烦意乱，一面絮叨着，一面频频朝海面上瞭望。

不用说，今天傍晚要在这儿靠岸的自然是昨天离开堺港的太郎左卫门的船只，船上搭载着要前往小仓的宫本武藏。这在山阳一带的街道早就传遍了。

一听到这个消息，姬路藩青木丹左卫门的儿子城太郎便立刻派人到赞甘的本位田家报了信。得到报信的阿杉又立刻带着这个好消息赶到了村里的七宝寺，阿通正在那儿养病。

去年秋末，在那个暴风雨的夜晚里，阿通去佐用山的山洞里解救阿杉，反遭阿杉一顿毒打，结果便昏了过去。从次日早晨一直到现在，阿通虽然渐渐恢复了意识，身体状况却大不如前。

原谅我吧，只要你可以解气，怎么打我这老太婆都行——阿杉每次看到阿通的身影时，便总会流着忏悔的眼泪这么说。

如此一来，阿通反而觉得惶恐，更加痛苦，便安慰说，自己的身体从前就落下了病根，全然不是阿杉的过错。

　　这是事实。阿通以前也不是没有这种患病的经历。数年前，在京都的乌丸光广府里时，她就曾卧病数月。这一次，连早晚的症状都与上次非常相似。她一到傍晚就会发起低烧，还伴随着轻微的咳嗽。身体日渐消瘦，这使得她那美丽的容貌愈发动人，反倒让人觉得这种美有过度雕琢之嫌，不禁心生怜悯。

二

　　可是，阿通的眼睛里却总是充满了欣喜和希望。喜的是，阿杉不仅原谅了自己，同时也意识到她对武藏和所有人的误解，已完全洗心革面，变成了一个慈祥的老婆婆。至于希望，那便是她总觉得与心上人相会的日子已经不远了。

　　从那以来，阿杉完全换了一个人，她逢人便说由于从前的罪过和误解，给阿通带来了不幸，作为补偿，就算当面给武藏下跪赎罪，也要为阿通求得一个好身体。自己一族的人就不用说了，即使面对着村里的所有人她也毫不避讳，还亲口说从前的婚约早就废弃了，阿通将来的丈夫非武藏莫属。

　　至于武藏的姐姐阿吟，虽然阿杉在悔悟之前为骗阿通出来曾撒谎说她就在佐用村附近,可事实上,自从武藏出逃之后,阿吟便暂时寄身到播磨的亲戚家,据说后来便嫁至他处,之后就杳无音信了。

因此,阿通返回七宝寺后,若说从前的老熟人,也就数阿杉最亲近了。而阿杉也早晚去七宝寺探望阿通,服药了吗,吃饭了吗,今天感觉如何?真心地照顾她,鼓励她。有一次,阿杉甚至还动情地说,上一次在洞里时,要是阿通活不过来了,她都有一块死的想法。

由于阿杉一直是个诡诈之人,阿通起初对阿杉的忏悔也抱着怀疑的心态,可随着时日的增长,阿杉的真情反倒愈发浓厚细致起来。

没想到婆婆竟是这么好的一个人——有时,就连阿通都觉得从前的阿杉与现在的阿杉判若两人,本位田家的亲近者和村人们自然更是啧啧称奇:她的变化怎么这么大?

其中,比任何人更能体会这种幸福的,当是阿杉自己。无论路人、打招呼的村人还是近邻,所有人对她的态度都与从前完全不同,个个都对她笑脸相迎。

年过六十之后,她才头一次体会到被尊为一个好婆婆的幸福。甚至还有人当面夸奖她:老婆婆最近连脸色都变得红润了。或许吧。阿杉有时也会偷偷取出镜子,端详自己的面容。岁月无情,刚离开故乡时尚有一半黑发,如今已经一根不剩地全变白了。心老了,脸也老了,镜子里的自己仿佛变成了一个纯白的人。

三

"听说武藏先生将搭乘朔日离开堺港的太郎左卫门的船赶赴小仓。"当从城太郎那里得到武藏即将路过的消息并探问阿通该怎么办时，不用说，阿通的回答自然是"去"了。

尽管每到傍晚便会发起低烧，需要小心地将身体裹在被子里，可阿通并未病到连路都不能走的地步。于是她立刻从七宝寺起程，一路上，阿杉像守护自己的孩子似的照看着她。当在青木丹左卫门的家宅里借宿时，丹左卫门说道：既然是通往丰前的客船，必定会停靠饰磨。为了卸货，大概会停留一夜。藩里的人也都会去迎接，为避人耳目，你们两个待在河口的小船上就行了。一旦有能见面的机会，我们父子会帮你们安排。

只好这样了。于是，二人当日中午前后便赶到了饰磨湾，阿杉让阿通在河口的船上休息，又让人从阿通的乳母家里拿来一些日用品，然后就焦急地等待着太郎左卫门的船来。

正巧，在阿通乳母家染坊的篱笆附近，另有姬路藩的二十多人也在等着武藏，他们甚至还备好了迎接的轿子，要为他设宴壮行，同时也想一睹他的风采。其中既有青木丹左卫门的身影，也有青木城太郎的面孔。

姬路的池田家与武藏，无论是在同乡关系方面，还是在武藏年轻时的经历方面，都有着深厚的因缘，自然会以武藏为荣。出迎的池田家藩士都抱着这种想法，丹左卫门和城太郎也都认同。可他们唯独担心一件事，就是千万不能让其他藩士看到阿通的身影，招来误解可就不好了，而且也可能会给武藏带来麻烦。出于这种考虑，他们便特意把阿通和阿杉远远地安排在河口的小船上。

可是不知怎么回事，海面已沉浸在暮色中，晚霞的茜色也已淡去，不觉间青黑的夜色已四处弥漫，却连个船影都没有看见。

"是不是来迟了？"一人回头望着其他人，说道。

"不可能。"仿佛是自己的责任似的，一名藩士回答道。这名藩士在京都的藩邸中一听到武藏将于朔日乘船起程的消息后，便立刻快马赶来通知。"在船出发前，我已经派人到小林那里确认过，说是朔日起程没错。"

"今天风平浪静，不会那么迟的。估计不久就会来了。"

"既然没风，帆船就行得慢了，当然就会迟一些了。"

人们站累了，有的在沙滩上坐下。不觉间，白色的长庚星已升至播磨滩上空。

"啊，看到了。似乎就是那个帆影。"

"噢，果然。"

人们骚动起来，成群结队地朝海边的码头涌去。

城太郎则悄悄地从人群中溜出来，跑向河口，朝下面的篷船大声地报起信来："阿通姐，老婆婆，看见了，武藏师父乘的船出现了。"

四

今晚靠岸的堺港的太郎左卫门的船，人们翘首以待的武藏所搭乘的便船，正从海面上驶来。

"哎？看见了？"听到城太郎的报信，小船的篷子顿时摇晃起来。

"在哪儿？"阿杉站了起来。

阿通也忘乎所以地要起身。

"危险！"阿杉慌忙抱住就要抓住船舷站起来的阿通。她自己也一欠身子，"哦，就是那艘啊。"

二人屏息凝望着海面。夜色下风平浪静的海面上，一艘大船正在星光中舒展着翼翅，仿佛欲滑进凝望的二人眼睛里似的，越来越近。

城太郎站在岸上，用手指着喊道："那艘……就是那艘。"

"城太郎，"阿杉紧紧地抱着阿通，生怕一松手，阿通就会身子瘫软，从小船的船舷上滑落下去，"麻烦你，你能不能赶紧把这小船给划到那客船的下面去？我想让他们早一点见面，早一点说说话，快把阿通带到武藏先生那儿去。"

"不行啊，老婆婆。急也没用。现在藩里的人都站在海边等着呢，并且，早就有人划着快船前去迎接武藏师父了。"

"那就更得去了。若老是顾忌别人，就无法让阿通跟武藏先生见面了。我会帮忙遮掩的。趁着武藏先生还没被围起来当作客人请走，哪怕让她提前看一眼也行啊。"

"不好办啊。"

"早知这样我们就待在染匠家里等着了，可你害怕藩里众人的耳目，让我们躲在这里，你看看，没办法了吧？"

"不不，只是父亲丹左卫门担心世上人言可畏，害怕师父在赶赴重要地方的节骨眼上横生枝节，才做出这种安排。我也会跟父亲商量，只要一有空，立刻就把武藏师父带到这儿来，所以，还请你们再忍耐一下，再等等吧。"

"那，你可一定得把武藏先生带到这儿来啊。"

"武藏师父登上我们迎接的小船上岸后，会暂借染坊的家与藩士们一起休息。到时候我会把师父给领出来一会儿。"

"那我们可就等着了，就这么说好了。"

"一言为定。阿通姐也赶紧休息一下吧。"说完，城太郎又急匆匆地朝海边赶去。

阿杉于是小心地将阿通抱到篷船的卧床上，安慰道："你先躺一会儿吧。"

可是，阿通脸刚贴到木枕上，便呛得咳嗽了一阵子，也不知是刚才活动得太剧烈，还是因为海潮的气息太强烈了。

"又咳嗽了。"阿杉连忙帮阿通揉起那单薄的后背。或许是为了帮她分散病痛吧，一面揉，一面频频说着武藏马上就会过来。

"婆婆，我没事，谢谢您。您这样我会受不了的，不用揉了。"咳嗽止住后，她拢了拢散乱的头发，忽然又担心起自己的仪容来。

五

好一阵子过去了，可等待的武藏仍没有来。阿杉便把阿通一人留在船上，自己上了岸，焦急地等待起武藏。

至于阿通，她一想到武藏不久后就会来到这儿，心里便不由得怦怦乱跳，怎么也无法安静地躺着。她将木枕和被子推到篷船的一角，重新正正衣领、系系衣带，整理起衣饰。对她来说，现在的心跳与春心萌动的十七八岁时的心跳仍一模一样，毫无改变。

船头上吊着灯笼，火光映照着江口，阿通的心也在熊熊燃烧。如今她早已忘记了自己的病，从小船的舷上伸出白皙的手，弄湿梳子，梳理起头发。接着又在掌心里化开一些白粉，在脸上涂了层别人难以察觉的淡妆。因为她曾听人说起过：即使是武士，当尚未完全睡醒或是身体状况不佳，却又不得不面见主君或接见客人时，他们也会趁洗脸时偷偷往脸上抹点胭脂之类，以使自己容光焕发。因而她也深受启发。

"可是，我该说些什么呢？"阿通忽然又为与武藏见面之后的事担心起来。若真是要说，自己心里的话恐怕一辈子也说不完。可每次见面时，她又什么都说不出来。

为什么要来凑热闹！

她害怕武藏又会生气起来。真不巧，在世人的纷纷议论和众目睽睽之中前去与佐佐木小次郎比武，以他的脾气和信念，他恐怕不希望跟自己见面。可是正因如此，对阿通来说，这才是毕生的机会。

虽然她并不相信武藏会败在小次郎的手上，可谁都无法保证不会产生意外。孰胜孰负，世上既有支持武藏者，也有看好小次郎者，可谓旗鼓相当。一旦错过了今天这个机会，万一致使今生今世再无缘相见，那她一定会后悔终生的。

在天愿作比翼鸟，在地愿为连理枝——中国皇帝祈祷来世的这句悔恨之诗，不管自己念多少遍，哪怕流泪至死，恐怕也无法做到。

无论受到何种呵斥也要去！

尽管她忍着病痛，强作欢颜地来到这里，可当与心上人见面的时刻越来越迫近时，她的内心却怦怦乱跳起来，担心起武藏的想法，甚至连见面后该说的话都想不起来了。

站在岸上的阿杉也有自己的心事。倘若今晚见到武藏，她一定要先把积年的恩怨和误解一笔勾销，卸下心头的重负。并且，为表示诚意，无论他说什么，也要把阿通的终生托付给他，哪怕是跪地乞求，否则自己实在对不起阿通。她一面在心里默默发着誓，一面守望着昏暗的水面。

"是老婆婆吗？"这时，城太郎的身影匆匆赶来，边跑边喊。

六

"已经等你半天了，城太郎。这么说，武藏先生马上就来了？"

"老婆婆，很遗憾。"

"遗憾？"

"您听我说。具体情况是这样的。"

"具体情况待会儿再说，武藏先生究竟来不来这里？"

"不来。"

"什么？不来？"阿杉茫然地喃喃着，从中午起便与阿通苦苦守候的心弦一下松了下来，满脸的失望之情简直令人不忍目睹。

接着，城太郎便难为情地解释起来：事实上，刚才他一直与藩士等待不久后便该载着武藏上岸来的驳船，可无论怎么等，既没有音信，也看不见驳船的影子。不过，太郎左卫门的渡船就停在远处的浅海上，一定是因故迟了吧，大家一面猜测，一面站在海边等待。不久，前去迎接的驳船终于回来了。

回来了！可是，这兴奋只持续了不到一瞬，再一看，驳船上竟连武藏的影子都没有了。

怎么回事？一问，驳船上的人这才转述渡船水手的话说：这趟船上并无旅客在饰磨下船，而且仅有的一点货物也早被在海边等待的水手接走了，所以船会马上从这里绕往室津，抓紧赶路。

驳船上的人只好说：这趟船上应该搭载着一个名叫宫本武藏的人。我是姬路藩的家臣，想请他住一夜，还有许多藩士也都到海边来迎接了。能不能请他稍微上岸一会儿，哪怕只一会儿也行。

听他这么一说，船老大便通报给了武藏，不久，武藏便出现在船舷上，对下面的驳船说道：多谢贵方好意，可想必诸位也知道，在下此次乃是因要事赶往小仓，并且，听说渡船也要在今夜之内绕往室津。实在是抱歉，请将在下的意思转告诸位。

无奈，驳船只好返回海边报告，而同时，太郎左卫门的渡船则再度张帆起航，现在刚刚驶离饰磨。

城太郎解释完原委，又说道："无奈，藩士们只好都离去了。可是，老婆婆，我们该怎么办呢？"他似乎也掉进了失望的谷底，有气无力。

"这么说，太郎左卫门的船已经离开这里，驶往室津了？"

"没错。想必老婆婆您也能看见吧。现在，正绕开沙洲前面的松林驶向西面的那只船就是太郎左卫门的船。或许，武藏师父就站在船尾呢。"

"哦……就是那个船影？"

"真遗憾……"

"喂，城太郎，这完全是你的疏忽。为什么你不坐进驳船去一起迎接呢？"

“现在说什么都晚了。”

“哎，眼睁睁地看着船就在眼前，可就是……真可惜……该怎么对阿通说才好呢？城太郎，我说不出口。你去告诉她具体事由吧。只是，要等她平静下来再说，否则，弄不好又会让她的病情加重了。”

七

其实，不用城太郎去告知，也不用阿杉强忍着痛苦去解释，两个人的对话早就传到船篷下那竖起耳朵的阿通那里了。

哗……哗……河口静谧的夜波拍打着船舷，也敲打着阿通的心口，眼泪不禁又夺眶而出。

不过，对于今夜的无缘，她并未像城太郎、阿杉那样感到无比遗憾。今夜无法相见，他日必会重逢，在这里无法倾诉，便在他处诉说。孤身十年的誓言毫无改变。她甚至觉得并未中途下船的武藏大概也抱着同样的心情吧。

据说，那岩流佐佐木小次郎，如今已是中国九州一带人人敬畏的高人，已是剑道上的一名霸者。既然要与武藏一决雌雄，莫说别人，他自己无疑充满了必胜的信念。

就算武藏再厉害，这次的九州之行，也不会一帆风顺。阿通在自怨自艾之前，首先想的是这些。可一想到这些，她便又沉溺在无尽的泪水中。

"我的武藏先生，他在那艘船上，他就在那艘船上。"她不顾一切地趴在船舷上，遥望着正从松林沙洲驶向西面的帆影，任由泪水滚落。

忽然，她的眼泪猛地唤起了一股连她自己都没有意识到的力量。这力量，便是她历经病魔，历经所有艰难困苦，历经漫长岁月而来的坚强意志。

柔弱——无论她的肉体、感情还是身影，看起来都是那么柔弱，让人怎么都无法从她身上找出一点坚强的东西，可现在，一股强大的力量忽然冲破了心口，让她热血沸腾，两颊绯红。

"婆婆——城太郎——"她忽然从船上喊了起来。

二人立刻从岸上赶来。

"阿通姐。"该怎么说呢？城太郎一脸惶惑，支吾着答道。

"我都听到了。由于船的原因武藏先生不能来了。你们刚才的话，我全听到了……"

"你听到了？"

"是的。不必叹气，也还不是悲伤的时候。既然这样，我想索性赶到小仓去，亲眼看看比武的情形。谁也无法断言完全不会发生意外。我早就做好心理准备了，一旦他有个三长两短，就由我去给他收尸。"

"可是，你的病……"

"病？"此时，阿通已完全忘记自己还是个病人。可是，即使城太郎如此提醒，她的意志仍超越了肉体，她在无比坚强的信念中振作起来。"请不用担心。我已经没事了。就算是有一点小毛病，在看到比武结果之前……"

我是不会死的！她把差点说出口的最后一句强咽下去，然后立刻拼命地重新装扮起来，竟独自抓住船舷，一个人爬到了岸上。

城太郎不禁双手捂脸，转过身去。阿杉也终于忍不住，哭出声来。

鹰与女人

一

就在庆长五年的战乱之前，小仓还一直被叫作胜野城，是毛利一岐守胜信的居城，后来，这里增建了新城的白壁和箭楼，愈发威严了。

从细川忠兴再到忠利，小仓已是历经了两代国主的城府。岩流佐佐木小次郎几乎每隔一日便登城参见，指导以忠利公为首的一藩人。源自富田势源的富田流，历经钟卷自斋至他这一代，集自己的创意及二祖的心血之大成的这自谓"岩流"一派的剑法，自从他来到丰前之后，几年之间便席卷了藩中上下，风靡九州一带，甚至还有不少人慕名从遥远的四国、中国赶来，到城下游学一年乃至两年，以求拜进他的师门，取得出师证明荣归故里。

他的肩上担负着众望，就连主君忠利也十分高兴："真是招到了一位英才。"藩中上下也无不佩服："人才！"这已成为众人的共识。

氏家孙四郎秉承新阴流，在他赴任之前一直是藩中的教头，可在岩流这颗巨星的光芒之下，孙四郎已然成了一种可有可无的存在。

可小次郎请求忠利公说："请主公不要见弃孙四郎先生。他的剑法虽然质朴，可比起我这后生的剑法来，总有一日之长。"他不仅称颂孙四郎，还亲自提议要与氏家孙四郎隔日轮番教授。

一次，忠利公说道："小次郎说，孙四郎的剑法质朴却有一日之长。孙四郎则说小次郎的刀乃天禀名刀，非自己所能及。看来只有交手之后，才能一分高低了。"

"遵命。"于是，二人顿时手持木刀在忠利公面前比试起来。其间，小次郎瞅准机会，率先放下木刀，跪拜在孙四郎足下，说道："在下服输。"孙四郎也慌忙谦让："不，您过谦了。在下终究不是您的敌手啊。"总之，二人彼此谦让着。

这些轶事愈发提高了小次郎的威望："不愧是岩流师父。""真了不起。""高雅之士。""高深莫测。"

总之，他已是深受爱戴，如今，即使在他隔日登城——当然，此时的他已有七名随从持枪侍奉在左右——的途中，也会有一些仰慕者特意来到马前，向他施礼致敬。

可是，对衰败的氏家孙四郎都会如此宽厚仁义的他，一旦听到身边的人提到宫本或者武藏，并说起其在近畿和东国声名远播的事情时，他顿时就会变得像个心胸狭隘的小人，语气冰冷。"听说此人最近到处卖弄，小有名气，还自称什么二刀流。或许因为他是个有些巧劲之人，在京都大坂一带也无人能敌了吧。"总之，他既不诽谤，也不赞赏，尽量抑制着面部表情，不让自己流露出某种好恶。

二

一次，有位游历诸园的习武之人拜访岩流在荻之小路的宅邸时，说道："在下虽未曾与武藏谋面，不过，时下似乎有许多人都对其极力称颂，世人都说这武藏绝非徒有虚名，自上泉、塚原以后，除了柳生家的中兴石舟斋以外，这世上的名人就非他莫属了。若称其为名人有些过奖，那他起码也堪称是一名高人了。"由于此人并不清楚岩流与武藏之间的过节与恩怨，便信口雌黄地说了起来。

"是吗，呵呵呵。"岩流再也无法掩饰自己的脸色，冷笑道，"常言道世上贤愚对半分。称其为名人者有之，称其为高人者也未尝没有吧。事实上，这不过是当今兵法已沦为品味低劣、风气颓废之法，只是那些沽名钓誉的投机小人横行于世的明证。虽然我不清楚别人是如何看的，可在我岩流眼里，他就曾在京都沽名钓誉过。在与吉冈一门比武时，在一乘寺村，他竟连十二三岁的孩子都会残忍杀害，如此行为实在是残忍而卑劣。光是卑劣一词还不足以形容，当时，他的确是只身面对人多势众的吉冈一方，可谁知他竟不知廉耻，一抬脚溜之大吉了。另外，倘若再看看他的来历，看看他的野心，便知他是一个可以唾弃之人。哈哈哈，若说他是兵法上的高人，在下倒也赞同，若说他是剑道的高人，在下却不敢苟同。世人实在是太天真了。"

倘若议论者仍旧力捧武藏，岩流便觉得对方是在嘲讽自己，即使面红耳赤也会驳斥说：武藏残忍且武德卑劣，连个兵法者都不配做。极力显示自己的反感，大有一股不说服对方不罢休的态势。

对于这一点，即使把他尊为一名"雅士"的细川家臣们也暗感意外，不久便有人传言说：武藏与佐佐木先生之间有着多年的积怨。不久，又有传言说：奉忠利公之命，最近二人要举行一次比武。

由此，一直以来的猜疑得到了印证，最近数月，藩里的耳目全都在打听比武的日期和动向。

同时，自从消息在城内城外传扬开来之后，一有动静，便有一个人频频在荻之小路岩流的宅邸出没，此人便是藩老之一岩间角兵卫。在江户时，由于是他把小次郎推荐给主君的，所以，如今他已经与小次郎形同一家人。今天也不例外。时值四月初，庭院的泉石之间落满了樱花，杜鹃花正如火般怒放。

"在家吗？"问过之后，他便随引路的侍从来到后面。

"呃，岩间先生啊。"客厅沐浴在一片日光中，佐佐木岩流正站在庭院里，拳头上托着一只鹰。温顺的鹰正乖巧地吃着他掌心里的饵食。

三

自从奉主君忠利之命，与武藏比武一事决定下来之后，由于忠利公的体谅，外加岩间角兵卫的周旋，他便获许无须再隔日登城指导，比武之前可在家安心静养。因此，现在的他每天都在家里享受悠闲。

"岩流先生，今天，大家终于在主君面前商定了比武地点。于是我就赶紧来通知你了。"角兵卫站着便说了起来。

"请。"这时侍从已在书院设好席，请他入座。角兵卫却只是朝其点了下头，仍继续说道："起初，有人说闻长浜好，有人说紫川的河滩好，可是这些地方都太狭窄，就算用栅栏围起来，也无法完全避开那些拥挤混乱的围观人群……"

"是吗？"岩流一面喂着拳头上的鹰，一面出神地注视着鹰的眼睛和它那啄食的嘴巴，似乎毫不关心世间的热议和藩老的讨论，一副超然的样子。

对比武比自己的事情都上心，特意赶来告知却遭了个冷脸，令角兵卫也泄了气，说道："站着也不便说话，那就进屋吧……"身为客人的他却像主人一样催促起来。

"等等。请稍候……"岩流仍在专心喂鹰，"我马上就把掌上的饵食喂完了。"

"这是主公赐的鹰吧。"

"没错。这是去年秋天随主公鹰狩的时候，主公亲手赐给在下的一只鹰，名叫天弓，现在跟我越来越熟，越来越可爱了。"说着，他把剩在掌心里的饵食丢掉，收起红缨的绳子，回头看看身后的少年门人，吩咐道："辰之助，把它放到鹰舍去。"然后把鹰从自己的拳头转到对方的拳头上。

"是。"辰之助带着鹰朝鹰舍方向退去。府内十分宽阔，假山的远处围着松林。墙外便是津河岸，附近同样有许多藩士的宅邸。在书院落座之后，"请恕在下失礼。"岩流刚一开口。"哪里哪里，又不是外人。来到这里，连我都有一种像是回到自己家或儿子家的感觉。"角兵卫反倒无拘无束。

这时，一名妙龄侍女带着楚楚风情奉上茶来。她抬头看了角兵卫一眼，说道："一点粗茶，请慢用。"

角兵卫摇着头说道："是阿光啊。你总是那么娇艳。"说着便端过茶碗，阿光顿时羞得连脖根都红了，说道："大人休要见笑。"便逃也似的退了下去，躲到拉门后面。

"虽然熟络起来后鹰也很可爱，可毕竟是猛禽啊。比起天弓，还是阿光放在身边好。关于阿光的终身大事，我也正想找个机会好好问一下你的想法呢。"

"阿光那女人，她是不是偷偷去过岩间先生府上了？"

"虽然她让我保密，不过倒也没有隐瞒的必要。的确，她是找我商量过。"

"这女人，居然一直瞒着我。"岩流朝着白色的拉门瞪了一眼，说道。

四

"别生气，也难怪她。"岩间角兵卫劝道，看到岩流的眼神变得柔和之后，于是说道："身为一个女人，这种担心也是必然的。她并非怀疑你的心意，只是长此以往，终究不妥，这种事，放在谁身上都会这么想。"

"那么，阿光把一切都告诉您了？哎，真是丢人。"

"这有什么。"

看到岩流有些害羞，角兵卫连连为他解围："男女之事乃人之常情。反正你早晚也要娶妻生子，自立门户。既然住在这么大一座宅邸里，手下又有那么多的门人和奴仆……"

"正因为她是我的一名侍女，这让我的脸面……"

"可事到如今，你也无法再抛弃阿光。倘若她不配做你的妻子，那还情有可原，可她血统纯正，而且，她还是江户小野治郎右卫门忠明的侄女，不是吗？"

"是的。"

"据说，就在你前赴治郎右卫门的道场，只身接受比武挑战，令忠明顿悟出小野派一刀流已经衰败一事后，你们两个就互生情愫了？"

"您说得没错。可这毕竟不是件光彩事，一直瞒着恩人您也让我很痛苦，我一直想找个机会跟您挑明。您说得一点不假，跟小野忠明先生比完武，回去时已是夜晚时分，所以，那个小姑娘——就是当时仍服侍在治郎右卫门忠明身旁的阿光——便提着小提灯，沿着皂荚坂昏暗的坡道，一直把我送到了市镇上。"

"唔。听说是这样的。"

"结果，路上一句无意的戏言竟被她当了真，后来，在治郎右卫门出走之后，她便来找我。"

"行了，不用再解释了，哈哈哈。"角兵卫一副受不了的样子，摆摆手打断了他。

不过，从搬离江户的伊皿子坂，一直到搬到小仓来的这段时间里，角兵卫竟一直被蒙在鼓里，直到最近才知道这女人藏在小次郎府里一事。在吃惊于自己糊涂的同时，他也为岩流小次郎在这方面的才气、本领和周到的处置而咋舌。

"这事交给老夫便是。不过，当下却不宜唐突透露成家的事。等顺利完成比武之后再谈也不迟。"说完，角兵卫忽然谈起比武要事来。

角兵卫觉得，武藏之流，与岩流根本就不堪一比。他甚至还自负地认为，这次比武反倒是让岩流名声大振，提升地位的大好机会。

"关于刚才所说的比武地点一事，我前面已经说过，既然在城外的郊区怎么也无法避开混乱的围观者，那就索性搬到海上去，最好是一个岛，于是大家便选定了赤间关与门司关之间一个叫穴门岛的小岛，又名船岛。"

"是船岛啊。"

"没错。趁着武藏还未到，你最好先上去勘察一下地形，至少也能增添几分胜算啊。"

五

在比武之前先勘察比武场所的地形，这无疑是有利的。毕竟可以提前准备当日的进退路线、鞋履等，还可根据附近有无树木以及太阳的方位来确定进攻的位置，总之，比起突然的遭遇战来，心理上有更充裕的准备。

岩间角兵卫劝他应及早，甚至是明天便雇一艘钓鱼船之类去船岛察看，岩流却说道："兵法中历来最看重先机。可一旦己方的准备被对方利用，反倒会招致误算，这种例子不胜枚举。不如索性放松心态，临机应变。"

角兵卫也认为他言之有理，便不再坚持提前察看场地。岩流叫来阿光，吩咐其准备酒席。然后二人开怀畅饮，一直喝到晚上。

对于岩间角兵卫来说，自己所提携的岩流如今已是声名大噪，深得君宠，还成了这深宅大院的主人。今天能在这样的府里喝上他一杯酒，自己也算没有白照顾他，便一口一口地品尝起这人生的喜悦来。

"你就放下阿光，只管去吧。总之，比武结束之后，我就把你老家的长辈以及亲朋好友全给叫来，给你完婚。对武道的执着当然是好事，可巩固家名也是当前的头等大事。等做完这些后，我角兵卫对你的照顾也算能有个交代了……"尽管他自以为堪比岩流的父母，只顾一个人高兴，岩流却自始至终都没有醉。

岩流每天都沉默寡言。随着比武日期临近，进出的人突然多了起来。虽然他不再隔日登城指导，可每天都为接待客人而烦恼，哪里还谈得上静养。不过，他也无法闭门谢客，因为一旦人们传扬说自己闭不见客，听起来总有卑怯之嫌。他尤其在意这些。

"辰之助，把鹰拿出来。"这一天，装扮停当后，他便把天弓放在拳头上，一大早便出了府邸，他自我感觉这个主意很不错。

气候宜人的四月上旬，托着鹰走在山野里，光是这么走走就够养神了。鹰瞪着琥珀色的眼睛，毫不懈怠地在空中追逐着猎物。岩流的眼睛则追逐着鹰的身影。

每当鹰把猎物抓在爪下时，便会有鸟毛从天空纷纷落下。岩流则连呼吸都忘了，俨然完全化成了鹰。

"对……就是它。"他把鹰当成了老师，恍然顿悟，脸上每天都泛出愈加自信的神色。可是，每当傍晚回到府里时，阿光的眼睛却总是哭得又红又肿。而她越是化妆掩饰，岩流内心便越痛苦。自己断不会败给武藏，尽管满怀自信，可一看到阿光的样子，万一自己真的与阿光永别——他便胡思乱想起来，甚至会想到自己死后的事情，奇怪的是，连他平常从未想过的亡母也会浮上心头。

已经没几天了。每当心事重重地入眠之后，他的眼前总会相继浮现出那琥珀色的鹰眼和阿光那因忧伤而哭肿的眼睛，其间还闪烁着母亲的身影。

十三日前

一

　　赤间关如此，门司关和小仓城下更是如此。最近数日，旅客中去者少，留者多，每一家客栈都已满员，就连每家客栈前的拴马桩都因为所拴马匹数量太多而混乱不堪。

　　　　　布告
　　一　本藩藩士岩流佐佐木小次郎者，兹奉命于十三日辰时上刻于丰前长门之海门船岛举行比武，对方乃作州浪人宫本武藏政名也。
　　二　当日，藩中严禁烟火。严禁双方一切支持者及帮手渡海。游船、渡船、渔船等亦一律禁止往来海门。此禁令截至辰时下刻为止。

　　　　　　　　　　　庆长十七年四月

　　到处都竖着这种告示牌。码头、街口、布告栏，全都有这个布告。每处布告前都聚满了旅人。

"十三日，那不就是后天了吗？"

"听说还有不少人特意从他乡赶来呢。我们也留下来看看吧，回去好当成见闻讲给人听啊。"

"别发神经了，比武地点船岛离海边有一里多远呢，谁能看得见？"

"不，如果爬到风师山上，连船岛岸边的松树都能看得见呢。就算是看不清楚，光是看看当日那船夫戒备的情形和丰前、长门两岸的阵势也会很过瘾。"

"要是天晴就好了。"

"没事，照这个样，不会下雨的。"

街头巷尾议论的全是十三日比武的事。由于布告严禁游船及其他船只航行，一直禁航到辰时下刻为止，那些水运业者自然失望至极，旅客们却早就等着一饱眼福，哪怕只看看当日的阵势也好。

十一日中午前后，在从门司关进入小仓城门的一处小饭馆前，一个女人正一面哄着吃奶的幼儿，一面踱来踱去。她便是前一阵子又八偶然在大坂的河畔发现后一路追去相认的朱实。或许连婴儿都厌倦了这种孤寂的旅行吧，一直在哭个不停。

"你困了吗？睡觉觉，哦，觉觉……"她把乳头塞在孩子嘴里，脚下打着拍子，没化妆，也没注意衣饰，她的眼里只有孩子。

真是物是人非，从前认识她的人一定会如此想。不过，她自己对这种变化和如今的处境丝毫未感到不自然。

"宝宝睡了？喂，朱实。"从小饭馆里出来喊她的是又八。他最近才刚刚还俗。只见他用头巾缠着尚未蓄起头发的光头，身穿淡茶色的无袖外褂。上次追上朱实之后，他们二人便立刻结成夫妇离开了大坂。由于没有盘缠，他便背上一个卖糖用的皮袋卖起糖来，一文钱一文钱地为妻子挣奶水钱，今天终于才赶到小仓来。"来，我替你抱。你快去吃饭。你奶水本来就不多，多吃点儿。"说着，又八抱过孩子，在小饭馆外面转来转去，唱起摇篮曲来。

这时，一名路过的旅人打扮的乡间武士走了过来。"咦？"那人注视着又八，又倒了回来。

二

"哦？"抱着孩子的又八也打量起停下脚步的武士，觉得似曾相识，却想不起是谁。

"我就是数年前在京都九条的松原与你见过面的一宫源八啊。当时还是行脚僧打扮，也难怪你认不出了。"乡野武士说道。

尽管如此，又八仍未想起那人是谁，一宫源八便又说道："当时，阁下自称是小次郎先生，冒充小次郎到处招摇，弄得在下还以为你真的就是佐佐木小次郎呢……"

"哦，是那一次啊！"又八一下想了起来，大声说道。

"对。我就是当时那个行脚僧。"

"哎呀，恕我眼拙。"又八连忙行礼，结果，刚睡着的婴儿又哭了起来。"噢，宝宝乖，不哭，不哭。"

谈话就此被打断，一宫源八一副急于赶路的样子，说道："对了，你知道住在城外的佐佐木先生的宅邸在哪里吗？"

"这个，我也不知道。说实话，我也是刚到这儿。"

"那，你也是来看他与武藏比武的？"

"不……也不是……"

这时，有两名刚好从小饭馆出来的仆役长走过来，于是对源八说道："岩流先生的府邸？就在紫川的岸边，与我家主人的府邸在同一条小径里。您若是要去那儿，我给您带路吧。"

"那就多谢了。那，又八，再会。"说罢，源八立刻跟在两名仆人的身后走去。

看到他那旅人装扮和浑身的尘土污垢，又八不禁念叨起来："莫非是从上州千里迢迢赶来的？"

看来，不知不觉间，后天的比武之事已经传遍天下。回想起数年前，自己获得了那源八一直苦苦寻找的中条流出师证明后，曾假冒小次郎到处招摇撞骗。如今，一想起当年的样子，又八便痛感当时的卑鄙、懒散和寡廉鲜耻，痛苦得简直不能自已。回想起来，现在的自己与当时相比，进步还是有的，他自己也能感觉出来。就连我……连我这样的笨蛋，只要洗心革面，也能一点点地改过自新啊。

孩子的哭声不绝于耳，朱实匆匆往肚子里扒拉了点饭之后，立刻跑了出来。"你受累了。我来背吧，帮我放到背上。"

"不喂奶了？"

"孩子一定是困了。只要背在背上，一会儿就睡着了。"

"是吗？嗨。"又八把孩子放到朱实背上，又把卖糖的皮袋背在肩上。

真是一对和睦的卖糖夫妇，来往的行人不禁全投去羡慕的眼神。人们总是难以对自己的夫妻感情满意，而一旦偶尔在路旁看到别家夫妻恩爱的场面，便会艳羡不已。

"真是个乖孩子。几岁了？呵，笑了。"走在路上时，甚至还有一个和蔼的剪着短发的老婆婆特意从后面追过来，逗弄起朱实背上的孩子来。老妇看来十分喜欢孩子，甚至还连连把孩子的笑脸指给跟随她的仆人看。

三

带着孩子的又八和朱实正要绕到后巷，欲寻一家便宜的客栈。

"你们去哪里啊？"跟在后面的优雅旅人装扮的老婆婆笑嘻嘻地点点头，与二人告别，可忽然又像顺便打听似的，问道，"虽然你们两个看着也像是旅人，不过，你们知道佐佐木小次郎的住宅在哪里吗？"

若问这个，刚刚还有一个武士打听过，据说是在紫川的岸边。听又八一说，老婆婆微微致谢："多谢了。"说着便催促着随行的男仆，径直离去。

又八目送老人离去，不禁感慨起来："也不知我的母亲怎么样了。"自从有了孩子之后，他才开始体会到父母的不易。

"他爹，走吧。"朱实一面摇着背上的孩子，一面在后面等着。又八却仍茫然目送着走向远处的与自己母亲年纪相仿的老婆婆。

今天，小次郎和鹰都待在府里。自昨夜以来，访客便络绎不绝，挤满了庭院。主人哪里还有空闲出去打猎。

"这终究是件可喜之事。"

"岩流先生的名声也全系这一战。"

"那还用说。真是名垂千古的好机会。"

"可是，对方毕竟是武藏啊。一旦稍有轻敌……"

无论正门还是侧门，全都堆满了远客的草鞋。他们有的千里迢迢从京都大坂赶来，有的从中国地区赶来，更远的甚至有从越前的净教寺村特意赶来的。光靠小次郎自己的家仆已经招待不过来了，连岩间角兵卫的家人都过来帮着张罗。平常师事于岩流的细川家武士也都聚集在这里，静待后天的十三日。

"虽说是后天，可算起来却只剩下明天一天了。"看看汇集在这儿的亲朋和门人们的神情，或许他们并不了解武藏，可也不知是出于何种心情，他们似乎没有一人不敌视武藏。尤其是那些师从过吉冈门流者，遍及诸国，人数众多，直到今天仍对一乘寺垂松惨败一事耿耿于怀。另外，武藏在十年的闯荡生活中不知不觉间所树立的敌人也相当多，纵然并非全部，可其中的一部分仍通过某些机缘，进入了与武藏敌对的小次郎门下。

"有位上州来的客人求见。"这时，一名年轻武士又将一名客人从大门带到拥挤的客厅来。

"鄙人一宫源八——"这位质朴的客人冲众人打了个招呼，然后就恭谨地站进了陌生的人群中。

"哦，上州来的？"人们于是犒慰着这位远客似的注视起源八。

源八还从上州白云山请来一道护身符，交给门人，让其供奉在神龛上。

"连愿都许了——"在场之人不禁为这份可嘉的用心鼓舞，愈发有底气。

"十三日一定会是个晴天吧。"人们隔着房檐凝望天空。今天是十一日，已近黄昏，天边一片火红的晚霞。

四

这时，众多客人中的一人说道："您是上州来的一宫源八先生？您为岩流先生祈祷胜利，还千里迢迢赶到这里，真是用心可嘉啊。敢问，您与先生究竟是何交情？"

听他这么一问，源八答道："在下乃上州下仁田草薙家的家臣。草薙家的已故主人天鬼先生是钟卷自斋师父的侄子。因此，在下自幼便与小次郎先生认识。"

"啊。倒是听说过，岩流先生少年时曾投身于中条流钟卷自斋门下。"

"还有伊藤弥五郎一刀斋，小次郎先生与其乃是同门。不过，在下早就听说过，比起弥五郎来，小次郎先生的剑法更加生猛凌厉。"

接着，源八又滔滔不绝地讲起小次郎曾拒绝师父自斋的出师证明以及从小便不认输的轶事来。就在这时，"师父呢？师父没来这儿吗？"一名传信的年轻武士过来问道。他朝众人中打量了一番，没发现小次郎的身影，正要去其他房间寻找，客人们便问道："怎么，有事吗？"

"是的。一个从岩国来的老婆婆说要见师父，似乎是师父的亲戚，现在正在门口呢。"

年轻武士匆匆说完，又一个房间一个房间地寻找起小次郎。"奇怪啊，起居室也没有。"

听到他的咕哝，正在收拾的侍女阿光便告诉他道："在鹰舍呢。"

五

放着满座高朋不管，岩流竟独自溜进鹰舍。他默默地把玩起栖木上的鹰来。他一会儿给鹰喂喂食，一会儿清理一下从鹰身上脱落的羽毛，一会儿又把鹰放在自己的拳头上抚摩起来。

"师父。"

"谁？"

"小的是守门的。刚才前面来了个老婆婆，是从岩国千里迢迢赶来的，说是师父您一见便知。"

"老婆婆……奇怪啊。我的母亲已经不在人世了，大概是母亲的妹妹，我的姨母吧。"

"那该请到哪里去呢？"

"眼下这节骨眼上我真是谁也不想见。可既然是姨母，也无法不见。那就先请到我的房间吧。"

通报人刚一离去，"辰之助——"小次郎便立刻朝外面喊道。

如侍童一样一直跟在身边的入室弟子辰之助立刻应道："是。师父有何吩咐？"说着进入鹰舍，单膝跪倒在小次郎身后。

"今天是十一日。后天就要到了。"

"是的，马上就到了。"

"许久没登城了，我想明天去给主公问个安，静静地等一夜。"

"是啊，客人实在是太多了。明天最好谢绝一切客人，安心静养，也最好早点睡。"

"我倒真想这样。"

"客厅里那吵吵嚷嚷的客人反倒会害了您。"

"话可不能这么说。那些人也都是为支持我才从远近各地赶来。可是，胜败靠的是时运。虽然不全凭运气，但与兵家兴亡是同一个道理。倘岩流遭遇不测，我在文卷匣里早就留下遗书两封。一封是给岩间大人的，一封是给阿光的，到时候你替我交给他们。"

"遗书？"

"这是武士的习惯，很正常。当日早上还可允许一名服侍者同行，就由你陪我去船岛吧，如何？"

"荣幸之至，谢师父赏脸。"

"天弓也去。"小次郎望着栖木上的鹰说道，"你就把它托在拳上，也带到岛上去吧。在离岸边一里多远的船上，也好做个伴。"

"弟子明白。"

"那我现在就去跟岩国的姨母打个招呼吧。"说罢岩流出去。可是依他现在的心境，他实在不愿见此人。

岩国的姨母早已端坐在屋内。晚霞像慢慢冷却的烧红的烙铁一样渐渐变黑，室内已点上灯火。

"姨母。"

岩流退居下座，低头行礼。母亲故去之后，他几乎是由这位姨母一手带大的。母亲对孩子有些溺爱，这位姨母却严厉得很，对于姐姐的这个儿子，对于担负着佐佐木家前程的这小次郎岩流，她一直都严加训教。即使不在身边，也一直关注着他，可以说，她是岩流眼下唯一的亲人了。

六

"小次郎，听说，你马上就要面临毕生最大的考验了。即使在故乡岩国，这件事也都传疯了。我便再也坐不住，就过来看你了，没想到你已经这么有出息了。"回想起当年背着一把家传大刀便背井离乡的少年小次郎，再看看如今已有堂堂大家主人风范的岩流，岩国的姨母不无感慨地说道。

"十年之久，孩儿竟没有给您写一封信，请恕孩儿久疏问候之罪。在他人眼里，或许我已经成功，可小次郎绝不只满足于这些。因此，便从未回过故乡。"岩流低头说道。

"你也不必自责。世上到处都是你的传闻，即便你不给我信，我也能知道你的安危。"

"就连岩国都传得沸沸扬扬？"

"岂止岩国，这次比武的事情早就传遍了各地，大家都支持你，说一旦败给武藏，那将是岩国的耻辱，是佐佐木一族的耻辱。听说连吉川藩的贵客片山伯耆守久安先生都要亲率一门弟子，到这小仓来呢。"

"前来观战？"

"是啊，可告示上说，后天禁止一切船只出海。这恐怕会令好多人失望。你看我，光顾着闲扯了，小次郎，这是我给你带来的一点礼物，你快收下。"说着，姨母解开旅包，取出一件叠好的贴身内衣。这是一件白漂布的贴身单衣，上面写着八幡神和摩利支天保护神的名号，两袖上还有百人针线所绣成的梵文的必胜咒符。

"多谢姨母。"小次郎毕恭毕敬地收下，又道，"您也累了吧。外面挺乱的，您就直接在这屋里休息一下吧。"

就这样，岩流趁势将姨母留在房间里，去了另外一间房，可那里也有客人。

"这是男山八幡的神符，比武那天请装在怀中。"有送神符者，还有特意送来连环甲者。另外，也不知是从哪里送来的，厨房里也堆满了大加吉鱼和包酒桶的草席之类，弄得岩流连个落脚的地方都没有。这些支持者无疑都想让他获胜，不过，其中十有八九都是些投机者，他们坚信岩流会取得胜利，看好岩流将来必会发迹，因而把宝全都押在他的身上，希望将来能在与他的结交中捞些好处。

倘若我现在还是一介浪人——岩流忽然感到凄凉。不过，之所以能让他们如此坚信自己，不是因为别人，而是全靠自己。

我必须要取胜！他又想。尽管他知道这种心态无疑会妨碍比武，可他还是抑制不住这种冲动。必胜！必胜！没人能看出来——不，就连他自己都没有觉察到，他的内心已如微风掠过的湖面一样暗潮涌动。

入夜，也不知是谁去打探的，又是谁来通知的，聚在客厅里饮酒吃饭的人又纷纷议论起来："听说，武藏今天已经到了。""说是在门司关上的岸，已经在城下现身了。""那么，大概已住到长冈佐渡的府里了吧。待会儿谁去佐渡的府上去打探一下。"仿佛今夜就要有大事降临似的，众人小题大做地交头接耳道。

马鞍

一

正如岩流府中的传闻那样，当日傍晚时分，武藏的身影已经出现在同一片土地上。武藏经由海路，早在数日前便已抵达赤间关，却没有一个人知道他的到来。他自己躲了起来，一直在休息。

十一日这天，他渡海来到陆上的门司关，不久后便进入小仓城，打算到藩老长冈佐渡的府上拜访一下，打个招呼，了解一下比武当日的地点、时刻，并表个态后直接从大门返回。

负责通报的长冈家家士尽管听了他的交代，却无法相信眼前之人便是武藏，不禁上上下下地打量起来，说道："实在让您费心了。不过，主人尚未从城府回来，想必马上就回来了。快请进来休息一下吧。"

"多谢，不过，只求您把在下刚才的话转达给大人就行了。除此之外，在下别无他事。"

"可您好容易来一趟。主人回来后不知会多么遗憾呢。"通报的家士宁愿冒擅自做主之嫌，也不愿放武藏回去，一再挽留。"请请稍候一下吧。尽管佐渡大人不在，还是请进府歇息一下。"说罢，急忙进去通报。

就在这时，走廊上忽然传来急促的跑步声，武藏一愣，抬起头来。"师父？"只见一名少年顿时从式台上跳下来，一头扑进武藏的怀里。"哦，伊织啊？你长大了。"

"师父知道我在这儿？"

"长冈大人写信告诉我了，在小林太郎左卫门的宅子里也听说了。"

"怪不得您不吃惊呢。"

"唔。有这家人的照顾，师父再也放心不过了。"

"唉……"

"叹什么气？"武藏抚摩着伊织的头，"既然受人照顾，可千万不要忘了佐渡先生的恩情啊。不只武道，学问也必须要做。平时凡事要慎重礼让，遇事时，即使朋辈们避让的也要争着去做。"

"是。"

"你既无母亲也无父亲，孤身一人长大，容易冷漠待人，对世事易抱有偏见。你可千万不能这样，要带着一副热心肠活着。如果自己的心冰冷，便无法体会到别人的温情。"

"是。"

"你虽伶俐，可生性粗野，遇事容易着急。一定要慎重。虽然你尚年幼，有的是时间，可还是要珍惜生命。为了有朝一日能在遇到事情时为国家为武士道而献身，你必须要珍惜生命。要珍惜、热爱自己的生命。要光明磊落。"武藏抱着伊织的头，深情地、依依不舍地说着。敏感的伊织本来就满怀忧伤，一听到"生命"二字，顿时在武藏的怀里放声大哭起来。

二

自从被长冈家收养后，伊织额发梳得更加齐整，仪表也更加整洁，看上去一点也不像个家仆，连布袜穿的都是白色的。武藏光是看到这些便放心了。既然这样，刚才就不该再说那些多余的话了，他有点后悔。

"不要哭了。"武藏斥责了一句，可伊织仍未停止哭泣。武藏胸前的衣服都快被他的眼泪打湿了。

"师父……"

"让别人看见会笑话的。有什么好哭的！"

"可是，到了后天，师父就要赶赴船岛了啊。"

"必须得去。"

"师父一定要获胜。我可不希望今天是最后一次与师父见面。"

"哈哈哈哈。伊织，原来你是担心后天的事才哭啊？"

"可是，有好多人都敌不过岩流先生。人们都说'武藏也是答应了一个不得已的约定'。您一定能获胜吧？师父，能获胜吧？"

"不要担心，伊织。"

"那就是说，一定没问题了？"

"师父只是想，就算失败，也要败得光明磊落。"

"如果没有把握取胜，师父，您就趁现在逃奔他乡吧。"

"世上的传闻没错。这的确是一个不得已的约定，不过，既然到了这一步，一旦逃走，武士道也就荒废了。而一旦武士道荒废，那就不只是我一个人的耻辱了。世上的人心也会随之堕落。"

"可是，师父，您刚才不是还教我要珍爱生命吗？"

"是啊。师父刚才教给你的，全是师父的短处，全都是师父自己不好的、做不到的地方，全都是我无能为力而后悔不迭的地方——我之所以告诉你，就是希望你不要步我的后尘。倘若我武藏真的化成了船岛的泥土，你就更要以我为戒，千万不要为无谓的事情送掉性命。"由于武藏自己也难以摆脱无尽的伤感，便强行把伊织的脸从胸前推开，说道："虽然我刚才已经拜托过通报人了，不过，在这里我就再求你一次吧，佐渡先生回来后，你一定要替我问候他。反正还会在船岛与他会面的。"

武藏说着便要朝门口走去，伊织连忙抓住他的斗笠，"师父……师父"，却什么话都说不出来，只是低着头，一只手抓着武藏的斗笠不放，一只手不停地擦着泪，抽泣不已。

这时，一旁的门栅处稍稍开了一道缝，一人挤出来说道：“您就是宫本先生吗？小的是这里的仆从，名叫缝殿介。您看伊织那舍不得的样子，连小的都看不下去了。或许您还有别的急事，可难道连一夜都没空住下来吗？”

“这……”武藏朝其点点头，说道，“多谢您的好意，可在下已是可能要化为船岛泥土之身，倘若再在此留下一两夜的宿缘，反而会给我这个即将逝去之人和身后人留下诸多烦扰。”

“您过虑了。如果让您回去，或许我等也会挨主人责骂的。”

“详情我会再次致信给佐渡先生解释。今天只是前来打个招呼，告诉在下到了而已。请转达我对先生的问候。”说罢，武藏出门而去。

三

“喂——”有人在呼喊。过了一会儿，又有人喊了起来：“喂——”呼喊者挥着手，所喊的对象正是武藏。他刚刚造访长冈佐渡的府邸，打过招呼后便来到传马河岸，又朝到津的海滨方向走去。呼喊者有四五名，一看就知道是细川家的藩士，并且全都是一把年纪，其中还有白发苍苍的老武士。

武藏并未察觉，默然站在海边。太阳已开始西沉，灰色渔船的帆影静立在晚霞中。距此约一里远的船岛则在一旁较大的彦岛后面若隐若现。

"武藏先生。""这不是宫本吗？"年长的武士们跑过来，在他身后停下。

当听到有人从远处呼喊的时候，武藏就曾回头一次，他知道这些人的到来，不过因为全都是些陌生人，他并未想到对方是在喊自己。

"咦？"武藏正纳闷时，其中一位年长的老武士说道："你已经忘了我们吧？也难怪认不出来了。老夫内海孙兵卫丞。我们原本都是你的老家作州竹山城新免家的人，人称六人众。"

接着，其他人也一一报上姓名："在下香山半太夫。""鄙人井户龟右卫门丞。""船曳木工右卫门丞。""木南加贺四郎。"

"我们与你都是同乡，并且，北海孙兵卫丞和香山半太夫二位跟令尊新免无二斋还是至交。"

"原来如此。"武藏脸上立刻露出亲切的笑容，向几人点头致意。果然，听口音，他们说话的确带着一股特有的乡音，这不禁令他立刻回忆起自己的少年时代，甚至还从中嗅到了一股家乡的泥土香气。

"请恕在下未及时报上姓名。的确，在下正是诸位要寻找的宫本村无二斋之子，幼名武藏者。各位同乡，大家怎么一起到这儿来了？"

"关原合战之后，你也知道，主家新免家灭亡。我等也成了浪人，流落九州。后来便来到这丰前，一度靠做马草鞋等勉强糊口。后来有幸得遇细川家的先主三斋公，如今全在该藩效力。"

"原来如此，没想到竟在这里得见亡父的朋友。"

"我们也很意外。真令人怀念，真想让故去的无二斋先生看一看你现在的风采啊。"半太夫、龟右卫门丞等人回忆着过去，上上下下打量着武藏。

"怎么把正事给忘了。事实上，刚才去家老府上时，听说你来了，却立刻又走了。这怎么能行呢，我们便慌忙追了出来。我们早就跟佐渡大人商量好了，你到小仓之后务必要住一夜，好让我等设一夕之宴相待。"

木工右卫门丞这么一说，半太夫也附和道："没错，你真是太不给面子了。哪有只在大门口打个招呼就回去的道理？快过来，无二斋的儿子。"说罢，连拉带拽，仗着他们是父亲朋友的身份，不容分说便拉起武藏往前走了起来。

四

实在无法拒绝，武藏便不由得跟着走。"不，还是不去了吧，多谢诸位的好意。"武藏止住脚步，刚要推辞，众人立刻道："为什么？我们几个同乡好不容易来迎接你，为你壮行，可你却——""这也是佐渡大人的意思。你若不去，也对不住佐渡先生啊。""还是说，你有什么不满意之处？"他们的感情似乎受到了些许伤害，尤其是自称与无二斋是莫逆之交的内海孙兵卫。"有你这样办事的吗？"他的眼神中分明流露出不满。

"在下绝不是这个意思。"武藏连忙致歉，光是致歉还不够，对方仍追问理由。迫不得已，武藏只好说道："虽然只是街巷传闻，不足为信，可据说因为此次比武，细川家的两位家老长冈佐渡大人和岩间角兵卫大人已出现了对立，而一藩的家臣们也由此分成了两派，对峙起来。一派拥护岩流，仗着君宠越发有恃无恐，而长冈佐渡大人，为了排挤岩流也四处拉拢，壮大自己的派系。总之，路上到处都是这种莫须有的流言。"

"呵呵……"

"这恐怕只是街头的谣传，俗人的臆测吧。可是，人言可畏。在下乃一介浪人，没什么可顾忌的。可对于参与藩政的长冈大人和岩间大人来说，绝不能让民众产生这样的猜疑，哪怕是一丝一毫也不妥。"

"哦，原来如此！"老人们使劲点点头，"所以，你才不敢进家老府上？"

"不，这也只是托词。"武藏微笑着予以否认，又说道，"事实上，在下生来便是个野人，懒散惯了，向来不大喜欢拘束。"

"你的心情我们都理解。不过，仔细想来，或许也是无风不起浪吧。我们倒是没怎么注意。"老人们不禁感佩起武藏的深思熟虑来。可是，若就此分别也太过遗憾，众人便低头商量了一会儿，不久，木南加贺四郎代替众人表达了另一个希望："事实上，每年的四月十一日这天，我们都会有一个聚会，十年来从未间断过。而且，人数也只限于同乡六人，从不邀请其他人。阁下既然也是同乡，令尊无二斋的朋友也在其中，刚才我们商量了一下，你也来参加吧。尽管会给你平添一些不便，不过这样就不同于进家老的府邸了，既没有世人的耳目，也不会招人说三道四。"说完，又补充道，"其实我们此前就商量好，倘若阁下已经在长冈家落脚，几人的聚会便打算延期。为了谨慎起见才去长冈家确认，既然阁下有意避开长冈家，那今夜就请屈尊参加我等几人的聚会吧。"

五

既然如此，武藏也无法再拒绝，"既然诸位把话都说到这个份上了……"便答应下来。

众人非常高兴，说道："那就赶紧分头准备吧。"几人当即商量了一下，只留下木南加贺四郎一人陪伴在武藏身边。其余的人则说道："既然这样，待会儿在聚会的席上见。"然后，众人各自回家而去。

武藏与加贺四郎在附近的茶屋等到日落，不久，在夜晚的星空下，武藏便在加贺四郎的引领下一起从市街来到近半里之遥的到津桥畔。

这里已是城郊，既无藩士的宅邸，也看不到酒亭之类。

桥畔附近，草丛里隐没着几家专以旅人和赶马人为对象的简易酒馆和客栈，点点灯火若隐若现。

难道要将自己引往可疑之处？武藏不由心生怀疑。这些人都是有头有脸的藩士，而且考虑到香山半太夫、内海孙兵卫丞等人的高龄，一年一度的聚会也没道理非设在这荒郊野外不可啊，实在是匪夷所思。难不成是借着聚会的名义搞什么阴谋？不对，如果是这样，自己怎么也未从他们身上感到丝毫邪气和杀气呢？

"武藏先生，大家都到了。这边请。"加贺四郎让武藏站在桥畔等了一会儿，自己则往河滩方向窥望了一阵，然后招呼着武藏，寻着河堤上的小道，率先朝前走去。

"原来席位是在船上啊。"他一面为自己刚才的忧虑苦笑，一面跟着朝河滩走去，可不知为何，连个船影都没有看到。

不过，算上加贺四郎，六名藩士已全部到齐。再一看，所谓的席位，也只是铺在河滩上的两三片草席而已。席子上面，以香山、内海两位老人为首，井户龟右卫门丞、船曳木工右卫门丞、安积八弥太等人都正襟危坐。

"请你到这种席上，实在是失礼。不过，在这一年一度的聚会上，能有幸请到你这位同乡来参加，也堪称缘分了。来来来，请先落座休息一下。"说着，他们让给武藏一张草席，并把刚才并未出现在海边的安积八弥太引荐给他："这一位也是作州浪人，如今已是细川家的护卫。"

众人的殷勤态度，与在设有壁龛和银色拉门的客厅中的礼节毫无二异。武藏越发不解。这究竟是特殊的风流情趣，还是为避人耳目？可无论如何，即使被请至一张草席上也是客人，武藏只好恭谨地坐下。不久，年长的内海孙兵卫开口说道："客人，请随便坐，不必拘礼。虽然我们也带来一些食盒酒馔之类，可待会儿才能打开。我们要先根据惯例做一些事情，时间并不长，还请稍候。"说罢，众人一齐分开双腿，重新盘坐好，然后各自解开自带的稻草捆，编起马草鞋来。

六

　　虽然做的只是马草鞋，可做鞋的藩士们连句闲话都不说，目不斜视，态度严谨，堪称虔诚。他们不停地往手心里吐着唾沫，捋着稻草，那合起手掌搓草绳的力量里透着一股热情，连外人都能一眼看出。

　　尽管武藏疑惑不已，可他根本没用奇怪或怀疑的眼光审视他们，只是沉默又恭谨地注视着他们的一举一动。

　　"做好了吧？"不久，香山半太夫老人开口说了一句，环顾其他人。老人已经做好了一双草鞋。

　　"做好了。"木南加贺四郎接着应道。"在下也做好了。"安积八弥太也把做好的一双鞋递到香山老人面前。

　　渐渐地，六双草鞋都已做好，堆放在地上。于是，六人这才掸去裙裤上的尘芥，重新穿好外褂，将六双草鞋摆

288

放在供案上，置于六人中央。另外一个供案上则早就摆好了酒杯，一旁的盘子里还供着酒壶。

"那么，诸位。"年长的内海孙兵卫郑重地致起辞来，"自从那个我们人人难忘的庆长五年的关原合战以来，转眼已是十三年。诸位所以能苟活至今，还能有今日的荣耀，完全是仰仗藩主细川公的照顾。这大恩大德，我们子孙万代也不能忘记。"

"是……"众人微微低下头，正襟危坐地倾听着孙兵卫的致辞。

"不过，虽然旧主新免家已经灭亡，可新免家代代的恩情我们也不能忘记。还有，我们更不能好了伤疤忘了疼，忘记我们曾落魄至极在此流浪的经历。为了铭记这三件事，我们才每年聚会一次。首先，我们今年仍能平安地聚到一起，实在是可喜可贺。"

"没错，孙兵卫先生，诚如您所说，藩公的厚爱、旧主的恩情还有让我们一改往日沦落生涯的天地之恩，我们一刻也未曾忘记。"大家齐声说道。

接着，孙兵卫又说道："那么，行礼！"

"是。"于是，六人正正膝盖，两手扶地，朝着夜色中泛白的小仓城，低头行礼。接着又朝旧主之地，同时也是众人的祖先之地——作州的方向，行礼叩拜。最后则朝着刚才做好的草鞋，双手扶地，虔诚地跪拜。

"武藏先生，我们现在要去河滩上的氏神庙参拜，并奉上草鞋，然后仪式就结束了。结束之后我们就可以把酒言

欢了，所以，还请再稍候一下。"于是，一人捧着放有马草
鞋的供案走在前面，其余五人跟在后面，朝氏神庙走去。
众人将马草鞋结在鸟居前的树上，击掌合十后，便返回河
滩的席子上。

然后，酒宴开始。虽说是酒宴，却也只是些煮芋头、树
芽味噌笋等，顶多还有些鱼干之类，十分朴素，基本上就是
农家宴。不过，众人却觥筹交错，豪言快语，聊得起劲。

七

众人酒兴渐浓，无所不谈。武藏这才问道："有幸参加
这样一个融洽而不可思议的聚会，在下也很尽兴。可是，
众位刚才的所作所为，比如做马鞋放在供案上朝拜，还有
向故土以及居城叩拜之类，这一切，究竟是怎么回事？"

听他如此问，内海孙兵卫似乎等候已久，答道："你问
得好。也难怪你疑惑。"于是，便详细解释起原委来。

庆长五年，在关原合战中战败的新免家武士大部分都
流落到了九州。这六人也是战败者中的一组。他们衣食无
着，却心怀"廉者不受嗟来之食，志士不饮盗泉之水"之
念，于是便在桥畔租了一间简陋的仓库，用曾经天天摸枪
的、满是老茧的手做起了马鞋。三年间，他们一直靠向来
往的赶马人售卖编织的草鞋来糊口。

"几个人怎么都有些怪怪的，绝非寻常之辈。"于是，

赶马人便口口相传，不久，这传言就传进了藩里，传进了当时的主君三斋公耳朵里。

派人调查后，三斋公发现，他们都是旧免伊贺守的家臣，是一群人称"六人众"的武士，于是心生怜悯，便下令征召他们。奉命前来交涉的细川家臣对他们说道："虽然在下是奉命前来，可主公并未提及俸禄多少之事，经我等重臣商量，想给六位千石的俸禄，不知各位意下如何？"说完家臣便回去。

六人不禁为三斋公的仁慈而感泣。身为关原的战败者，就算被轰走也已是细川藩宽宏大量了。可对方不但未这么做，还赐给六人千石之多的俸禄，哪里还有异议？只是，井户龟右卫门丞的母亲却说：理应拒绝。龟右卫门丞母亲的理由是：三斋公的宽厚仁慈无疑令人感激涕零。就算是一合的俸禄，对于你们这些做马鞋的人来说也是抬举，当然没有讨价还价的道理。可是，你们虽然落魄，却是新免伊贺守的旧臣，也曾是位在藩士之上的人。如今，你们竟为了六个人一共一千石的俸禄便欣然应招，传扬出去，岂不玷污了你们售卖马鞋的义举。并且，为了报答三斋公的恩德，你们必须要有不惜牺牲身家性命的觉悟才行。因此，这种像救济米一样的六人合在一起的俸禄不要也罢。就算你们愿意去，我也决不会让自己的儿子去。

于是，六人一致回绝。藩里的家臣便据实上报给了主君。三斋公听后，命道：你们重新去谈，就说长者内海孙兵卫丞千石，余者每人二百石。

于是，六人出仕一事便定了下来，终于到了难得的登城面君的日子，可眼见过六人潦倒模样的使者回来报告说：若不事先给他们一点补贴，他们恐怕连登城的服装都找不出来。

听了使者的提醒，三斋公笑道："你就等着瞧吧。我要迎接的是一群志士，他们怎么会自寻难堪呢？"果然，靠做草鞋挣钱糊口的六人全都衣着笔挺，各自佩着合身的大小两刀登城而来。

八

武藏兴味盎然地倾听着孙兵卫的话，出了神。

"就这样，我们六人便被征召任用了，不过想来，这全都是天地之恩。祖先之恩和主君之恩即使想忘记也无法忘记，一时用来糊口的马鞋之恩却容易忘却。后来，为了相互告诫，我们便决定将出仕细川家的本月本日作为每年聚会的日子，就这样坐在草席上回忆往昔，重新回顾三件恩情，同时以薄酒相庆。"

孙兵卫丞补充说完后，这才向武藏举起酒杯，又道："哎呀，光顾着说我们的事了，请见谅。酒虽薄，肴虽简，可心意不变。后天的比武，你就放心大胆地去吧。尸骨我们会替你收的。哈哈哈。"

武藏恭谨地接过酒杯，说道："承蒙抬爱。这酒胜似高楼美酒。真羡慕你们的心态。"

"此话差矣。若羡慕我们，恐怕就只能做马鞋喽。"

这时，一点夹杂着碎石的泥土忽然从堤上塌落，滑到草丛里。众人不禁回头看去，只见，一个蝙蝠般的人影一晃即逝。

"谁？"木南加贺四郎一跃而起，追了上去。另一人也匆忙跟了上去。

二人站在堤上朝远方张望了一会儿，不久，便大笑着向下面的武藏和朋友们报告："似乎是岩流的门人。看到我们把武藏先生邀请到这儿碰头私语，一定是误以为我们在密谋帮忙的事情吧。已经慌忙逃去。"

"哈哈哈，难怪他们会有如此疑虑啊。"

虽然在座的人都光明磊落，可今夜城下的氛围又会如何呢？武藏不禁陷入沉思。久坐无用。正因为是同乡关系，自己才更得留意。实在不能连累这些无辜的武士。想到这里，武藏便谢过众人的好意，辞别快乐的草席，先行飘然而去。

飘然，这字眼多么适合描述武藏的行踪啊。

翌日已经是十二日。长冈家理所当然地以为武藏会在小仓城下某处等待，正派人分头寻找他的住处。

"为什么不挽留住他！"后来，用人和通报人无疑都受到了主人长冈佐渡的严厉斥责。昨夜在到津河滩迎接武藏并一同饮酒的六人，也在佐渡的吩咐下四处寻找起来。可是，怎么也找不到。

自十一日晚上，武藏便行踪杳然。

"糟了！"比武已迫在眉睫，佐渡雪白的眉毛上挂满了焦躁。

当日，岩流时隔许久，再次登城，接受了忠利公的诚挚祝福和祝酒之后，意气扬扬地骑马回到了府邸。

傍晚时分，城下已传遍了关于武藏的各种流言。"他害怕了，吓跑了吧。""一定是逃亡了。""听说连个影子都没有找到。"众说纷纭。

日出时分

一

武藏一定是逃走了！就在人们对杳无踪影的武藏议论纷纷之际，十三日的黎明已悄然降临。

长冈佐渡一夜都没合眼。尽管他不相信武藏会临阵脱逃，可就是这种人常常会在一念之间幡然改变心意。"自己该怎么向主君交代呢？"他甚至想到了切腹。推举武藏者是自己。可就在以藩的名义举行比武的今天，倘若真的出现武藏隐匿行踪之事，自己便只能自裁了。就在佐渡认真考虑着切腹之际，他又迎来了一个晴朗的黎明。

"是自己失察了？"佐渡近乎绝望地叹着气，趁下人打扫房间之际，他领着伊织来到院子里。

"小的回来了。"这时，从昨夜便外出寻找武藏下落的随从缝殿介一脸疲惫地从侧门走了进来。

"怎么样？"

"没找到。找遍了城下所有客栈，始终没找到。"

"去寺院等处问了吗？"

"安积先生和内海先生等人说，凡是府中的寺院和市镇上道场等习武者可能去的地方，他们都会分头去找的，那六人还没回来吗？"

"没回来……"佐渡眉间的愁容愈发凝重。蔚蓝的大海透过庭院树木的缝隙映入眼帘，他只觉飞溅着白沫的浪头甚至拍打到了他的心口。

佐渡默默地在梅树的嫩叶间踱来踱去。

"找不到，哪里也不见人影。早知如此，前天晚上分别的时候问明他的去处就好了。"不久，井户龟右卫门、安积八弥太、木南加贺四郎等找了一夜的人也垂头丧气地一起返了回来。

人们坐在走廊里，情绪激动地商量起来。时刻越来越近。据今天早晨无意间路过佐佐木小次郎门前的木南加贺四郎说，自昨夜以来，那儿便挤满了大约两三百个小次郎的知己和门人，门扉大开，大门口高挂着龙胆纹样的幕布，正面则摆放着金屏风，门人们一大早便去城下的三处神社替小次郎参拜，祈祷今日的胜利，情形热闹至极。

与这边截然相反！

众人虽然并未叫苦，可都是一脸凄惨和疲惫。那六位老武士，尽管与武藏只是作州同乡，却也都觉得无颜面对藩中上下和世人。

"算了，现在找也来不及了。大家都回去吧。越是慌乱，便会越发难堪。"佐渡告诫着，硬是把众人打发回去。

"不，一定得找出来。就算是过了今天也要找出来，把他碎尸万段。"木南加贺四郎和安积八弥太等人情绪激动，说着狠话往回走。

佐渡走进清扫过的房间，在香炉里焚上香。尽管这是每天的惯例，缝殿介却深有感触："难不成真得自裁？"

这时，仍站在院前望着大海的伊织忽然回过头来问道："缝殿介，下关的海船货运商小林太郎左卫门家问过没有？"

二

大人的想法往往有局限，而少年的想象力却无拘无束。听伊织这么一说，"对啊……"佐渡和缝殿介顿觉豁然开朗，仿佛一下跳出了迷津。说不定……不，不，他一定是去了那儿，除此之外，实在想不出武藏还能去哪里。

佐渡的眉头顿时舒展。"阿缝，这是我的疏忽。无论怎么淡定，心里也总是发慌。你们立刻去把他迎来。"

"是，遵命。伊织，你心还挺细的。"

"我也去。"

"老爷，伊织说也要同去。"

"唔，去吧。等等，我还要给武藏写上一笔。"佐渡写好信，并交代了口信：在比武的时刻——辰时上刻之前，对手岩流会搭乘藩公的船登上船岛。现在仍有足够的时间。阁下也请到鄙人府中准备一下，府里会提供船，届时可搭乘赶赴正式比武地点，如何？

于是，奉佐渡之命的缝殿介和伊织便以家老的名义，让船员发出藩里的快船，不久便抵达下关。

下关的小林太郎左卫门的店铺他们很熟。向店里人一打听，结果对方答道："虽然详情并不清楚，可从前一阵子起，似乎的确有一个年轻武士一直住在后宅里。"

"果然在这儿。"缝殿介和伊织相视一笑。后宅就在店铺海边库房旁边。他们见过主人太郎左卫门，问道："武藏先生是否暂居贵府上？"

"是，是在这儿。"

"那我们就安心了。您不知道，自昨夜以来，我们家老有多担心。请速请他出来。"

太郎左卫门于是朝后面走去，可立刻又返了回来，说道："武藏先生还在屋里睡觉呢……"

"哎？"二人不禁一脸惊愕，"请叫他起来。现在哪还是睡觉的时候。他平时都是这样睡懒觉吗？"

"不，昨夜与在下聊得兴起，一直谈到深夜呢。"说着，太郎左卫门叫来用人，把缝殿介和伊织先请到客厅，自己则去叫醒武藏。

不久，武藏来到二人等待的客厅，充分熟睡的他眼眸就像婴儿的眼睛一样清澈，他眼角挂着微笑，招呼道："早啊。什么事？"

这声招呼不禁让缝殿介感到失望，不过他还是立刻拿出长冈佐渡的书信交给武藏，并传达了口信。

"哎呀,实在是……"武藏低下头,拆开书信。伊织则目不转睛地盯着他的身影。

"多谢佐渡大人抬爱……"武藏卷起读完的书信,扫了伊织一眼。伊织慌忙低下头,可眼里早已噙满泪水。

三

武藏写了回信,交代道:"详情我都写在信中了,请代我向佐渡大人问候。"又说自己会掐算着时间赶赴船岛,勿念。

无奈,二人只好携回信辞去。直到离开,伊织一句话都没能说出来,武藏也未与他说一句。可是,无言之中,师徒的情谊已体现得淋漓尽致。

焦急等回二人的长冈佐渡手执武藏的回信,眉头总算舒展开来。

书信内容如下:

佐渡守大人:

关于乘大人船只赴船岛一事,蒙大人抬爱,在下不胜感激。

然,此次在下与小次郎乃敌对者。且小次郎乘大人主君之船赴约,若在下又乘您之船只前往,大人将如何面对主君?故,在下之事大人可无须烦劳。

此事本应向大人当面言明，又恐大人不允，故未通知大人，直至此时，请原谅。

在下自会乘本地船只准时赴约，请大人勿念。

四月十三日　宫本武藏

读完书信，佐渡仍默默地望着信上的文字发呆。谦虚之美，周到的思虑，多么细致的回信，佐渡完全被打动了。面对着这封回信，他不禁为自己昨夜以来的焦虑羞愧。对于如此谦虚的君子，自己竟怀疑他，实在惭愧。

"缝殿介。你赶紧将武藏先生的这封回信给内海孙兵卫丞及其他人等传阅一下。"

"遵命。"

正要退下，一直候在拉门后面的用人催促道："主人，如果没其他事，您该为今天做见证的事准备一下了。"

佐渡不慌不忙，说道："我知道。时间还早着呢。"

"早是早，可今天的另一个见证人岩间角兵卫大人早已准备好船只，如今已离开海边了。"

"别人是别人。不用急。伊织，你过来一下。"

"是。"

"你是男子汉吗？"

"嗯，是。"

"无论发生什么事都不哭，你有没有这个自信？"

"我绝不哭。"

"那好，那你就跟我一块去船岛。只是，说不定还得给武藏先生收拾遗骨呢。你去吗？你能不哭吗？"

"去。我保证不哭。"

缝殿介刚从里面跑到门外，墙后一个衣着寒酸的旅人模样的女人便喊住了他。

四

"请等一下。长冈大人的家臣大人。"女人背着一个孩子。

缝殿介很着急。不过，眼前这个旅人模样的女人，还是让他觉得奇怪。"什么事，这位妇人？"

"请恕我冒昧，可像我这样衣着打扮的人，都不敢站在门口，所以……"

"这么说，你是一直在门前等着？"

"是……从昨天起街上到处在说，今天就要在船岛比武了，武藏先生却临阵逃脱了……这是真的吗？"

"放、放屁！"缝殿介将昨晚以来积压在心头的郁闷一口气全吐了出来，说道，"武藏先生究竟是不是这种人，到了辰时自然就会明白。我刚才还见过武藏先生，带回了他的回信。"

"哎？您见到武藏先生了？那，他在哪里？"

"你是……什么人？"

女人低下头来："我是武藏先生的熟人。"

"唔……看来，你也正在为那些莫须有的流言担心啊。虽然我现在急着出去，不过，我还是把武藏先生的书信让你看一眼吧。不用担心，你看这书信——"于是，缝殿介给她读起书信来。这时，又有一名男子靠到他的身后，泪眼汪汪地一起偷看起书信来。

缝殿介猛然察觉，回头一瞥，男人立刻害羞地施了个礼，慌忙擦拭起眼睛。

"你是谁？"

"我是跟那女人一起的。"

"她的丈夫？"

"真是太感谢您了。看到熟悉的武藏先生的文字，仿佛见到了他本人一样。对吧，老婆？"

"是啊，这样我们就安心了。不过，真想亲眼看一下比武的情形，哪怕是远远的也好。即使隔着海，我们的心也会与他同在。"

"既然这样，那你们就干脆爬到那沿海的山丘上，瞭望远处的岛影吧。今天的天气晴朗得很，说不定连船岛岸边一带都能隐约望见呢。"

"繁忙之中把您叫住，实在抱歉。请恕我们告辞。"于是，背孩子的旅人夫妇便朝着城郊的松山方向走了起来。

缝殿介正要赶路，忽然又叫住了他们。"喂喂，你们两个叫什么名字啊？没什么妨碍的话能不能告诉我？"

夫妇回过头来，再次恭谨地从远处行了一礼。"我与武藏先生是作州同乡，我叫又八。""我叫朱实。"

缝殿介点点头，然后一溜烟地朝送信目的地跑去。

夫妇二人目送他离去，然后相视一下，谁也未说一句话便匆匆赶往城外，气喘吁吁地往小仓和门司关之间的松山上爬去。船岛就在正前方，还能看到另外几个岛。今天的能见度可真不错，连海门对面的长门山峦的褶皱都清晰可见。

二人铺好自带的草席，面朝大海并坐下来。哗，哗……海潮不断拍打着断崖，震得松叶纷纷掉落，洒落在一家三口的头上。朱实放下孩子喂起奶来，又八则一直抱着膝盖，既不说一句话，也不哄孩子，聚精会神地凝望着蔚蓝的大海。

彼人·此人

一

缝殿介匆匆赶路，在主人长冈佐渡赶赴船岛之前他必须赶回去。依照佐渡的吩咐，他先后前往六名老武士的府邸，一一通知了武藏的书信及情况之后，连每一家的茶水都没顾得上喝一口便往回赶。"啊，岩流的……"他不禁猛然停住匆忙的脚步，躲进角落。

前方便是离海滨奉行的客邸有半町远的海边。从今天早晨起，便有大量的藩士或为监督今天的比武，或为加强戒备及整顿比武场地前往船岛。甚至连番头以下的足轻武士都分成了几组，陆续从岸上登船赶赴船岛而去。

而此刻，水手藩士正将一艘崭新的小船靠在岸边待命，从船板到系船的棕榈缆绳都崭新无比。

缝殿介一眼便认出那是藩主特赐给岩流的船。虽然船并无特别之处，可站在那儿的一百多人，不是平日里与岩流亲密者，便是陌生的岩流支持者。人们站在船的两侧，回头望着同一个方向。"来了。"

缝殿介也从岸边的松树后朝那边望去。

只见海滨奉行的休息处拴着一匹骑来的马，看来，佐佐木岩流已在那儿休息了一会儿。

官吏们也来送行，岩流将平日的爱马托付给他们后，便带着同行的入室弟子辰之助，踏着细沙朝这边的船走来。

随着岩流步步靠近，人们肃然分成两列，给他让出路来。看到岩流华丽的装束，众人纷纷出了神，似乎都变成了武士似的。

岩流上穿提花白绢的窄袖和服，外套惹眼的猩红无袖外褂，下穿染成葡萄色的皮制窄裙裤。脚上当然是草鞋，只是那鞋看上去稍微有点湿润。小刀还是平常的那一把，至于大刀，虽然做官以后为避锋芒，他便不再佩带那把虽无铭文却也堪称"肥前长光"的爱刀晾衣杆，今天却难得地将其佩在了腰间。这刀三尺有余，一看便知是把宝刀，令送行的人目瞪口呆。更令人难以相信的是，他那人剑合一的高雅风姿、猩红的外褂、白皙丰润的面颊、眉宇间的淡定之气——无形中透着一种庄重之美。

由于阵阵波涛声和风声的干扰，缝殿介无法听到众人和岩流的话语，可还是能远远望见岩流的面孔。那脸上分明挂着一种平静的微笑，全然不像一个行将踏上鬼门关的人。

他一次次地、竭尽所能地把自己的笑容撒播给知己和朋友，不久，在声援者喧闹的夹送中，他登上崭新的小船。弟子辰之助也上了船。两名船员藩士随后乘了上去，一人坐在船头，一人握住船橹。船上还有一个小次郎同伴，便是那只踞在辰之助拳头上的鹰——天弓。或许是被小船离岸时众人的欢送声吓到了吧，天弓啪地扑打了一下翅膀。

<h1 style="text-align:center">二</h1>

　　站在海边送行的人们久久不愿离去。岩流也在船里回头致意。摇橹者也并不急着加速，只缓缓地切着波浪。

　　"对了，时间紧迫。我得赶紧回府见老爷了……"缝殿介忽然回过神来，正要从岸边松树后匆匆离去。却忽然注意到一个人影。就在离他六七棵树远的一棵树后，一个女人正靠在那里独自哭泣。

　　望着渐行渐远的小舟，不，目送着岩流越来越小的身影，女人竟抽抽搭搭地哭泣不止。此人便是岩流在小仓落脚之后，一直服侍在他身边的阿光。

　　缝殿介转过视线，为避免惊吓到她，他蹑手蹑脚地从海边往市镇走去。忽然，他也在心里反思起来。"每个人都有两面，光鲜外表的背后总有人在伤心和忧愁……"缝殿介喃喃着，又回头看了一眼躲在树后独自忧伤的女人和在大海中远去的岩流的船影。

　　此时海边的人已三五成群地散去，一面交口称赞着岩流的淡定，一面心怀着比当事人还强烈的必胜渴望，逐渐走远。

　　"辰之助，把天弓给我。"

　　岩流伸出左拳。辰之助便把栖在自己拳上的鹰移到岩流手上，同时稍稍后退了一下。

　　小船划行在船岛和小仓之间，海峡的潮流逐渐汹涌。尽管是水天一色的好晴天，浪头却很高。每当水花从船舷上溅起，鹰便竖起羽毛，显出一副凄怆的姿态。今天早上，就连这只驯熟的鹰也充满了斗志。

　　"回城去吧。"岩流解下鹰的足环，把鹰放到空中。鹰像平常狩猎时一样，滑过天空，扑向飞逃的海鸟，撒下一片片白色的羽毛。可是，由于主人不再呼唤，它便径直掠过城池和一座座葱翠的岛屿，不久便消失了。

　　岩流并未关注鹰的行踪。放飞鹰之后，他立刻把带在身上的护身符和没用的书信，包括岩国姨母倾尽心血缝制的带有梵字的内衣，将这些本不属于自己的东西全都扔掉，抛进了海潮中。

　　"清爽多了。"岩流喃喃着。在即将步入生死之境时，这些令他难以平静的情感和羁绊，全都是心里的阴云。尽管这都是人们祈祷自己获胜的好意，可同时也是心头的重负。他甚至觉得神佛的护身符都是一种障碍。

　　人，一个赤裸裸的自己。他早就体悟到能依靠的只有自己。海风默默地吹拂着他的脸。船岛上葱翠的松树和杂树也在他的眼眸中一步步靠近。

三

另一方面，对岸赤间关的武藏也做着同样的准备。

早晨，在长冈家的信使缝殿介和伊织二人携带武藏的回信返回之后，海船货运的主人小林太郎左卫门便沿着海边库房的小巷出现在店里。

"佐助！佐助在不在？"他寻找起来。他要找的佐助，是众多伙计中一个很精明的年轻人，在后宅也是重要的用人，有空时便会帮着打理店里的事务。

"东家早。"一看到主人，掌柜的便连忙从账房下来，先请了个早安，然后说道："您叫佐助？刚才还在那边呢。"说着便转过身来，吩咐其他年轻人道："赶紧把佐助找来。主人在找他呢。快点。"

接着，掌柜便就店中的事务、货物的漕运和船只调度等事向主人汇报起来，可太郎左卫门打断了他："这些待会儿再说，待会儿再说。"太郎左卫门仿佛在驱赶耳边的蚊子一样摇着头，询问起毫不相干的事来："有没有人来店里拜访武藏先生？"

"您说的是后宅那位客人？今天早晨还有人来访呢。"

"是长冈佐渡的使者吧？"

"是的。"

"其他的呢？"

"这……"掌柜托着腮想了一下，"虽然不是我亲眼所见，可我听说，昨晚打烊之后曾有一个衣着肮脏、目光锐利的旅人模样的男子，挂着一根橡木杖慢腾腾走了进来，说是要见武藏先生。他听说武藏先生下船以来便一直逗留在此处，磨蹭了半天也不回去。"

"到底是谁说出去的？吩咐你们多少遍了，要严把口风。"

"尽管我一再严令他们保密，可毕竟比武的一方就住在咱们这儿，年轻的伙计们颇感自豪，怕是禁不住说漏了嘴。"

"后来，那个挂着橡木杖的旅人怎么样了？"

"总兵卫先生出面澄清说，他一定是听错了，这里根本就没住着什么武藏先生，好歹才将其打发走。当时，大门外似乎还有两三个人，说是中间好像还有女人的身影。"

就在这时，从码头的栈桥方向跑来一人，喊道："我是佐助。东家，您找我有事？"

"佐助啊，也没其他事，我今天派给你的重要任务，想必不用我叮嘱你也有数吧？"

"有数有数。像这种事，一个船夫恐怕一辈子都难得遇上一次啊，所以，今早天不亮我就起来了，洒水净身，还扎好了新晒布，单等您一声令下。"

"那，昨晚我就吩咐过你了，船都准备妥了吧？"

"说是准备，可也没费多大事，很快就从许多驳船中挑了一条又快又干净的，撒好了盐，连船板都清洗过了。只要武藏先生准备好了，小的随时都可以起程。"

四

太郎左卫门又问道:"那,船拴到哪儿了?"

跟往常一样系在了码头岸边——听了佐助的回答,太郎左卫门深思了一会儿,又说道:"在那儿起程会引人注目,武藏先生不希望引起任何人的注意,你再换个地方。"

"遵命。那,拴在哪儿好呢?"

"住宅后面两町远的那块有平家松的海边,行人少,不容易引人注意。"吩咐下人时,太郎左卫门自己竟有些慌乱。

店铺也异于往常,今天明显变得清闲了。一方面是因为海禁到子时,另一方面,也因为长门一带与对岸的门司关和小仓一样,所有人都心系着船岛的比武。

再望一下街道,只见人群熙熙攘攘,好不热闹。附近藩里的武士模样者、浪人、儒者,铁匠、漆匠、铠甲师等工匠,僧侣、商人和农夫,其中还有成群的或包着头巾或戴着市女笠的女人,全都朝同一个方向涌去。

"快过来。再哭就丢下你不要了。"还有一群大概是渔夫的妻子,或背着孩子,或手拉着孩子,仿佛即将有大事发生似的,一路喧闹着通过。

"果然如此,照这个样子……"太郎左卫门不禁理解了武藏的心情。

这些喧嚣的人群，他们根本不搭理有识之士的毁誉褒贬，只对他人的生死与胜负感兴趣，纷纷涌去看热闹。而且，距离比武开始还有好几刻的时间。还有，既然已经禁航，海上自然没法去，船岛又远离陆地，即使爬上海边的山峰或丘陵也无法看得见。可是，人们仍然涌去。并且，别人一去，自己也就在家里待不住了，也不由得跟着前去。

太郎左卫门到大路上转了一圈，感受了一会儿气氛，不久便返回了自家宅院。无论是他的房间，还是武藏的住处，都已清扫完毕。

波光映在海边敞亮的客厅的天棚木纹上，不停地跃动。后面就是大海。波浪反射的阳光化成一片片光斑，摇曳在墙壁和隔扇上。

"您回来了。"

"呃，阿鹤啊。"

"您刚才到哪儿去了，我正到处找您呢。"

太郎左卫门端过阿鹤沏好的茶，静静地望着大海出神。阿鹤也默默地凝望着大海。这个被太郎左卫门视为掌上明珠的独生女，直到前些日子还待在泉州堺港的分店里。武藏来的时候，正好坐同一艘船回到父亲身边。阿鹤曾给过伊织不少照顾，因此，武藏能对伊织的近况很了解，或许也是在船中从这名姑娘这儿听来的吧。

五

　　也还可以这样想象，武藏之所以从前一阵子起就投靠到小林太郎左卫门家里，或许也是出于这种机缘。为了感谢对伊织的照顾，下船后便顺便去了太郎左卫门家，因此便与太郎左卫门熟络起来了吧。武藏逗留期间，在父亲的吩咐下，阿鹤便照顾起他的起居来。实际上，就在昨夜武藏与父亲聊到深夜的这段时间里，她还在另一个房间里忙着做针线活儿。因为武藏曾说：比武当日我什么都不需要，只想要一件新的漂布内衣和一条腹带。因此，她不仅替武藏赶制了内衣，还缝制了新的黑绢的窄袖和服和带绳，一直忙到今晨，终于做好了一切，只要拆掉绷线就可以穿了。

　　难不成——虽然这只是太郎左卫门身为人父的突发奇想，可他还是忽然间猜疑起来：女儿对他有那种意思？倘若真是这样，那阿鹤今早的心情也……

　　不，可能并不是自己多虑。今早阿鹤的眉间似乎就流露着担忧的神色，现在也是。给父亲太郎左卫门沏了茶之后，当父亲默然凝望起大海时，她也一直凝视着大海，若有所思。并且，就连那眼睛都像潮涌一样，眼泪汪汪的。

　　"阿鹤……武藏先生在哪儿？早饭送过去了没有？"

　　"已经吃过了，并且已经关上门了。"

　　"大概正在准备吧。"

"不，还没有……"

"那他在做什么？"

"似乎正在画画。"

"画画？"

"是的。"

"是吗？看来还是我多嘴了。有一次谈到画的时候，我曾无意间说过，希望他能留下一笔，以后也好做个念想。"

"他说，在赶赴船岛之前，给同行的佐助也要画一幅……"

"还要给佐助？"太郎左卫门喃喃着，心里忽然一阵慌乱，焦虑起来，"这都什么时候了，时间这么紧张，连那些明明连一点比武的影子都看不到，却仍拥着去看的人都把道路挤满了，可他——"

"武藏先生似乎已完全忘记了这些。"

"还画什么画！阿鹤，你赶紧去跟他说一声，让他不要再画了。"

"可是，我……"

"说不出口？"太郎左卫门此时已完全明白阿鹤的心意。父女同心，她的悲伤也同时激荡在太郎左卫门的血脉中。

不过，太郎左卫门却装出若无其事的样子斥责道："傻孩子，有什么好哭的？"然后，自己站起身朝武藏的房间走去。

六

房门紧闭，武藏静静地坐着，旁边放着笔、砚、笔洗等。身旁已经有一幅画好的画，画的是鹭鸶戏柳图。可眼前的纸上却仍未落下一笔，武藏似乎正在思考该画什么。

在进入到绘画的理念和技巧之前，首先要有一颗纯净的画心，因此，他正平心静气，努力让自己平静。

白纸便是一片"无"的天地，一笔落下就形同"无中生有"，可呼风，可唤雨，犹如天马行空，自由驰骋。创作者的心便随之永远地留在了画中。心邪则画邪，心懈则画懈，若心中只有俗气，则画中的俗气便也会一览无余，怎么都无法掩盖。即使人的肉体消弭，墨迹也不会消失。留在画中的心象究竟能呼吸到何年何月，没人能够知道。

武藏忽然想起这些来。可是，这种念头也是画心的妨碍。自己正努力进入这白纸般的"无"的境地，执笔的手既不是自己的，也不是他人的，而心则只等着在白色的天地中自由飞翔——

狭小的房间因他的身影显得愈发空寂。这儿既没有路人的喧闹声，也似乎与今天的比武无关。只有那中庭的山竹不时微微地颤抖一下。

"喂……"不知何时，他身后的拉门不声不响地开了一道缝，是主人太郎左卫门。尽管太郎左卫门一直悄悄地窥着里面，可看到武藏如此入定，竟不忍叫他。"武藏先生……在您如此忘情的时候前来打扰，实在是不好意思。"在他看来，武藏似乎已完全陶醉在画中。

武藏终于回过神来，"哦，是主人啊。快，快请进。怎么这么客气，站在门口不进来？"

"不，今天早晨哪还有空弄这些啊。时间马上就到了。"

"我知道。"

"内衣、怀纸、手巾等东西全都准备齐了，都放在外间，您还不赶紧去准备一下，以便随时动身。"

"多谢。"

"还有，倘若那画是为我们所画，就先放到一边吧。等您从船岛成功归来后再慢慢画也不迟。"

"您不用过虑。因为今早神清气爽，我才会趁机作画。"

"可时间已经……"

"在下有数。"

"那……您准备出发的时候就说一声，我就在那边等着呢。"

"给您添麻烦了。"

"哪里哪里。"太郎左卫门反倒觉得是自己打扰了武藏，正要退出去时，"啊，主家——"武藏主动叫住了他，问道："最近的涨潮落潮是在什么时刻？今天早晨是退潮，还是涨潮？"

七

由于涨潮与落潮直接关系到太郎左卫门的生意，被武藏如此一问，他当即便答道："最近，潮水是在早晨的卯时到辰时之间退到底，现在马上就该涨潮了。"

"是吗？"武藏点点头，咕哝了一句后，便又对着画纸沉默起来。

太郎左卫门于是悄悄关上拉门，退回之前的房间。尽管他无法袖手旁观，焦虑不已，却也无能为力。回到房间里，他也尽力想让自己平静，可一想到时间马上到了，便怎么也坐不住。

他忍不住又起身，走到滨海房间的走廊。潮水正如奔流般涌动，靠海房间下面的滩涂上，潮水眼看着涨了上来。

"父亲。"

"阿鹤啊，你在干什么呢？"

"起程的时间马上就到了，我绕到院口给武藏先生放好了草鞋。"

"出发还早呢。"

"怎么回事？"

"他还在画画呢。他还真沉得住气，优哉游哉的。"

"可是，父亲刚才不是去阻止他了吗？"

"去是去了，可一进那屋，我就不忍心阻止他了。"

就在这时，某处忽然传来了喊声："太郎左卫门先生，太郎左卫门先生。"声音是从外面传来的。循声望去，只见细川藩的一条快船已靠到院子下面的海滩上。快船上站着一名武士，正朝这边喊。

"哦，是缝殿介先生。"

缝殿介并未下船。他看到了走廊上太郎左卫门的身影，便仰起头来问道："武藏先生起程了吗？"

太郎左卫门回答说还没有，缝殿介便急匆匆地说道："那就请告诉他，要他赶紧准备，尽快出发。对手佐佐木岩流先生已经乘坐藩主的船赶赴船岛了，在下的主人长冈佐渡也刚刚离开小仓。"

"知道了。"

"务请转告他，可千万不要背上卑怯的骂名啊。"说完，快船便立刻掉头急匆匆划去。

可是，太郎左卫门和阿鹤只能回头，呆呆地望着里面那安静的房间，尽管只是一瞬，站在走廊上的二人却只觉得有如一年般漫长。

武藏房间里的拉门始终没有打开，也没有任何声响。于是，快船第二次来到后面的海滩上，一名藩士跑了上来。这次的使者已不再是长冈家的仆人，而是直接从船岛来的藩士。

八

听到拉门的响动，武藏不禁睁开眼睛，因此阿鹤根本不用喊他。听到使者已两次乘快船过来催促的消息后，"是吗？"武藏只是微微一笑，点点头，然后默默地走了出去。随之，洗手处便传来了水的声音，武藏开始洗起小睡之后的脸，并梳理起头发来。

阿鹤的视线不禁落在武藏刚才所待的榻榻米上。刚才还是白纸一张，如今却已落满了墨迹。乍一看只像一片云，可再仔细一看，原来是一幅泼墨山水画。画上墨迹未干。

"阿鹤小姐，"武藏从套间说道，"那一幅请交给这里的主人。还有一幅，请过后再交给今天与我同行的水手佐助。"

"多谢。"

"没想到叨扰了这么久，无以回报。这画就权当是纪念吧。"

"希望您今晚仍能同昨夜一样，与父亲在同一盏灯下畅谈。"阿鹤祝福道。

套间里传来换衣服的声音，看来武藏在准备了。不久，拉门后面忽然没了声音，竖起耳朵一听，武藏似乎早已在远处房间里与父亲太郎左卫门闲聊起来。阿鹤于是走进武藏刚才准备的套间，却见他脱下来的衣服已被他叠得整整齐齐，放在一角堆放临时衣物的无盖箱里。

一股莫名的寂寥顿时涌上阿鹤心头，她不禁把脸伏在尚留有武藏余温的窄袖和服上。

"阿鹤，阿鹤。"不久，父亲的喊声传来。

阿鹤偷偷用指肚拭了拭眼睑和脸颊，这才回应父亲。

"阿鹤，你在做什么？武藏先生起程了。"

"是。"阿鹤忘我地跑了出去。

再一看时，武藏已穿上草鞋，走到院子的栅门口。他还是想尽力避开人的耳目。从这里沿海边稍微走一点就能登上佐助的小舟，佐助应该早就等在那里了。

店面与后宅的四五人与太郎左卫门一起把武藏送到栅门口，阿鹤一句话也没说出来，当武藏的目光与自己的目光相接时，便默默地低下头，与众人一起低头致意。

"再见。"最后，武藏说道。

大家都低着头，谁也没有抬起来。武藏走出栅栏，静静地关上柴门，又道了一声："保重……"

当人们抬起头时，武藏已在风中朝远方走去。

他会回头吗？会回顾吗？太郎左卫门等被留下来的人一直站在栅栏处目送他，武藏却始终没有回头。

"这才是真正的武士，多么果断啊。"有人喃喃道。

阿鹤的身影立刻就消失了。太郎左卫门见状，也同时消失在后宅。

从太郎左卫门的住宅后面沿海边步行一町来远，便有一株巨松。此处的人们都称其为"平家松"。

仆人佐助从一大早就把小舟划到了前面，早已等待多时。正当武藏的身影朝其接近时，忽然一个喊声响了起来："喂！师父。"

"武藏先生。"

随着一阵啪嗒啪嗒的声音，有人跟跟跄跄地朝武藏跑了过来。

九

跨出门槛后，今天早晨的武藏大脑里就忘记了一切。所有的思绪全都融进了乌黑的墨汁，已化为白纸上的山水画。他也自觉今早画得很畅快。

就这样上船去。随潮渡海的心情中，丝毫没有一点异乎平常的感觉。今天渡到那边后还能再次返回这里的海岸吗？这脚下的一步一步，究竟是在走向鬼门关，还是仍走在今生漫长的旅途中？他连这些都未去想。

二十二岁那一年的早春，当他抱着孤剑前赴一乘寺垂松的决战场时，他浑身的毛孔都紧张得竖了起来，多么悲壮多么伤感，而今，他却已没有那种悲壮，也没有那种伤感。

既然如此，那么，究竟当时百余人的对方是强敌，还是今天只身一人的对手是强敌呢？毋庸说，比起那百人的乌合之众，这只身一人的佐佐木小次郎更令人恐惧。对于武藏来说，今天才是他一生中绝无仅有的大难之日。

可是现在，正当自己望见了等待的小舟，无形中加快了脚步的时候，忽然有两个人跌跌撞撞地奔到了眼前，一个喊着师父，一个则喊着武藏先生，一看到二人，他平静的心瞬间开始动摇。

"哦……这不是权之助吗？还有大娘。你们怎么到这儿来了？"正在他纳闷时，风尘仆仆的梦想权之助和阿杉已像埋在海沙中一样跪拜下来，双手扶地。

"我知道，今天的比武是您毕生的大事。"

权之助刚说完，阿杉也接着说道："我是来为你送行的。并且，我也是为从前的事专程来向你道歉的。"

"咳，向我武藏道歉？大娘，这是从何说起？"

"请原谅！武藏先生，一直以来，我老婆子都错怪你了啊。"

"哎？"武藏凝视着阿杉的脸，怀疑自己听错了，"大娘，您究竟想跟我说什么？"

"什么也不说。"阿杉把两掌合在胸前，表明自己现在的心情，"过去的事情，一桩桩一件件，恐怕我老婆子一辈子也忏悔不完，不过，就让一切都过去吧。武藏先生，请你原谅。这全都是……全都是我溺爱孩子酿成的过错啊。"

望着阿杉的身影，武藏再也承受不起，忽然弯下双膝，抓住阿杉的手跪拜下来，久久抬不起头来。因为他也感动得快流出泪来。阿杉的手哆哆嗦嗦，他的手也在微微发抖。"啊，对我武藏来说，今天是多么吉庆的一个日子。听您一番话，我现在就是死了也心甘了。我为您的真情而高兴，我相信您的话。并且，我也可以带着更轻松的心情参加今天的比武了。"

"那，你原谅我了？"

"大娘哪里话，您若这么说，武藏还不知得为从前的事情向大娘您道多少次歉呢。"

"我太高兴了。这样，我心里就轻松多了。那，武藏先生，这世上还有一个可怜的人，你可一定得救她。"

再一看时，武藏才发现，一个柔弱的女人像棵害羞的鸭跖草一样，一直蹲坐在远处的松树下面。

十

不用说，自然是阿通了。阿通终于来到了这里，终于赶来了。

她手拿市女笠，拄着拐杖，拖着病体，还带着一颗熊熊燃烧的心。可是，包裹起这烈焰丹心的竟是如此瘦弱的躯壳。武藏看到她的第一眼便惊呆了。

"阿通……"他凝然站在她面前，连自己是如何走到她面前的都忘记了。被丢在一边的权之助和阿杉也都没有刻意靠过来，反倒恨不得能立刻消失似的，把这海边全让给他们二人。

"阿通……姑娘。"哪怕只是这一声慨叹，武藏也是费了好大的劲才说出来的。

若要用单纯的话语来连结这岁月的空间，实在是留给人太多遗恨了。而且，现在也已经连问话与答话的空暇都没有了。

"你身体似乎不大好啊……怎么样了。"武藏终于说出这么前言不搭后语的一句，仿佛从长诗中摘取的一句一样。

"哎。"阿通被感情攫住，甚至无法抬起眼来面对武藏。可是，这一次不是生离就是死别，决不能让如此关键的一瞬白白流逝，阿通反复告诫自己，努力让自己冷静。

"是一时的感冒，还是宿疾？哪里不舒服？还有，近来栖身在哪里？"

"我回七宝寺了……从去年秋天。"

"什么，回故乡了？"

"哎……"她这才凝视起武藏来。眼睛濡湿了，像深邃的湖水，睫毛好歹抑制住了这湖水的倾泻。"故乡……像我这样的孤儿，是没有人家所说的那种故乡的。我所有的，只是心的故乡。"

"可是，如今大娘似乎也善待你了，这比什么都让我武藏高兴。你要安心养病，幸福地活着。"

"我现在就很幸福。"

"是吗？你这么说，我也能稍稍放心地去了。阿通。"武藏弯下膝盖。

由于担心阿杉和权之助在旁观看，她惊呆在原地，愈发畏缩，武藏却丝毫不顾忌一旁有人。"你瘦了。"他把手放在阿通的背上，似乎欲拥抱似的，把脸朝呼吸急促的阿通脸上贴去，"原谅我。请原谅。无情者未必总是无情者。只有在对你时……"

"我，我明白。"

"你明白吗？"

"可是，我只求你说一句话。请，请叫我一声妻子。"

"你不是说明白吗？说出来反倒无趣了。"

"可是……可是……"不觉间，阿通已全身颤抖着呜咽起来。突然，她拼命抓住武藏的手喊了起来。"即使死了，阿通也——就算是死了……"

武藏默然，使劲地点了点头，然后一根一根地掰开她纤细又强有力的手指，站了起来。

"武士的妻子，临出征时是不会哭哭啼啼的。你要笑。尤其是当丈夫九死一生地出行时，就更应该这样。"

十一

旁边有人，可是，没有人去妨碍二人这瞬间的私语。

"保重。"武藏把手从她的背上拿开。

阿通已不再哭泣，她强作微笑，勉强忍住泪水，也重复着同样的话语："保重……"武藏站起来。阿通也踉踉跄跄地站起来，扶着一旁的树。"再会。"说完，武藏大步向海边的波浪走去。而阿通，连涌到喉咙边的最后一句话都没能说出来。因为，就在武藏转身的一瞬，一直忍着的泪水终于化作滂沱的泪雨，连武藏的身影都看不见了。

岸边海风飒飒，满含着潮香的海风吹打着武藏的鬓发、衣袖和裙裤。

"佐助。"武藏朝前方的小舟喊道。

佐助这才回过头来。他早就知道武藏已来了，可他故意把视线扭向别处。"哦，武藏先生，可以动身了吗？"

"好。把船再往边上靠靠。"

"马上。"佐助解开缆绳，拔出船棹，用棹撑着浅滩。

武藏轻轻一跃，刚跳到船头，这时，松树后面忽然传来一个声音："啊，危险！阿通姐！"

城太郎，是跟阿通一同从姬路赶来的青木城太郎。城太郎本来也想来见师父武藏一面，可刚才的情形让他错失了上前相见的机会，于是，他也只好站在树荫下，将视线投向别处。

可是现在，就在武藏的脚跟离开大地，踏入船中的一瞬间，也不知阿通是如何想的，竟忽然冲向大海。城太郎立刻直觉不妙，不禁脱口喊出"危险"，然后边追边喊了起来。

由于他胡乱猜测地呼喊，权之助和阿杉似乎也立刻洞察了阿通的心情，也大喊起来："啊……你去哪儿？""别想不开！"说着慌忙从左右两边冲过去，三人紧紧地抱住了阿通。

"不，不。"阿通平静地摇摇头。虽然她气喘吁吁，却微笑着告诉他们，她是决不会做那种傻事的。

"你……你到底想做什么？"

"先让我坐下。"她的声音无比平静。

三人这才悄悄松开手。阿通顿时瘫坐在离海边不远的沙地上，重新整整衣领和散乱的头发后，朝着武藏的船头跪拜。

"你放心吧……放心地去吧。"

阿杉也跪了下来。权之助，城太郎，也都依样跪拜下来。城太郎虽然最终连一句话都没能跟师父说，可他一点都不后悔，因为他把这珍贵的时间全分给了阿通。

鱼歌水心

一

潮水涨得正猛，翻滚的浪潮如激流一样快，风也追得急。

离开赤间关海岸的载着武藏的小舟，不时淹没在雪白的浪花里。佐助把今天的差事看成了荣誉，橹都摇得特别有劲。

"要花很长时间吗？"武藏盘腿坐在船中央，望着前方问道。

"没事，这点海风和潮水，花不了多久的。可是咱们似乎出发得有点晚，辰时早就过了。"

"是吗？那么，船到船岛得什么时候？"

"大概得到巳时吧。不，也可能得过巳时。"

"那正好。"

当日，岩流正与他同时仰望天空里的那一片碧蓝。除了长门山上的白云像旗帜一样舒展飘逸外，其他一丝云影也没有。门司关的市镇和风师山的褶皱清晰可见。聚集在那一带的人像黑压压的蚁群一样，尽管什么都看不见，人们仍在拼命地张望。

"佐助，这个能送给我吗？"

"什么？"

"船底一支桨的碎片。"

"这东西又没什么用处，您要它干什么？"

"我觉得正合手。"

武藏于是抓起破桨，在手里端平瞅了瞅。由于木桨吸收了水分，有几分沉重。桨的一侧也有了刺，因此有些开裂，所以才会弃之不用吧。

只见他拔出小刀，在膝盖上仔细地削起破桨来，一副心无杂念的样子。

就连佐助都有些担心，屡屡回头遥望那赤间关海滨的平家松一带，这船中人却未显出丝毫留恋的样子。莫非，参加比武者全都是这种心情？在佐助这个商人看来，武藏未免过于冷淡了。

看来木桨已经削完，武藏掸掉裙裤和衣袖上的木屑。

"佐助。"他又喊道，"你有没有能穿的东西，哪怕蓑衣也行。"

"您冷吗？"

"不是，老有水花从船舷溅到身上。我想披在背上。"

"我脚下的船板底下塞着一件棉衣。"

"是吗？借我穿穿。"武藏于是拿出棉衣，披到肩上。

船岛仍朦朦胧胧，看不清楚。

武藏于是又取出怀纸，搓起纸捻来，搓了有几十根。然后又将纸捻搓成两股捻的绳子，量量长度，再系成袖带。

佐助以前就听说做纸捻袖带很难，还有口传的秘诀，武藏搓起来却十分简单，动作之快和系到肩上的麻利劲儿都让他瞠目。

为了防止这袖带被潮水打湿，武藏重新披上棉衣。"那就是船岛吗？"他指着已近在眼前的岛影问道。

二

"不，那是主岛彦岛，船岛得再往前走一会儿才能看到。它就在彦岛的东北方，离彦岛约有五六町远，是个像沙洲一样平坦的小岛。"

"这一带有好几座岛，我正琢磨是其中的哪一个呢。"

"那是六连、蓝岛和白岛——船岛比它们还要小。伊崎、彦岛之间便是人们常说的音渡海峡。"

"西边就是丰前的大里湾？"

"是的。"

"我想起来了，这里的各处海湾和岛屿，在元历年间，还曾是九郎判官和平知盛卿等人的战场呢。"

说这些故事究竟好不好呢？随着船的前行，佐助浑身不由得起满鸡皮疙瘩，情绪激动，心口乱跳。又不是自己去比武。尽管他这么安慰着自己，可还是无济于事。

今天的比武是一场生死之战。自己现在载的这个人，回程时还能载着他回去吗？即使还能载他回去，或许也会是一具凄惨的尸体吧。佐助想不明白武藏为什么会如此淡定。

飘过天空的一片白云，飘过大海的扁舟之人，这两者看起来似乎没什么区别。而实际上，就在这一叶扁舟赶赴目的地的途中，武藏什么也没有考虑，这甚至让佐助都觉得奇怪。

虽然他从未体味过无聊的滋味，可这一日，他在船上觉得有些无聊。船桨也削了，纸捻也搓了，再没什么事情可做了。忽然，他把视线从船舷投向了沧海的水纹。海水深不见底，却在不断活动，似乎拥有无穷的生命，却没有固定的形状。只要还拘泥于某种固定的形状，人便无法拥有无穷的生命，真正生命的有和无，乃是在失去这种形体之后才实现的。如此看来，眼前的生与死也像是泡沫。这种超然的念头，哪怕只是瞬间掠过大脑，也会令全身的毛孔不由自主地竖起来。这并非因为那不时被海风吹过来的冰冷的浪花。就算心灵超脱了生死，可肉体却仍能预感到，肌肉照样会紧张。二者是不会合一的。当肌肉和毛孔也忘记生死的时候，武藏的大脑里便只剩下流水和云影了。

"看见了。"

"哦，终于到了。"

可那儿不是船岛，而是彦岛的勅使待海湾。三四十名武士正群聚在渔村的海边，从刚才起便瞭望着海上。这些人全都是佐佐木岩流的门人，并且大半以上是细川家的家臣。

公告牌刚在小仓城下竖起来，他们便抢在海禁之前，提前登岛了。

"万一师父岩流先生败北，决不能让武藏活着从岛上回去！"私下结盟的党徒们根本不将藩的命令放在眼里，从两天前便登上船岛，静待今日。可是，今天早晨，当长冈佐渡、岩间角兵卫等奉行以及警备的藩士们登上岛后，他们立刻被发现了，在遭到严厉告诫后，被从船岛驱赶到了相邻的岛屿——彦岛的勅使待。

三

尽管监督比武的藩士们依当日禁令驱赶了他们，可是，藩士中大多数人都祈祷同藩的岩流获胜，对于为支持师父而登岛的这些门人也从心底里抱有同情。因此，尽管按令将他们赶出了船岛，可依旧留了情面。只要他们转移到一旁的彦岛上，事情自然也就不了了之。并且，比武结束之后，万一岩流战败，虽然在船岛上并不好办，可只要武藏离开了船岛，无论这些门人如何为岩流雪耻，也就再不关自己的事了。这便是这些藩士们的如意小算盘。转移到彦岛上的人们也心知肚明。他们纠集了渔村的十二三条小船，提前赶到了勅使待海湾。并且他们早就商量好，先派人站在山上瞭望，随时报告比武的情况。万一发生意外，三四十人便立刻各乘小船赶到海上，截断武藏的归路，将其追到陆路上狙杀，或者也可酌情弄翻他的船，让他葬身海底。

"是武藏吗？"

"是武藏。"

彼此呼应几声后，他们便跑上高处，手搭凉棚，朝着波光粼粼的海边望去。

"其他船只从今早就禁航了。一定是武藏的船。"

"一个人？"

"好像是一个人。"

"正披着东西孤零零地坐在那儿。"

"再仔细看看，有没有穿甲胄之类？"

"总之，赶紧先布置吧。"

"放哨的上山了吗？"

"上去了。没事。"

"那，我们也赶紧上船。"于是，三四十人便蜂拥藏进各自的小船，以便随时都可以割断缆绳，一冲而出。每条船上都藏着一杆长枪，装备之森严甚至超过了岩流和武藏。

另一方面，武藏现身了！声音传到这里的同时，也理所当然地传到了船岛。

船岛上只有波涛声、松涛声同时夹杂着杂树和毛竹那窸窣的战栗声在回响，从今天早上起，全岛便没有一个人影了。或许是心理作用吧，所有声音听起来都无比萧瑟。从长门一带的山上飘散而来的白云不时挡住中天的太阳，阳光一阴翳下来，全岛战栗的树木和丛竹便也随之黯淡。可再一眨眼，阳光又忽然变得明亮。

即使从近处观察，岛也极其狭小。北面是略高的山丘，有很多松树。山丘南侧的山坳则是一片平地，平地连着浅滩一直伸进海里。从山坳的平地到海边一带，便是今天的比武地点。

从奉行到足轻，所有人都离海边远远的，在树与树之间扯上帷幕，屏息等待。由于岩流乃是藩士，武藏却是流浪之身，为避免威吓到对方，他们才有意做出这种安排。

可是，约定的时间已过了一刻多，都两次派快船去催了，却仍不见人来。静肃之中，人们也不免稍稍焦躁和反感起来。

"武藏先生来了！"站在海边瞭望的藩士顿时大喊着朝远处的折凳和帷幕方向跑去。

四

"来了？"岩间角兵卫不禁喊出声来，立时从折凳上起身。虽然他与长冈佐渡都是奉命前来做见证的官员，并不是武藏的敌人，可是，脱口而出的话语却是最自然的感情流露。侍奉在他一旁的随从和杂役们也都带着同样的眼神。

"哦！就是那条小舟。"众人一齐站了起来。不过，身为中立的藩中官员，角兵卫似乎立刻意识到自己行为的失态，便告诫着周围道："不可妄动。"于是，他自己也坐了下来，静静地朝岩流所在的方向送去流盼。

可那里已看不见岩流的身影，只看见围在四五棵山桃树之间那带有龙胆纹样的帷幕。

幕布下方放着一个崭新的提桶，桶里有一把青竹柄长勺。由于提早不少时间抵达岛上的岩流迟迟等不来对手，从刚才起就开始喝桶里的水，后来便在幕后休息，如今却忽然不见了人影。

隔着帷幕，在前方土坡对面等待的则是长冈佐渡。他的身旁围着一群警戒的卫士和下属，以及随从伊织。

"武藏先生来了！"当一人大喊着从海边跑进警备的人群中时，伊织的脸色，甚至连嘴唇都瞬间变白了。

这时，一直纹丝不动地正视前方的佐渡忽然像是在瞅自己衣袖似的，草笠一下扭到一旁。"伊织。"佐渡低声唤道。

"是……"伊织两手扶地跪拜下来，抬眼望着草笠下面佐渡的脸。他从头到脚都哆嗦个不停，怎么也止不住。

"伊织——"佐渡盯着他的眼睛，又重复了一声，"你要看好了。睁大眼睛看仔细了。就当是武藏先生豁上毕生的生命专门来为你传授功夫。"

伊织点点头，然后听话地瞪大那火炬般的眼睛，朝海边望去。

这里距海边有一町多远，尽管白色的浪花清晰可见，人影却小得可怜。即使交起手来，也无法真切地看清实际的动作和过程之类。不过，佐渡所告诫的恐怕不是这些技巧之类的细枝末节，他要伊织看的，一定是那人与天地一瞬间的微妙结合。这也是为了历练伊织的武士精神吧，即使隔得那么远，也要看仔细。

绿草随风起伏，青虫不时跳起，纤弱的蝴蝶在草叶上若隐若现，接着又忽而没了踪影。

"啊，到那边了！"

只见一叶小舟徐徐地朝海岸靠来，现在连伊织都看见了。时间已是巳时下刻（十一时）前后，比约定的时刻正好迟了一刻。

岛上静悄悄的，一切都躲在正午的太阳光中。这时，只见一个人从后面的山丘上走了下来，是佐佐木岩流。原来，等累了的岩流竟爬上了山丘，一直独自坐在那儿。

岩流向左右两侧的见证官员行了一礼，然后静静地踏着青草，朝海边走去。

五

太阳已近中天。

大概是湾岔的缘故，小舟一进入岛的近岸，波浪顿时变得细腻，浅滩的水底地十分通透。

"哪边？"佐助放缓摇橹的手，环顾着海边问道。

海边连个人影都没有。

武藏脱掉披着的棉衣，说道："一直往前。"

船头径直前行，可佐助摇橹的手怎么也使不上劲。荒寂的岛上只有白头鸟在高声啼叫。

"佐助，这边很浅啊。"

"是平浅滩。"

"也用不着非得摇过去。若是船底让岩石咬住可就坏了，潮水不久也要退了。"

可佐助竟忘了回答，只顾凝望着岛上的绿地。那里有松树，细长高瘦的松树。松树下猩红的无袖外褂的下摆正在随风翻舞。

来了！早就等在那儿了，岩流的身影就在那儿！

佐助正要指给武藏看，可再看时，武藏也早已看向了那里。

武藏一面望着，一面将掖在衣带里的土黄色手巾抽出来，对折两次后，拢起被海风吹乱的头发，扎了起来。小刀已带在身前，大刀则似乎想放在船上。并且，为防止被飞沫打湿，还特意用草席包了起来，放在船底。右手则握着用破船桨削成的木刀。然后武藏从小船上起身，对佐助说道："可以了。"

可是，此处离海边的沙地还有二十间远。听他这么一说，佐助又使劲划了两三下船橹。小舟顿时突进，却忽然一下搁浅在沙滩上。随着咕咚一声响，船底似乎翘了起来。同时，高高撩起左右裙裤下摆的武藏已轻轻跳入海水中。

海水才没过小腿，连飞沫都溅不起来。扑通扑通！武藏快速朝岸上走去，提在手里的木刀尖也随着他踢起的白色水泡拨开海水。

五步。十步。佐助卸下船橹，茫然若失地望着武藏的背影。从毛孔到脑芯，他浑身都在发冷，连自己要做什么都忘记了。

这时——啊，他连呼吸都停住了。只见岩流的身影像一面飘动的红旗般，已从远处的瘦松下面冲了过来。硕大的宝刀刀鞘反射着阳光，仿佛银狐的尾巴一样闪亮。

哗，哗，哗……

武藏仍在海水中走着。

快啊！可佐助再担心也没用，武藏还没登上岸，岩流便已经奔到了海边。

完了！佐助暗呼一声，他再也不忍看下去。仿佛自己已被劈成两半似的，伏在船底不住地发抖。

六

"武藏吗？"岩流招呼道。他抢先一步挡在岸边，占据着背后的大地，似乎一步也不让。

武藏停在海水中，面带几分微笑，说道："小次郎吧。"

波浪冲刷着木刀尖，任凭风吹浪打，武藏也只是有一把木刀。可是，土黄色头巾下面微微上翘的眼角，却已不再是平素的武藏。此时，一个"射"字已不能形容他的眼神，这眼神须用"吸"来形容才行。它像湖水一样深邃，蕴藏着一种让敌人望而生畏的"吸"力。

"射"乃是岩流的眼神，他的双眸中透着一条长虹，燃烧着杀气的光芒，射向武藏。

眼睛是窗户，想来，二人的心理状态已直接反映在各自的眼神中了吧。

"武藏。"

"……"

"武藏！"小次郎又喊了一次。

波涛声响起，二人的脚底也涌起潮水。面对默然不答的武藏，岩流无法不抬高嗓门。"你怕了，还是诡计？可无论怎样都是你卑怯。约定的时刻已经过了一刻多。岩流从不爽约，早就等得不耐烦了。无论是一乘寺垂松的决斗，还是三十三间堂那次，你总是故意违背约定时刻，然后趁虚而入，这是你一贯的伎俩。可今天的岩流不是旁人，我绝不会中你的奸计。要想不被后人耻笑，那就干脆利落地来了结一下。来吧，武藏！"

放完狠话后，岩流将鞘尾高高地抬到后背，一把抽出夹在腋下的大刀晾衣杆，同时将留在左手的刀鞘丢在浪中。

武藏依旧默然，慢慢地等他说完，然后又等一个浪头退去之后，才忽然直指对手要害，说道："小次郎，你输了！"

"什么？"

"今天的比武胜负已决。看来你输了。"

"住口！凭什么？"

"既是胜者之躯，怎么会扔掉刀鞘呢？你丢了刀鞘，便是丢了你的天命。"

"你胡说！"

"可惜啊，小次郎，慌了吧？这么早就慌神了？"

"来，来吧。"

"哦。"武藏答道。

只听水声从武藏脚底响起。岩流也扑通一下踏进浅滩，朝武藏高高挥起晾衣杆。可是，武藏却哗哗哗地踏着潮水，在水面上斜划出一条白色的水带，径直朝岩流所站的左岸跑去。

七

看到武藏涉水斜着朝岸上跑去，岩流便沿着海岸线追。就在武藏的脚刚离开水面踏上岸边沙地的一瞬，岩流的大刀已像飞鱼一样射了过来。

"喝！"

刚从海水中拔出来的脚有些重，武藏似乎仍未进入对战状态。当晾衣杆就要落在他的头顶时，他的身体仍处于刚登岸的状态，仍有些前倾。

可是，船桨削成的木刀早已从右侧腋下转向背后，深深地横向一侧。

"唔！"武藏无声的气息随之吹向岩流的脸。

眼看要斩向武藏脑门的晾衣杆只是在武藏头顶响了一声，随之啪的一下，在离武藏约九尺远的地方折向了一旁。因为岩流明白，这一刀是不可能砍中的。

武藏的身体像磐石一样。当然，双方的位置朝向已经变了。

武藏仍在原地，站在离海水有两三步的岸边，背对着大海，重新面对岩流。岩流则面朝大海正对着武藏，双手高举着晾衣杆。

现在，二人的生命才面临着真正的决战。

武藏原本就无欲，岩流也无求，决斗的战场是一片真空。可是，在波涛之外，在随风摇曳的草地上的督战台一带，此时，一定有无数人正屏气凝神地凝望着这真空中的两个生命吧。

岩流的身上汇聚着支持岩流和坚信岩流的许多情魂和祈祷。武藏亦是如此，岛上有伊织和佐渡，赤间关的海边有阿通、阿杉和权之助等人在守望，小仓的松丘上则有又八和朱实在翘首以待。尽管他们的眼睛望不到这里，可所有人都在不同的地方对天祈祷。

可是，对于决战的二人来说，所有的祈祷和眼泪都帮不了他们。这里没有偶然也没有神助，他们所有的，只是公平无私的青空。

如果能彻底化为这青空一样的存在便可称得上是无欲无念之体了吧，只是生命之躯不容易做到这点，更何况是在白刃对白刃之间。

突然，武藏血往上涌，浑身的毛孔已不听心的使唤，全像针一样朝敌人竖了起来。筋骨、血肉、四肢、毛发——附属于生命的一切东西，就连每一根睫毛都竖了起来，欲扑向敌人以保卫自己的生命。在如此状态下，只有心灵想与这天地共同平静，可这比让暴风雨中的池中月影保持不晃动还难。

八

只觉得过了很久，事实上却是极短——也就是波浪荡漾了五六次的时间吧。

不久，不，大概连不久都称不上吧。巨大的肉声突然打破了这一瞬的真空。虽然这是发自岩流身上的声音，但几乎同时，武藏身上也发出了同样的声音。

像击打着岩石的怒涛一样，就在两个声息同时扬起精神浪花的一瞬，只见那高高挥起的晾衣杆的刀锋已划出一条细细的长虹，似要将中天的太阳斩落下来一样，朝武藏的正面飞去。

武藏的左肩随之往下一沉，躲了过去。上半身同时一倾，右脚稍稍地往后拉。就在他双手间的木刀舞起一阵旋风的同时，岩流的长刀也几乎在同一瞬间竖着朝他的眉间斩来。

一瞬的照面之后，二人的呼吸都已比波涛还高亢。武藏退身十步左右，侧对着大海，用木刀尖指着跳开的敌人。木刀是正眼持法，晾衣杆则高举过顶。不过，二人的间隔已在交手的一瞬间被远远地拉开，拉至连长枪对长枪都无法够得着对方的距离。

虽然岩流在最初的一击中未伤到武藏一根毫发，却如愿重新占有了地利。

而武藏背对着大海不动也有他的道理。正午的阳光被海水强烈地反射出去，对于对峙的岩流相当不利。倘若在这个位置与武藏持续对峙，无论精神还是眼睛，他无疑都会比武藏更早地陷入疲劳。

好！如愿占到地利的岩流，如同已然打破武藏的防卫似的，顿时气势高涨。于是，他一寸一寸地向武藏逼近。

若想在逼近敌人之际寻找敌人身上的漏洞，同时还要加强自己的防守之身，当然得用这种小碎步。

可是，武藏却从对面无所顾忌地走了过来。似乎要将木刀尖刺入岩流眼中似的，直指着对方逼近。

面对武藏的漫不经心，岩流突然一愣，当他猛然止住脚步时，却已看不见武藏的身影。

木刀此时突然飞了过来。武藏近六尺的身体已缩成四尺左右，就在脚离地的同时，身体已飞在空中。

"啊！"岩流慌忙用头顶的晾衣杆朝空中猛地砍去，刀锋顿时将武藏扎在额头的土黄色头巾斩为两截。在岩流眼里，这土黄色的头巾像是武藏的人头一样飞了起来。又像是血，从自己的刀尖上飒然飞溅出去。他不由得微微一笑。

岩流的眼睛或许满足了，可就在这一瞬间，他的头盖骨却已在木刀的下面像小碎石一样碎裂开来。身体则倒在海边沙地与草地的交界处，脸上毫无已战败的神情。尽管嘴角汩汩地涌着鲜血，可嘴唇上仍挂着会心的微笑，仿佛武藏的头颅已被自己斩飞到大海中一般。

九

"啊！岩流先生！"远处的督战台上顿时传来惊呼声。人们难以置信。岩间角兵卫也站了起来，身边的人全都一脸凄惨，伸直了脖子，可看到对侧的长冈佐渡及伊织等人泰然自若的样子时，角兵卫及下属也只好强装镇静，努力抑制慌乱。可是，无法掩饰的失落之相和惨淡的心情却笼罩了曾坚信岩流会取得胜利的人们。这些遗憾和烦恼之人，仿佛不敢相信眼前的事实，屏气凝神，一阵呆然。

一瞬间，整座岛上仿佛没有一个人影似的陷入一片死寂，只有那无心的松涛和摇曳的荒草在猛烈地吹打着人类的无常观。

武藏呢？他正望着一朵白云。飘过眸中的白云，让他这才回过神来。现在，他已经清晰地恢复了意识，把自己从白云中分离了出来。最终没有回还的是对手岩流佐佐木小次郎。

就在距武藏十步远的前方，小次郎趴倒在那里，脸贴着草地，手里紧握的长刀柄上仍透着一股执着的力量。他的脸上绝不是痛苦的表情，若是细看，似乎还流露着一股自己已全力以赴力战到底的满足感。但凡全力以赴者的脸上都会流露出这种满足感，全然找不到一丝遗憾的表情。

武藏的视线无意间落在自己被斩落的土黄色头巾上，顿时起了一身鸡皮疙瘩。"一生之中，自己还能再度遇上这样的敌人吗？"想到这里，一股对小次郎的爱惜和尊敬之情不禁油然而生。同时，他也觉得自己从小次郎身上获得了一种恩泽。这种握剑的强悍——作为一个纯粹的斗士，小次郎无疑是一个远高于自己的勇者。因此，得以获得这种挑战高人的机会，这当然是种恩泽。

可是，面对此高人，自己却取得了胜利，这又是为什么呢？技巧，还是天佑？不，肯定不是，武藏当即就否定了，可究竟是什么，他也想不明白。

笼统地说，这是一种超越力量或天佑之类的东西。小次郎坚信的是招数和力量，而武藏信奉的则是精神。差别仅此而已。

武藏默然走了十来步，然后在小次郎的身前弯下膝来，左手轻轻探了探小次郎的鼻息，仍有微微的一丝气息。他忽然舒展开眉头。"若是救治得好，或许……"

他从小次郎身上看到了一缕生命之光。同时，他也不忍让这样的比武夺去这名令人扼腕的对手的生命。

"再会……"

武藏朝着小次郎，又朝着远处的观战台方向跪拜下来，行过一礼后，便提着船桨做成的木刀，忽地跑向北岸，跳进早就候在那里的小舟里。

那小舟究竟划向了哪里？

总之，那候在彦岛的岩流一门为报师仇中途截杀的故事终于未能留下。

人在活着的时候，总免不了遭受他人的爱和恨。纵使时光流逝，感情的波澜也仍会荡漾。那些在武藏活着时仍容不下他的人，每当批判起他当时的行为，便总会立刻如此说道："当时，他一定是害怕自己无路可逃吧，看来，武藏也是狼狈至极啊。至于理由，他连给岩流补上最后的致命一刀都忘记了，还用说别的吗？"

波澜是世之常事。

任凭风吹浪打，那些善游的小鱼在波浪中又唱又跳。可是，百尺下水的心和水的深，又有谁会知道呢？

图书在版编目(CIP)数据

宫本武藏 ：全6册／〔日〕吉川英治著；王维幸译
. —— 海口 ：南海出版公司，2021.8
　　(吉川英治作品)
　　ISBN 978-7-5442-9912-1

　　Ⅰ . ①宫… Ⅱ . ①吉… ②王… Ⅲ . ①历史小说－日
本－现代 Ⅳ . ①I313.45

中国版本图书馆CIP数据核字(2020)第066909号

宫本武藏：全6册

〔日〕吉川英治 著

王维幸 译

出　　版	南海出版公司　(0898)66568511	
	海口市海秀中路51号星华大厦五楼　邮编 570206	
发　　行	新经典发行有限公司	
	电话(010)68423599　邮箱 editor@readinglife.com	
经　　销	新华书店	

责任编辑	张　锐
特邀编辑	杨雯潇　贾　超
营销编辑	张丁文
装帧设计	李照祥
内文制作	王春雪

印　　刷	山东韵杰文化科技有限公司
开　　本	787毫米×1092毫米　1/32
印　　张	69
字　　数	1325千
版　　次	2021年8月第1版
印　　次	2021年8月第1次印刷
书　　号	ISBN 978-7-5442-9912-1
定　　价	199.00元